はるか青春

激動の昭和転換期(1968〜72)
極私的クロニクル

森　詠
Mori Ei

文芸社文庫

目次

第一話　イカロスは飛んだ

1

　あの時代、私はよく空を飛ぶ夢を見た。それも地上すれすれに滑空する夢で、なだらかな野原や丘陵を鳥のように飛んで行くのだ。その時の草原は葦《あし》の原のようであったり、薄《ススキ》の原とか隈笹《クマザサ》の原のようでもあり、飛び越えるなだらかな起伏は見たことのない山野で、急に断崖絶壁から飛び出したりする。

　あ、いけない、落ちる、と一瞬思いながらも、それでいて決して落ちることはない。急降下しても、すぐ体勢を立て直し、断崖も越えて、眼下に広がる大海原を飛翔して行く。

　三陸海岸の冷たい海で、シュノーケルを銜《くわ》え、水中マスクをかけて海底を覗きながら泳いでいる時、ああ、この感覚だと思った。

海底にはびっしりと生えた海草の草原が広がっていた。海草は斜めから差し込む陽光を浴びながら、波の動きに合わせてゆったりと前後左右に揺れていた。その草原の上をゆっくり滑るように泳いで行くのだ。

その草原が突然切れて断崖絶壁となり、深海に落ち込んでいる。海の底は暗紺色に沈んでいた。断崖絶壁を越えた時、ふと、その海の深みに吸い込まれるのではないか、という恐怖に駆られた。慌てて、足のフィンをばたつかせ、草原の方にとって返した。

その時の滑空感や浮揚感、そして恐怖感までが夢の時のそれと同じだった。

その話を中島照男《てるお》にすると、彼はジンフィーズのグラスを持った手を止め、不精《ぶしょう》髭《ひげ》が生えた頬を歪めて笑った。

「フロイトによれば、空を飛ぶ夢は性的欲求の表れだそうだ。おまえはよほど貧しい性生活をしているな」

私はいたく自尊心を傷つけられた。

「おまえは空を飛ぶ夢を見たことがないのか?」

「ある。だが、俺のは悪夢だ。飛んでいる間はいいのだが、後が悪い。いつも最後に墜落しかけて、はっと目を覚ます。背筋に冷や汗をびっしょりかいてな。まるで太陽に向かって飛ぼうとしたイカロスになった気分だ」

中島は度が強い近眼鏡の奥の目を光らせて笑った。

私はギリシャ神話のイカロスの話が妙に心に残った。

工匠の父ダイダロスとともに迷宮に閉じ込められたイカロス。イカロスは父の発明した羽をつけて、迷宮から逃れたものの、あまり高く飛んだため、太陽の熱に羽の蠟《ろう》が融け、海に墜落死した。落ちると分かっているのに、太陽に向かって高く飛んだイカロス。

思えば、あの頃の私たちは、みなイカロスだったのかもしれない。

2

昭和四十四年（一九六九年）一月十九日午後五時過ぎ。東大安田講堂が陥落した。私は機動隊の後を追って講堂の中へ飛び込んでいた。私服刑事がいったん私を見咎《みとが》めたが、腕に巻いた腕章を見て、渋い顔をしたものの制止はしなかった。

講堂の中の大ホールの回廊や出入り口には長い机や椅子、ロッカーなどが幾重《いくえ》にも積み上げられ、バリケード封鎖されていた。

そこにようやく人ひとりが通り抜けることができそうな隙間が開けられ、機動隊員たちがつぎつぎに潜り込んで行った。私もカメラを手に機動隊の後に続いてホールに入った。

ホールのステージには数十人の学生たちがスクラムを組み、インターナショナルを唄っていた。

アサヒ・ペンタックスSVを構えたが、すぐにあきらめた。講堂の内部は暗くて、フラッシュなしには撮影できそうにない。

「警察だ！　手を上げろ！」

「この野郎、おとなしく手を上げて並べ！」

機動隊員たちの怒声が講堂内にがんがんと響いた。警杖や警棒を構える隊員たちの声も緊張で上擦っている。

数十人の全共闘の学生たちは驚いたことにまったく抵抗もせず、ぞろぞろと手を上げた。機動隊員はまだ十人ほどしか入っておらず、数の上では学生たちの方が多かった。

学生たちは、すっかり戦意を失っていた。機動隊員たちがバリケードを破って内部に入ったというだけで、もう両手を上げてしまっていた。

嘘だろう？　何なのだ、これは？

私は拍子抜けしてしまった。

全共闘は安田講堂の死守を叫び、機動隊員を十人以上殺すと公言していた。屋上や窓から人の頭ほどもありそうなコンクリート・ブロックを落とし、火炎瓶を投げつけていた活動家たちのことだ。講堂に突入して来た警官を相手に死に物狂いの抵抗をするだろうと、私は思っていた。

ベトナムの旧サイゴンでも、パリでも、アメリカ軍のベトナム戦争に抗議して、焼身自殺する若者たちがあいついでいた。

日本でも、追いつめられた若者が安田講堂の屋上からダイビング自殺するとか、ガソリンをかぶって焼身自殺をするかもしれない。

そんなことはしてほしくないと思いつつも、私は心のどこかで、死を恐れない闘士が現れて、命を懸けて反戦平和を訴えてほしい、と期待していた。

私は自分にはできないことを棚に上げ、勝手に彼らにないものねだりをしていた。

降伏した学生たちは両手を頭の後ろに回して組み、捕縄を腰に打たれて数珠繋《じゅずつな》ぎにされ、一列に並ばされた。彼らは機動隊員に誘導され、講堂からぞろぞろと出て行った。彼らの顔は一様に疲労で憔悴《しょうすい》しきっていた。その一方、やれやれ大した怪我もせずに捕まってよかったという安堵の表情が見て取れた。

もし、これがベトナムの戦場だったら、敵に捕まって安堵することなどまずありえないだろう。

米軍や南ベトナム政府軍は降伏した敵兵を大事に扱うことはない。もし、ジャーナリストの目がなかったら、その場で憎い敵兵を射殺しかねないのが実際だ。

ほんものの戦争では、捕虜になって助かっても、その後に厳しい尋問や拷問が待ち受けている。非公開の軍事法廷にかけられ、死刑判決を受けたり、地獄のような劣悪で過酷な捕虜収容所に何年、何十年も放り込まれかねない。下手をすれば、戦争が終わっても釈放されず、死ぬまで獄中にいるかもしれない。

学生たちは、日頃、警察を敵視し、権力の手先呼ばわりしている割りには、日本の警察を信頼している。いまの警察は民主化され、戦前の特高とは違って、捕まえた学生を無闇に拷問にかけたり、獄死させるようなことはしない、と甘えた考えを持っている。

捕まってしまえば、火炎瓶や石を投げずに済む。催涙ガス弾で撃たれたり、催涙ガス入りの放水を受けずに済む。警棒で殴られずに済む。これ以上、もう無理して闘わずに休むことができる。学生たちは空腹と疲労と恐怖で、すっかり戦意を喪失していたのだ。

だから、捕まってほっと安堵の表情をしたのだろう。

安田講堂は一人の死者も出さずに陥落した。それはそれで喜ぶべきことだったのだが、私は一方でひどく空しさを覚えていた。

あれほど命懸けに見えた学生たちの闘いは見せかけだけの虚勢だったというのか。

後日知ったことだが、三島由紀夫は警視庁幹部に手紙を送り、警察機動隊の東大安田講堂攻めにあたっては、学生たちから一人の死者も出さないように慎重に扱ってほしいと要請していた。三島は全共闘の学生たちに共感して、そう要請したのではない。全共闘の学生側から死者が出たら、新左翼側の英雄を創ってしまう。それを恐れてのことだった。

降伏した学生たちは全員、講堂の近くの庭に集められていた。冬空の下、放水を浴びて濡れ鼠になった彼らはみんな俯《うつむ》いて顔を伏せ、ぶるぶると寒さに軀《からだ》を震わせていた。どの学生の顔も煤《すす》けて薄汚れ、髪はぼさぼさだった。

男たちに交じって、小柄な女子学生の姿も散見できた。機動隊員たちが並んだ学生の一人ひとりの名前や身元を問い質し、学生たちは素直に答えている。

「お、ここにいたのか」

中島が私を見つけ、手を上げた。中島も私も水が沁み込んで重くなったダスターコートを着込んでいた。中島は報道と手書きしたヘルメットを被り、「東京オブザーバー」の白い腕章を巻いていた。

私はポケットから湿気ったハイライトを出し、口に銜えた。

「おまえ、どこにいた？」

「俺は神田のカルチェラタンだ。安田講堂が落ちたっていうんで、急いでこっちへ駆けつけたんだ」

中島はラークを銜え、ジッポの火を点けた。私は中島が差し出したジッポの炎に煙草の先をかざして煙を吸った。

「神保町の様子は？」

「東大奪還を叫んで学生たちは気勢を上げているが、とても本郷まで来る勢いはない。面白がって野次馬が騒いでいるがね。やつらは腹いせに警官に投石したりして、日頃の鬱憤《うっぷん》をはらしている。あんなのは力にならない。こっちの様子は？」

「見れば分かるだろう」私は学生たちの群れに顎《あご》をしゃくった。

「羊の群れみたいに従順だな」

中島は疲れた顔で彼らを見た。私は煙を吹き上げた。

「見ろよ、みんな警察に捕まって、ほっとしている。口惜しがっているやつもいない。捕虜になっても、警官に殺されることはないから安心している」

中島は頭を振りながら冷ややかにいった。

「こんなのは本当の戦争じゃない。ただの喧嘩だ。敵も味方も互いに死なないようにぶつかっているだけだ。俺がベトナムで見たのは本当の殺し合いだ。それも戦争という巨大な殺し合いだった」

中島は前の年の秋に「東京オブザーバー」の大森実《みのる》に連れられてサイゴンへ飛び、帰って来たところだった。はじめての戦場取材に、中島はいろいろ衝撃を受けていた。

いま思えば、あの時、中島の心はすでにベトナム、カンボジアの戦場に飛んでいたのかもしれない。

3

東大の全学バリケード封鎖が強制解除されたのをきっかけに、まるで憑《つ》き物《もの》が落ちたように、全国の大学封鎖はつぎつぎに解除されていった。大学闘争は大学改革から始まったものの、事実上七〇年安保闘争の前哨戦のようなものだった。

新左翼や全共闘の学生たちは学園を追われ、街頭闘争を強めていったが、いつも分厚い機動隊の壁に阻まれ、蹴散らされた。

それでもベトナム反戦の声は静かで大きなうねりになって広まっていった。

新左翼の中には共産同赤軍派のように本当の戦争をやろうとした党派も出てきた。しかし、その赤軍派の動きも事前に公安に漏れており、十一月初旬、山梨県大菩薩《だいぼさつ》峠《とうげ》に集まって軍事訓練をしようとしていたところを一網打尽にされている。

かろうじて逮捕を免れた赤軍派の田宮高麿《たみやたかまろ》たちは、昭和四十五年（一九七〇年）三月に「よど号」ハイジャック事件を起こし、北朝鮮へ飛んだ。また重信房子《しげのぶふさこ》たちは「世界革命」の根拠地を求めてアラブへ飛び、アラブ赤軍を結成することになるのだが、いずれにせよ、七〇年安保は、その前哨戦を制した政府や警察当局の思惑通り、まったく盛り上がりを欠いたものになっていた。

中島から「頼みがある」という電話が入ったのは、五月初めのことだった。お互いに忙しかったこともあり、電話で話はしていたが、会うのはほぼ一年ぶりだった。

新宿の居酒屋「どん底」の扉を押し開けた。店内には、ロシア民謡の歌声が流れていた。

「よ、こっちだ」

中島は一階のカウンターのスツールに座り、ジンフィーズを飲んでいた。

「なんだ、突然、呼び出したりして」

私は中島の隣りのスツールに腰を下ろし、バーテンダーにビールを頼んだ。

「俺な、カンボジアへ行こうと思うんだ」

中島は決心したようにいった。

「カンボジア？　ベトナムへ行くのではないのか？」

「ニクソンは『シュー・メイカー作戦』を開始することを決めた。アメリカ軍はベトコン（南ベトナム解放民族戦線）の聖域になっているカンボジア国境地帯に侵攻し、ベトコンと北ベトナムを壊滅させるつもりだ」

「アメリカは戦争をカンボジアにも拡大しようというのかい？」

「うむ。カンボジアへ入り、その掃討作戦を取材したいんだ」

アメリカ大統領は民主党のジョンソンから共和党のニクソンに変わっていた。アメリカと北ベトナム両国の和平交渉がパリで開始されることになっていた。だが、アメリカは北爆こそ止めたものの、交渉を有利に進めようと、戦争政策をさらに強化していった。

すでにアメリカ軍は陸海空合わせて五十万人もの将兵をベトナムに投入していた。ベトコンこと南ベトナム解放民族戦線と、北ベトナム正規軍は神出鬼没のゲリラ戦を挑み、アメリカ軍を翻弄していた。連日、アメリカ空軍は北ベトナムから南ベトナムへ通じる軍事物資の補給路ホーチミン・ルートを空爆した。

ホーチミン・ルートは南ベトナムと国境を接するラオスやカンボジアの領内も通過していたので、アメリカ軍は遮二無二、隣国にも兵力を投入し、補給路を遮断しようとやっきになっていた。それでも南ベトナム解放民族戦線や北ベトナム軍はカンボジアとベトナム国境地帯を聖域にして、さらに抵抗を強めていた。

業を煮やしたニクソン大統領は、南ベトナム政府軍がメコン河を遡《さかのぼ》り、カンボジアの「オウムの嘴《くちばし》」地区に侵攻するのに合わせ、アメリカ軍も空陸両面作戦で大規模な部隊をカンボジアの聖域に侵攻させようとしていた。

私は思わぬ話に中島にきいた。

「朝日に入る話はどうしたんだ？」

先の電話では、この三月に中島が勤めていた「東京オブザーバー」は経営不振から休刊が決まり、中島は大森実の紹介で、朝日新聞社に入るという話になっていた。

「ああ、あれは止めた」

「どうして？　給料はいいだろうし、生活は安定するぞ」

私は書評新聞の駆け出し編集記者だ。いずれ独立して、フリーになろうと思っていた。いまは我慢の時、数多く現場を踏んで取材の修業をしている最中だった。だが、ライバルの中島はすでに「東京オブザーバー」紙上でさまざまな特ダネ記事を書き、華々しく活躍していた。一歩も二歩も先んじられていたので、私は中島が羨《うらや》ましかった。その中島が朝日新聞から誘われていると聞いた時、少しばかりやっかんでもいた。

「やはり、初心忘るべからず。俺もおまえのようにフリーランスの道を行く」

私と中島は大学時代の同期生だった。学生の頃から、酒を飲むと、二人はいずれ世界に飛び出し、キャパのように現代史の現場を踏むジャーナリストになろうと夢を語り合っていた。

「朝日に入ったら、地方の支局に出され、一からやり直すことになる。外報部に戻れるかどうかも分からない。たとえ外報部へ戻ることができても、ベトナムへ派遣されるとは限らない。そのうちベトナム戦争は終わってしまう」

「それもそうだな」

中島の気持ちも分からないではなかった。中島も私も、ジャーナリストの修業をしているのは、戦争取材がしたかったからだ。

戦争が見たい。人間の本当の姿が赤裸々に見える戦場に行ってみたい。

私たちが戦争取材に憧れたのは、昭和四十年（一九六五年）二月、作家の開高《かいこう》健《たけし》が南ベトナム政府軍に従軍し、ジャングルでベトコンとの戦闘に巻き込まれ、九死に一生を得た体験記事を読んでからだった。開高が従軍した大隊はベトコンに攻撃され、二百人中、生き残ったのは開高と同行した秋元啓一カメラマンの二人を含めて、わずか十七人という壊滅的な打撃を受けた。

開高はその体験をルポ『ベトナム戦記』に書き、さらにベトナムでの体験を小説に昇華させて『輝ける闇』を書いた。

大学生だった私も中島も、開高の作品にショックを受けた。開高だけでなく、岡村昭彦の『南ヴェトナム戦争従軍記』やら本多勝一の『戦場の村』、大森実、バージェットやシーハンのベトナム戦争報道などをむさぼるように読み漁っていた。その頃、ベトナムでは沢田 教一《きょういち》や石川文洋《ぶんよう》などの日本人カメラマンがたくさん活躍していた。

いつか、俺たちも彼らのようなジャーナリストになりたい。

それが中島と私の見果てぬ夢だった。

「……ベトナムから休暇で日本へ遊びに来ていたGIに話を聞いた。北ベトナム軍やベトコンの夜間攻撃は凄まじい。彼らは突撃前にモルヒネや覚醒剤を打っているらしいんだ。その上、予め腕や足に止血帯をしているので、弾が当たってもまったく怯《ひる》まない。真っ暗なジャングルの中から、ヤクが効いているせいもあって、奇声を上げながら、まるで踊るような格好で、塹壕《ざんごう》に飛び込んでくる。撃っても撃っても、VC《ヴィーシー》（ベトコン）の連中は彼らの味方の死体を乗り越え、後から後から雲霞《うんか》のように押し寄せてくるんだそうだ。そのGIは、もうベトナムへ戻りたくない、と泣いていたよ」

中島は目をきらきらさせながら、まるで自分の体験でもあるように語っていた。

「そこまでして、ベトナム人は必死に戦っているのか」

私は想像しただけで身の毛がよだつ思いだった。中島は分厚い近眼鏡の奥の目を光らせた。

「俺はベトナムやカンボジアへ行ったら、鳥ではなくて、虫になろうと思うんだ」

「どういう意味だ？」

私は中島の言葉に戸惑った。

「ベトナムやカンボジアの戦場を、俺は虫になって這《は》いずり回り、戦禍に苦しむ民衆のことを書くんだ」

中島は分厚い近眼鏡の奥の目を光らせながら、私にいった。

「鳥瞰図というのがあるだろう？　あれがいまの新聞記事だ。大所高所に立って見下ろした記事だ。俺が書きたいのは、虫瞰図なんだ。虫の目になって、兵隊や民衆の生活に入り込み、戦争の実態を見たいんだ」

中島は大新聞やテレビから派遣されている記者たちへの批判や不満をぶちまけた。

「サイゴンで会った外国人記者たちは違った。彼らのほとんどはフリーランサーだ。命を懸けて前線に出ているのはフリーの彼らだ。彼らは新聞社やテレビ局の企業ジャーナリストたちが絶対に行かないような危険地帯に入り込み、命懸けで写真を撮り取材している。会社やテレビ局の命令があるから行くのではなく、ジャーナリストとしての使命感や有名になりたいという野心で行くんだ。俺は彼らに会って、フリーランサーの魂がよく分かった」

中島のフリーランサーに対する熱い思いを聞いて、たじたじとなった。私はまだフリーランサーが何たるかを考えていなかった。戦場という修羅場に憧れはするものの、私はジャーナリストの魂や覚悟について考えておらず、まだ中島のように戦場へ飛び込むような自信も勇気もなかった。

目を輝かせて語る中島に、私は記者として二歩も三歩も後れを取っているのを知り、唇を噛《か》んだ。

　中島は不精髭の頬を歪め、自嘲的な笑いを浮かべた。

「だが、ひとつ問題がある。フリー特有の問題だ」

「何だ、それは？」私は訝《いぶか》った。

「カネだ。取材費がまだ足りないんだ。おまえ、カネを貸してくれないか？」

「カネか。弱ったな。出版社に頼みこんでみたらどうだ？」

「二社に話をつけ、原稿料の一部を前払いして貰っている。取材費はお涙金しか出ない。ある社はフィルムを二十本出してくれただけだ。一冊も本を出していない新人記者としては、それでもいい方だろう。あとは家や友人から借金するしかない。もちろん、帰ったら本を書き、借金は印税で返すつもりだ。少しでもいいから頼む」

「いくら？」私は溜め息をついた。

「三万円」

「無理だ」私は頭を振った。

「週刊読書人」での私の月給は一万六千円だった。自分一人が暮らすのもやっとの薄給なのに、この春、勢いで結婚したばかりだった。彼女にも働いて貰っている。貯金はまったくない。それに月給日前だった。

「一万円でもいい」

「悪いが、カネは無理だ」

「だったら、カメラがもう一台必要なんだ。おまえのカメラ、貸してくれ」

私はうっと詰まった。去年の暮れのボーナスをはたいて、会社から中古のアサヒ・ペンタックスSVを払い下げて貰ったばかりだった。それ以来、成田三里塚でも、王子野戦病院反対闘争でも、新宿騒乱でも、愛用のカメラを肩にかけて持ち歩いていた。

私は渋々うなずいた。

「分かった。貸そう。その代わり、必ず返してくれよ。俺の大事なカメラなんだから」

「恩に着る。絶対に返す。おまえの代わりに、いいショットを撮ってくる」

中島は不精髭の頬を崩して笑った。彼はグラスを掲げ、

「これが最後かもしれない。水盃だ」

「変なことをいうなよ。無事に帰って来い。無茶するな」

私は、彼のグラスにグラスをあてた。


中島が羽田空港からカンボジアに発ったのは、五月十七日の日曜日朝だった。その日は、朝から梅雨の走りのような雨が降っていた。

それが中島照男の最後の姿になるとは知る由《よし》もなかった。

4

あの時代を思い出そうとすると、なぜ、こうも気が重いのだろうか。

懐かしい思いもあるのだが、過去の自分を思い出すと、苦しく辛《つら》くなる。恥ずかしさのあまり、居ても立ってもいられなくなる。自己嫌悪に襲われ、できることなら、過去のことは思い出したくない。他人に触れられたくもない。どこか人知れぬ極北の永久凍土《ツンドラ》の地にでも、過去の日々をそっと埋めたまま忘れてしまいたい。

なぜ、そんな気持ちになるのだろうか？

過去は、いつも美しい思い出に満ちているというのは嘘である。過ぎ去った日々の辛い悔恨《かいこん》と未整理の膨大な記憶の重圧に耐えるには、五十年以上経たいまもまだ心構えができないからだろう。

カンボジアの首都プノンペンに入った中島照男が行方不明になったと知らせてきたのは、「東京オブザーバー」の元カメラマンで、中島の同僚だった上田泰一《やすかず》だった。昭和四十五年（一九七〇年）六月初め、からりと晴れた初夏を思わせる日のことだ。

上田の声はやや上擦っていた。

『外務省と共同通信から大森実のところへ知らせが入った。中島さんが前線に取材に出たまま、五日経ったが、まだホテルに戻って来ないそうだ。現地にいたシカゴ・トリビューン紙のジェームソンが、中島さんの姿が見えない、前線で行方不明になったのではないか、と日本大使館へ知らせてくれた』

編集部で電話を取った私は、ゲラに朱を入れていた手を止めた。

ジム・ジェームソン記者は知っている。中島に紹介され、一度ならず居酒屋「どん底」で三人一緒に飲んだことがある。ジェームソンは白髪の上品な風貌の男だ。日本語が堪能で、長年、東京特派員をしているベテランだった。彼は重要な話をする際、独特の鳶《とび》色の目を輝かせていた。

「どういう状況だって？」

『ジェームソンがホテルのフロントに頼んで中島さんの部屋に入ったら、書きかけの原稿や資料、メモ類がそのまま放置されていた。衣類の入ったトランクも蓋が開いたままだった。二台あったカメラの一台がなくなっていた。おそらくその一台を肩にかけて飛び出したのだろう。ということは、中島さんは何日もかかる取材ではなく、すぐに戻ってくるつもりで出かけた。それなのに五日間も帰ってこないということは、中島さんの身に何かあったのではないか、と』

上田は早口でまくしたてた。残っていたカメラは、アサヒ・ペンタックスか、それともニコンか、を尋ねようと一瞬思ったが、何もいわなかった。できることなら、私のアサヒ・ペンタックスを持っていってほしかった。

私は開いた窓から見える神楽坂の家並みを眺めた。青空に白い入道雲が立ち上っていた。地鳴りのような都会の騒音が聞こえた。

まだ行ったこともない異国の地を想像した。埃《ほこり》っぽい南国の街に、カメラを肩にかけ、駆けて行く中島の後ろ姿を思い浮かべた。

「オウムの嘴へ入ったのかな?」

『そうかもしれない。だけど、心配だな。万が一、クメール・ルージュかベトコンのアンブッシュに遭って……』

上田はその後の言葉を濁した。ふと嫌な予感が脳裏を過《よぎ》ったが、私は急いで、それを追い払った。

「オウムの嘴」は、カンボジア国境地帯のベトナム領内へ突き出したスバイ・リエン地区のことだ。その形がオウムの嘴に似ているので、そう呼ばれていた。

南ベトナム解放民族戦線は、カンボジア領内の「オウムの嘴」に根拠地を作り、北ベトナムからの軍事支援を受けて、南ベトナム全土での攻勢を強めていた。

ベトコンの攻撃に手を焼いた南ベトナム政府軍は、それまで手を出さなかったカンボジアの「オウムの嘴」地区を越境攻撃し、北ベトナムからの補給路であるホーチミン・ルートを叩く作戦を行なった。

その南ベトナム政府軍の総攻撃に併せて、五月一日、ニクソン米大統領はカンボジア侵攻作戦を開始し、陸空のアメリカ軍をカンボジアに侵攻させた。ベトナム戦争を優勢にし、パリ和平交渉を有利にしようという最後の賭けだった。

上田の危惧も分からないではなかった。

南ベトナム政府軍が「オウムの嘴」に侵攻する少し前の四月六日、フジテレビの日下陽と高木祐二郎の二人が行方不明になったのも、「オウムの嘴」地区だった。

同じ頃、「オウムの嘴」では、アメリカ人フリー記者ショーン・フリン、CBSのダナ・ストーン、「ギャマ・ニューズ」のジル・キャロン、「ニューズウィーク」のクロード・アルパンなどがあいついで行方不明になっていた。

当時、カンボジアは、アメリカ軍の支援を受けたロン・ノル将軍率いる政府軍と、ロン・ノルに追われたシアヌーク殿下を支持する王制派、さらに中国の支援を受けたポル・ポト率いるクメール・ルージュ（赤いクメール）とが争い、内戦状態になっていた。

中島も私も、その三派の中ではクメール・ルージュにシンパシィを抱いていた。彼らは南ベトナム解放民族戦線と同じような民族解放戦線で、カンボジアの民族独立を勝ち取り、人間解放を目指す社会主義革命組織だと考えていた。後で、それがとんでもない誤りだと分かるのだが……。

　私は受話器を持ち直し、上田にいった。

「あいつのことだ。そう簡単には死なない。もし、クメール・ルージュやベトコンに捕まっても、彼らに話をつけて、解放区へ潜り込み、彼らの戦いぶりを取材していると思う」

　私は自分自身を励ますようにいった。

『そうだといいんだけど』

　上田は、いくぶん気を取り直した様子だった。

5

　中島が日本を出る前、居酒屋「どん底」で私と飲んだ時、中島はカンボジアに入った後の計画を話していた。

「プノンペンに入ったら、車をチャーターして、国道1号線を東に向かい、オウムの嘴へ入るつもりだ」

「危険だな。オウムの嘴は、いま一番のホットゾーンだろう？　戦闘に巻き込まれたら、どうするんだ？」

「危険を承知で行くのが戦争特派員だろう？　その時はその時だ」

「それはそうだが、俺は死ぬのが恐い。何か大義のために命を懸けるのならまだしも、大義も何もない無駄死には嫌だ」

私は正直にいった。中島は不精髭の生えた頰を歪めて笑った。

「大義のない死か。おまえのいう大義ってなんだ？」

「………」

私はいえなかった。口に出していいたくなかったというのが正直なところだろう。

その時、私の脳裏に去来したのは『誰がために鐘は鳴る』を書いたアーネスト・ヘミングウェイや『カタロニア讃歌』を書いたジョージ・オーウェルだった。ヘミングウェイやオーウェルは、あのスペイン内戦に、どう関わったのか？　彼ら二人は共和派の側に立ち銃を執った。彼らには「共和国」という大義があった。彼らは、その大義に命を懸けて敵と戦った。私には、その大義がまだ見つからない。

中島は冷めた口調で続けた。

「人間はいつかは死ぬ。それもたいていはみな理不尽な死だ。交通事故で死ぬやつ。病気で死ぬやつ。たぶん、みんな志半ばにして潰《つい》えている。大義のために死ねるのは、よほど幸せなやつだ。俺は、どんな死も犬死にだと思っている。だから、死ぬまで生きる。貪欲にな。死んだら終わりさ。その時が来るのが遅いか、早いかの違いだ。違うか？」

「たいていは理不尽な死か。おまえのいう通りかもしれないな」

私は中島の言葉にも真実があるように感じた。人間は意味のある死を求めるが、死のほうはそんな人間の思いなど斟酌《しんしゃく》することなしに訪れる。

「俺だって命は惜しい。無理はしない。だからといって、危険を避けてばかりいては何もできない。おまえはいまの世の中を変えたいと考えているのだろう？　だったら、革命家になれ。そうすれば、革命の大義に生き、大義に死ねる」

中島は冗談めかしていった。だが、目は笑っていなかった。私は笑いながらいった。

「俺は革命とか世直しに疑問を感じているんだ。おまえも俺も学生時代に、確かに学生運動をやった。あの頃、俺には大義があったような気がする。ジグザグデモをして機動隊と押しあっていた時、命懸けで闘っている気分だった。だけど、ベトナム反戦を唱えながら、自らの意志でガソリンを浴びて抗議の自殺をしたフランス人やアメリカ人の若者、ベトナムの僧侶のことを知って、俺のやっていることは、なんと甘くて自己満足的なものだったのか、と気がついた」

「俺は、そんなこと、とっくに気づいていた。だから、俺は偉大なる俗物になろうと決心した。大森実を見ろよ。大宅壮一《おおやそういち》を見ろよ。ジャーナリストに理想や大義なんか必要ないんだ。必要なのは大いなる野次馬根性だ。人間のすることへの好奇心だ。理想や大義のためでなく、ほかならぬ自分のために、スクープをものにして、世界に名を知られる。そういうジャーナリストになろうってな。おまえも、本心はそうなのだろう？」

「………」

私は答えなかった。まだ自分の中で考えの整理がつかなかった。

俗物といえば、権力欲の強い革命家こそ、その最たるものではないか。レーニン、スターリン、毛沢東、トロツキー、みな語る言葉こそ立派だが、やってきたことは理想や大義とは無縁なものだったではないか。心から信じられそうな革命家は、キューバ革命を起こしながら、権力に固執せず、カストロにすべてを譲り、新たな革命の地に去ったチェ・ゲバラぐらいなものだ。

私は中島に何歩も先んじられているという負い目を感じながらいった。

「おまえ、正直な男だな。すべては己自身のために書くというのか？　俺はそこまで割り切れない」

「キャパの言葉を知っているか？」

「いや」

「キャパは世界中の戦争の悲惨さを見て回り、そしていうんだ。『ぼくは、結局、見ているしかなかった』と。わが尊敬するサルトルはこう問い給うた。『飢えた子らを前に、文学に何ができるか』とな。馬鹿げた問いだ」

「そうかな」私は口ごもった。サルトルの問いに、どう答えたらいいのか、を私なりに考えているところだった。

「答ははっきりしている。『文学には何もできない』だ。文学だけではない。ジャーナリズムだって同じだ。そもそも、そういう問いかけをするのが間違っている。飢えは政治の問題だ。文学やジャーナリズムで、飢えた子らを救えるはずがないではないか。では、その代わりに、ジャーナリストには、何ができるというのか？」

中島は私を試すように覗き込んだ。

「だから、キャパのいう通り、俺たちはただ見ているだけ。ジャーナリズムなんて、そんなものだ。ただ見ているだけ、ただ見てきただけだ。だけど、俺はそれが重要だと思うんだ。誰かが見てきた。ジャーナリストが歴史の現場を見てきた。権力のすることにジャーナリストの目が光っている。そのことが重要なのではないかってな」

私は中島の言葉に衝撃を受けた。中島はジャーナリストとして、私よりも、はるか高みへ行っている。

「ジャーナリストに理想や大義はいらない、といったな。だけど、おまえは虫になって、ベトナムの泥の中を這いずり回り、戦争の真実や民衆の苦悩する姿を見て回るといったろう？」

「自分のためにだ。彼ら民衆のためではない。書いた記事が、結果的に、彼らのためになればいいだけのことだ」

中島は不精髭を歪ませ、煙草のヤニで黄色く染まった歯を見せた。

「こんな小難しい話は止めだ。話を戻そう。俺の計画を聞いてくれ。プノンペンから国道1号線を行けるところまで行き、できればサイゴンまで抜けたい。そのルートを突破した記者はいない。これだけでも世界的なスクープになると思わないか？」

中島は酒が入ったせいもあってか、いつになく目がぎらついていた。

「もし、ベトコンやクメール・ルージュに捕まったら、どうするんだ？」

「望むところだ。俺はアメリカのベトナム戦争に反対している。俺はベトコンやクメール・ルージュの味方だ。それが分かって貰えれば、彼らに捕まっても殺されはしないだろう。彼らを説得して、ベトコンに従軍させて貰う。そうでなかったらホーチミン・ルートを北に辿り、ハノイへ行かせて貰う。いずれにせよ、これこそ世界的なスクープになる」

中島は眼鏡の奥の目に野心の炎をちらつかせていた。その時、私は中島の迫力に圧倒され、黙していた。

中島は度の強い眼鏡の奥で、目を細めた。

「大スクープをものにして無事帰国したら、ぜひやりたいことがあるんだ。その時は、おまえも加えてやってもいい」

「何をするんだ？」

「大きなアメリカの星条旗をマットの上に敷いて、その上で女を集めて、大乱交パーティーをやるんだ。どうだ、おまえも入れてやるぞ」

中島は悪戯《いたずら》っ子のような顔で、私の反応を見た。中島は時々、偽悪者ぶる癖がある。

「俺は遠慮しておく」

「そうだよな。おまえ、新婚なんだものな。カミさんに悪いよな」

中島はにやにや笑いながら私をからかった。

6

中島が失踪したのは五月二十九日であった。

二日後の三十一日。CBSとNBCのクルーのアメリカ人スタッフ、ジョージ・シバートソン、ジェリー・ミラー、ウエルス・ハンゲン、インド人のラムニク・レクヒ、そしてフランス人のロジャー・コルネの計五人、さらに、日本人クルーの石井誠晴、和久吉彦、坂井幸二郎の三人がジープや乗用車に分乗して、国道3号線を南下してタケオに向かう途中、クメール・ルージュの待ち伏せ攻撃に遭い、全員行方不明になっていた。

　このニュースを知った時、もしかして、中島も、クメール・ルージュに待ち伏せされて、行方不明になったのではないか、という不安が頭を過った。それでもなお、私は中島がどこかで生きていると信じて疑わなかった。きっと、いつか、のっそりとジャングルから姿を見せ、スクープ記事を大々的に発表してくれると。

　なぜなら、ベトコンもクメール・ルージュも、帝国主義国家の圧制や植民地支配から民族解放を目指す革命組織であり、彼らにシンパシィを持つ中島を捕まえても、決して殺しはしない、と信じていたからだ。

　しかし、カンボジアのジャングルに消えた中島は、その後、半年経っても、一年経っても姿を現さなかった。


　昭和四十六年（一九七一年）八月三十日。

　上田から私に衝撃的な電話が入った。

『残念だ。中島さんはクメール・ルージュに捕まり、殺されていた』

「なんだって？」

『行方不明者の捜索を続けていたCBSのチームがクメール・ルージュに処刑されて埋められていた複数の遺体を発掘した。その中に日本人らしい遺体があると、大森実に連絡があった。遺体が身に着けていたシャツや歯型を調べたところ、間違いなく中島さんだと身元が確認された』

上田の声は途切れ途切れだった。話しながら声を詰まらせていた。私は言葉もなく受話器を持ったまま、呆然としていた。

油蟬の声が一段と高くなっていた。どれくらい経ってからだろうか、私はきいた。

「どういう状況で、彼は死んだんだ？」

『失踪した日、中島さんはオウムの嘴ではなく、3号線を南に下り、タケオへ向かったらしい』

中島は、五月二十九日、通訳兼案内人兼運転手として雇った台湾人の顔文慶《がんぶんけい》のシボレーに乗り、国道3号線を走っていた。プノンペンから南へ八十キロメートルにあるタケオの町付近で、クメール・ルージュの部隊と、掃討に乗り出したアメリカ軍やロン・ノル政府軍との間で、大規模な戦闘があった。中島は司令部で、それを聞きつけ、いち早く取材に飛び出したのだった。

3号線はその戦闘のため封鎖されていたのだが、中島たちはどうやってか、検問を突破し、タナール・ポットという村に差しかかった。そこで、クメール・ルージュのゲリラ部隊の待ち伏せ攻撃に遭った。不意の攻撃で運転手の顔文慶は射殺され、中島は捕まった。

中島は後ろ手に縛られ、近くの村の小屋に監禁された。そこには、もう一人フランス人記者が監禁されていた。

中島とフランス人記者は、クメール・ルージュの指揮官である少佐に必死にジャーナリストであることを訴えたらしい。だが、少佐はろくに尋問もせず、二人をアメリカのスパイと断じて、聞く耳を持たなかった。

一部始終を目撃していた村人たちの話では、翌日、二人はクメール・ルージュの兵士たちに縛られたまま、水田の畦道《あぜみち》を歩かされ、林の中に連行された。そこで、少佐はまずフランス人記者を拳銃で射殺した。

中島は、それを見て激怒し、少佐に足蹴りを入れた。倒れた少佐を横目に、中島は水田の畦道を後ろ手に縛られたまま、必死に走った。だが、足が泥にとられ、倒れたらしい。後ろから追いかけてきた少佐は中島の後頭部を拳銃で撃った。

私は上田の話を聞きながら、中島の無念さと口惜しさを思い、涙が止まらなかった。しばらくの間、上田と私は沈黙に身を委ねていた。

私の胸の中は、クメール・ルージュへの憎悪で煮えくり返っていた。彼らを革命組織だから、間違ったことはしまい、と無条件に信じていた己自身の愚かさに腹が立って仕方がなかった。

中島の密葬は大森実の事務所で、「東京オブザーバー」の同僚や親しい友人たちだけが集まってしめやかに行なわれた。

カンボジアに乗り込んだ大森実は、火葬された中島の遺骨を拾い、ジャスミン茶の缶に入れて密かに日本へ持ち帰った。

「ほれ、中島が笑っているやないか。みんなが来てくれてうれしいって」

部屋に安置された中島の遺骨の前で、大森はウイスキーを湯飲み茶碗であおりながら、中島の遺影を指差し、濁声《だみごえ》でいった。大森の目は真っ赤に潤んでいた。

私も遺影に茶碗酒を掲げ、「お帰り」と心の中でいった。大森がいう通り、分厚い近眼鏡をかけた中島がにやっと笑ったように見えた。彼の遺品となった私のアサヒ・ペンタックスSVが遺骨に寄り添っていた。

私は、中島が畦道から全身の力を振り絞り、最後の跳躍をする姿を想像した。

中島はイカロスになり太陽へ向かって飛翔したかったのだろう。

翔べ！　イカロス。

たとえ翼の蠟が融けて海に墜落しようとも、力の限り、翔べ！　イカロス。

第二話　夜明けの街に

1

半世紀前の昭和が燃えた時代、眠らない街、新宿は私たち若者の街であった。

歌舞伎町の噴水広場や東口駅前にはフーテンがうろつき、夜遅くまで若者たちが屯《たむろ》していた。西口広場では土曜日になると、フォーク・ゲリラの若者たちが集まり、ギターを掻き鳴らして、反戦歌を唄っていた。中央公園や花園神社では唐十郎《からじゅうろう》の「状況劇場」の紅テントが立ち、一晩限りの摩訶不思議な世界が上演されていた。

新宿ゴールデン街では毎晩、酔っ払いたちが大声で吉本隆明や埴谷雄高《はにやゆたか》を論じ、文学論や政治論を闘わせていた。議論の果てはたいていがつかみ合いだった。

ＡＴＧシアターではヌーベルバーグの大島渚や篠田正浩の映画が上映され、寺山修司や太田省吾、別役実《べつやくみのる》の演劇が上演された。紀伊國屋ホールも競うように意欲的な演劇や文化講演を催していた。

ジャズ・ライブハウスの「ピットイン」では、山下洋輔トリオが汗だくになってニュージャズを奏でていた。ジャズ喫茶「ＤＩＧ」や「木馬」の暗い店内では、文庫本を手にした若者たちが首を垂れ、大音響で奏でられるジョン・コルトレーンやマイルス・デイビスに聴き入っていた。

紀伊國屋書店には、若者たちが溢れ、吉本隆明や埴谷雄高、大江健三郎、小田実《まこと》、開高健、サルトル、ボーヴォワール、トルストイ、ドストエフスキーなどの知の書を漁っていた。

新宿には、世紀末的な症状を呈した有象無象《うぞうむぞう》の若者たちの文化が息づき、その花が咲き乱れていた。なかには時代のあだ花もあったけれども。新宿は時代の映し鏡であり、若者たちのネバーランドだった。

昭和四十三年（一九六八年）十月二十一日、国際反戦デー。

新宿は異様な雰囲気に包まれていた。後に10・21と記憶される新宿騒乱の日である。

私はその日、朝から仕事がほとんど手につかないでいた。編集室がある神楽坂の上空も、いつになく新聞社のヘリコプターが飛来し、窓ガラスを震わして喧《やかま》しい。

三派全学連を中心とした学生たちは、その日を国際反戦全国統一行動日として、東京をはじめ全国約六百カ所で、デモや集会を行なった。

携帯ラジオのイヤフォンから聞こえるニュースは、丸太を抱えたブント（共産同）、社学同《しゃがくどう》の学生たちが旧防衛庁の正門を破ろうとしていることなどを刻々と報じていた。新左翼各派の学生たちは防衛庁だけでなく、霞が関の官庁街に押しかけ、首相官邸などへの突入を企てていた。そのため霞が関や銀座、六本木界隈では、昼間から学生たちと機動隊とが激しく衝突し、追いかけっこをしていた。

神楽坂から霞が関や六本木は遠く離れてはいるものの、私には何か外がざわめいているように感じてならなかった。出稿の仕事さえなければ、すぐにでも現場に駆けつけたかった。

書評新聞の編集室はいたってのんびりしていた。部員たちは、いつもと変わらず、それぞれ電話で原稿の依頼をしたり、印刷工場へ回す原稿の朱入れをしたりしている。

編集室に桜井法明《のりあき》を探したが、彼の姿はなかった。連絡用のホワイトボードを見ると、桜井の欄に黒いインクで「原稿受取りのため……先生宅に寄ってから出社」と書きなぐってあった。

あいつ、またさぼって出かけているな、と私は苦笑した。

編集会議がない日は、午前中に執筆者の家に寄って原稿を貰うとか、作家や評論家と打ち合わせといった口実を作り、昼過ぎに会社へ出る。そういうサボり方を伝授してくれたのは先輩社員の桜井だった。先輩といっても、桜井と私は年齢が同じだった。

ただ私が学生時代に留年し、二年遅れで卒業したので、入社年次が桜井のほうが上になっただけだ。にもかかわらず、桜井はいつも私に先輩風を吹かせていた。

「おまえな。安月給で、残業手当も出ない会社だぜ。真面目に朝から会社なんか出てられるか。おまえも適当にさぼり方を学んでおくんだぞ」

これが桜井から新入り編集部員の私へのありがたい忠告だった。きっと桜井はデモの現場に駆けつけているのに違いない。

桜井は非常に頭の切れる男で、皮肉屋だ。いい口は利くのだが、それは表だけで決して自分の心は開かない。そのくせ妙に人の顔色を見るのに長《た》けていた。編集長には絶対に逆らわず、心にもないおべんちゃらを平気でいう。その癖、陰では彼らの悪口をいって嘲笑《あざわら》う。裏表のある男だった。性格は悪いのだが、それでいて考えややることが子供っぽくて、どこか憎めない男だった。彼は大学時代に革マル派の活動家だったと聞いた。そういえば、桜井みたいな革マル派の学生がいたなあ、と私は変に納得した。

大学時代に革マル派の活動家たちを何人も知っている。彼らに共通する独特の雰囲気があった。どこか冷ややかで拗《す》ねた人間観を持っていて、いつも利用主義的に人と接する。彼らはみな頭は切れるのだが、どうも心を開いて付き合えない。人間的にどこか信頼しにくいのだ。私が会った革マル派の活動家たちが、たまたまそうだったのかもしれないが、同じ雰囲気を私は桜井から感じていた。

2

私はうずたかく積み上げられた本や資料の山越しに編集長の姿を見た。

編集長の長岡光郎《みつお》は広告部の堤部長とひそひそと何事かを話し合っている。

もし、学生と機動隊の衝突現場の取材に出たいなどといったら、きっと長岡編集長は目を丸くして、まじまじと私を見るだろう。それから、川端康成に似た顔に冷ややかな笑みを浮かべ、あらためて書評新聞の使命やら書評編集者の仕事とは何かということを、えんえんとお説教するに決まっていた。

書評新聞編集者の仕事について理解していないわけではなかった。だが、いつか、会社を飛び出しフリーのジャーナリストになる、それまでの修業の場として、編集部に籍を置かせて貰おうと自分勝手に考えていたので、それまで編集長と無用な衝突は避けたかった。

どうせ、どんなに話しても、編集長には分かって貰えないだろう。

とどの詰まりは、私は書評新聞の編集者には向いていないとなり、自分から辞めざるを得ないことになるだろう。そういう結末が分かっていて、あえて取材に行かせてほしいと無理押しするほど、私は傲慢ではなかったし、愚かでもなかった。

記者としての修業はあくまで自分のためであり、会社の仕事は仕事である。

実際、学生たちと機動隊の衝突現場を直接見に行くことと、書評新聞の編集の仕事とに関係があるとは私も考えていなかった。ただ、現場を実際に自分の目で見、肌で感じることで、時代の風や文化情況を読み取り、それを紙面に活かすことができるとは思っていた。だが、そんなことをいっても、これまで政治や文化情況にあまり積極的にかかわらず、ただひたすら書評新聞としての古き伝統を守ってきた編集長には一笑に付されるのが落ちだった。

桜井にも、そんな思いをぶつけたことがある。

「やめとけ、やめとけ。学生じゃあるまいし、青臭い。ここでは飯を食わせて貰うだけだぜ。与えられた仕事をちゃんとこなしておけばいいのさ。それ以上のことをするのは馬鹿がやることだよ」

桜井は私を冷笑した。私は「そうかな」と訝った。桜井はにやにやしながら、さらに小馬鹿にした口調でいった。

「おまえさんは偉いよ。そうやって、くそ真面目に、この会社のために尽くそうってんだな」

「違うよ。俺は自分のためにも、この「週刊読書人」の紙面を変えて、いまの時代情況や政治情況を論じるような評論を掲載するようにしたいんだ」

「ご立派ご立派。そうやって読書新聞みたいにしようというんだな。勝手にやったんさい。俺はやらんよ。関係ないからな」

ライバル紙の「日本読書新聞」は新左翼系の知識人や評論家の情況論や文化論を毎週のように掲載し、積極的に時代に発言していた。そのため、当時、「日本読書新聞」は「朝日ジャーナル」とともに、広く新左翼系の学生や若者たちに支持されていた。

「真面目に考えてくれよ。俺は悩んでいるんだ。いまのままの自分でいいのか、疑問を持っている。自分のあり方も、自分がいる『週刊読書人』も、このままでいいのかと」

桜井は鼻に皺を寄せて笑った。

「おまえ、まだ学生気分が抜けていないんだな。自己否定の論理か。面白い、総括してみな。結論は見えている。どうあがいたって、いまの世の中では、会社や資本のために働く仕組みになっているんだ。だったら適当に給料分だけ働き、人生を楽しむことに専念すればいい。真面目に働こうなんて馬鹿げている」

話にならない、と私は黙るしかなかった。桜井は私の問いの意味が本当は分かっているくせに真剣にその問いに答えようとしなかった。いまから思えば、桜井のほうが私よりもよほどオトナで、現実を見ていたのかもしれない。

当時、私は確かにまだ学生気分が抜けていなかった。全共闘の学生たちを取材するうちに、彼らからつきつけられた問いかけに、いつしか私も共感していた。

彼らの運動は、見かけこそ、ゲバ棒やヘルメット姿という激しい政治的行動スタイルだったが、その内実は心優しい思想運動だった。東大闘争にしても、はじめは医学部の研修医問題からスタートしているが、思想の錐鉛《すいえん》は東大という大学そのものの存在を問うところまで下ろされ、しかも、同時に東大生であることの意味を問うところまで深化していた。

彼らは大学改革を目的としていたのではなかった。

自分はこのままでいいのか？　自らのよって立つ場所を根底から問い直す。大学の存在そのものを疑い、その資本主義的あり様を否定する。そうした大学の学生であることを否定する。すべての既成の価値観を疑い、否定する。そういう徹底した自己否定の思想運動が、全共闘運動だった。

だが、自己否定からは何も生まれないのも真実だった。

厳しい自己否定の行き着く先は、破壊と自滅しかない。その滅び行くことの予感が当時の若者たちの心情を惹きつけたのではなかろうか？　強い権力と闘って敗北し、自滅したい。東映のやくざ映画で、高倉健がたった一人、ワルのやくざたちに殴り込む。そうした滅びの美学である。勝利するための闘争ではなく、敗北が分かっているのに死んでいく。そこに全共闘運動や、それに共感した若者たちの思いがあった。

私も全共闘運動を取材しているうちに、ジャーナリストであることに疑問を抱かざるを得なくなっていた。公正中立で客観的であることを旨《むね》としたジャーナリズムなんてありうるのか？　私はそんなジャーナリストになろうと思う自分自身に欺瞞《ぎまん》を感じていた。

取材先で学生たちから「ブル新」（ブルジョワ新聞）呼ばわりされる度に、ミニコミの自分たちはそんな大新聞とは違うと反論していたが、書評新聞だとて資本主義社会では企業の立場で報じているわけであり、彼らのいう「ブル新」に変わりはない。私はジャーナリストという職業を疑い、ジャーナリズムとは何なのかを問わざるを得なかった。

その回答を見つけるためにも、私は遮二無二《しゃにむに》現場を見て歩きたかった。いや正直にいえば、ちりちりとした鳥肌が立つような緊張感のある現場に飛び込み、そうした自問自答から逃れたかったというのが本音だったのかもしれない。

その日夕方には、学生たちが新宿へ押し寄せるということを知っていたので、私は原稿整理を早めに切り上げることにした。編集長に、ある作家に依頼した原稿を受け取りに行くと嘘をいい、カメラを肩に会社を飛び出した。私のポケットには無断で持ち出した会社の腕章が捻じ込んであった。

3

新宿駅に降り立つと、西口側の高いビルの一つに目をつけ、屋上に上がった。そこからなら新宿駅東口前を俯瞰《ふかん》できる。民法のテレビクルーも、屋上にカメラを据え付けていた。新聞社の記者たちも三々五々集まってくる。

夕方になり、新宿駅周辺に群衆が集まりだした。一方、新宿駅構内やビルの陰には機動隊の青黒いヘルメット姿が集結していた。

報道陣の間に、学生たちが高田馬場方面から来る、いや代々木駅方面から大挙して来るらしい、という情報が乱れ飛ぶ。

陽が落ちてあたりが暗くなり、ネオン街が色とりどりの明かりで輝き始めた頃、駅東口付近に学生デモ隊が現れ、うねりはじめた。三派全学連の学生たちだった。

およそ千五百人がヘルメット姿に角材や鉄パイプで武装している。午後七時過ぎ、彼らは突然、駅の防護塀を破りはじめ、新宿駅構内になだれ込んだ。

それを機に待機していた機動隊が駆けつける。投石が開始され、ジュラルミンの盾に石のあたる音がかんかんと響く。

学生たちはあっと言う間もなくホームを占拠して気勢を上げた。

旧国電の山手線、中央線は全線が止まった。規制しようとする機動隊に対して、学生たちは線路の石を投げて激しく抵抗しはじめた。

屋上からは全体の状況が確かに良く見える。だが、遠目のために、ひどく現実感が乏しかった。

私はもっと近くで学生や機動隊の衝突が見たくなった。安全圏で見ているのでは取材にならない。私は屋上から階段を駆け降りた。ビルの警備員がシャッターを下ろしていた。私は通用口を開けてもらい、街頭へ飛び出した。西口のバスターミナルにも、群衆と学生が溢れていた。

東口前や大ガード付近で機動隊と学生たちが激しく衝突している。私は腕章を巻き、カメラを抱え、地下道を通って東口へ抜けた。

会社帰りのサラリーマン、フーテン、暴力団のチンピラなど万を超す野次馬たちが東口から大ガード付近にかけて集まっていた。彼らは学生たちに加勢して、怒声を上げ、機動隊へ投石していた。

彼らの一部は暴徒化して、警察車両を襲って火をつけたりした。暴徒となった群衆の中には酒を飲んだ酔っ払いたちの姿もあり、彼らの多くは日頃の鬱憤を警官たちにぶつけて晴らしていた。

機動隊から撃ち出される催涙ガス弾が白煙を上げて路上に転がり、野次馬がそれを拾って投げ返す。

ずらりと並んだ機動隊のジュラルミンの盾に体当たりをかけたり、足蹴りを入れる男。野次馬に対して、警棒でジュラルミンの盾を叩いて威嚇《いかく》する警官たち。駅構内からも火の手が上がった。駆けつけた消防隊は暴徒たちに阻止されて、消火活動もできぬ事態になった。

私は群衆に交じり、機動隊と学生や野次馬の追いつ追われつ、一進一退を、一緒に逃げ惑いながら見ていた。

野次馬の投石に警官たちも負けじと石を投げ返す。間近で石の直撃を受けた若者が頭から血を流して倒れる。警官たちのほうにも負傷者が続出していた。

あちらこちらで救急車のサイレンが聞こえた。警察のスピーカーが、がなりたてる。新宿はもはや無法地帯と化し、戦場の街になっていた。騒動の主役は学生たちから野次馬に移りはじめていた。ヘルメット姿は消え、ほとんどがジャンパー姿の若者やコート姿の会社員たちのように見える。

深夜零時過ぎ、情勢が一変した。

「投石を続ける諸君に警告する。直ちに解放しなさい。これ以上、警察はきみたちの不法行為を見逃すことはできない。……を適用する。抵抗する者は全員検挙する！」

その声を合図に機動隊の壁が動いた。

「全員検挙！」の声とともに、警棒と盾を持った機動隊員たちは喊声《かんせい》を上げて群衆の方へ突っ込んで来る。逃げ惑う野次馬を、どこまでも追いかける機動隊員。私も群衆に押されるようにして逃げた。

その時、機動隊員たちに鉄パイプを振り回している男の姿がフラッシュの中に浮かんだ。見覚えのある顔だった。だが、それも一瞬のことで、男の姿は群衆の中に紛れて消えていた。

4

私が駆け込んだのは、丸井ビルの路地裏にあった居酒屋「伝八」だった。雑居ビル二階の「伝八」は桜井に連れて来て貰った飲み屋で、それ以来、行き付けの店になっていた。

「らっしゃい」

マスターの明《あき》さんの濁声が私を迎えた。

店内は異次元の世界だった。笑いとおしゃべり、人いきれと煙草の煙が充満していた。カウンターだけの「伝八」の店内は、いつになく大勢の客がつめかけ立ち飲みが出るほどだった。

私は冷えたビールを呑みながら、鉄パイプを振り回していた男を思い出していた。

あの男は確かに山崎隆だった。

山崎はゴールデン街で知り合った映画青年だった。病気で入院したと聞いていたのに。

天井近くにはテレビがあり、新宿の騒乱の様子がリアルタイムで映し出されていた。

「おう、とうとう、騒乱罪適用か」

「当分、帰れないなあ」

客たちがどよめいた。テレビの画面にテロップが流れ、警察が騒乱罪適用を決め、大挙して学生や野次馬の一斉検挙に乗り出したと報じていた。

「おう、おまえも来たのか」

カウンターの奥には桜井の赤い顔があった。桜井は酒臭く、完全にできあがっていた。桜井の隣りの席には、顔見知りの編集者たちが座っていた。

「桜井さんはどこにいたんです?」

「俺はここに座ってみんなと飲んでいたさ。テレビで観戦しながらな」

桜井は席を詰め、一人分の席を空けた。私は桜井の隣りに腰を下ろし、ビールとおでんを追加注文した。

「その疲れた顔つきからすると、おまえ、機動隊に追われて逃げ回っていたな」

「まあ、そんなとこです」

「で、分かったか？」

「………」

私は黙っていた。何が分かったというのか、その問いが分からなかった。

「おまえ、自分の立場がどんなものか、考えていたんだろう？　だけど分かるわけはないよな。おまえは所詮傍観者だもんな」

「どうして傍観者だというんです？」

「じゃあ、石を投げたか？」

「いえ。投げるはずないじゃないですか」

「機動隊員とやりあったか？」

「いえ」私は頭を左右に振った。

私は傍観者ではなく、石は投げていないが、彼ら学生たちの同伴者だといいたかった。

「だろう？　やっぱり闘ったわけではないんだろう？　結局、高みの見物をしていたんだ。ここにいる俺たちみたいによ」

桜井はにやにや笑いながらいった。

同席していた顔見知りの編集者の佐竹が酒に酔ってうろんな目を私に向けた。

「負けることが分かっている闘いは、適当にやって切り上げて逃げる。いま頃まで残って石投げているやつは馬鹿だ。それが大衆ってもんだ」

私は黙ってビールをあおった。

どこかで、まだ警察の拡声器の声が響き、救急車のサイレンが遠く近くで鳴っていた。

私が「伝八」の店を出たのは、夜がしらじらと明けた頃だった。ビールやウイスキーの酔いで頭がずきずきと痛かった。

新宿の街にはビラの紙屑が舞い、まだ催涙ガスの臭いが漂っていた。あれほどいた群衆の姿は水が引いたように消えていた。靖国通りを警察の車両が続々と引き揚げていく。

モヒカン刈りをしたフーテンが、シンナーのビニール袋を手にふらついていた。

私はまだ夜の気配が残った新宿の街をあてどなく彷徨《さまよ》った。

ゴールデン街まで来た時、細い路地からふらつきながら歩いて来る男と出会った。山崎隆だった。

「おい、山崎じゃないか。どうした、その格好は？」

山崎は頭に白い包帯を巻いていた。彼は私と分かると、酒臭い息を吐いた。

「ちょうどいい。飲もう」

彼は有無もいわせず私の肩を抱いて、歩き出した。

5

山崎に連れて行かれた飲み屋はゴールデン街の「まえだ」だった。

木製の扉を開けると、煙草の煙やむっとするような人いきれが、暗い穴倉の中に充満していた。トイレの脱臭剤の臭いや、誰か酔っ払いがぶちまけたらしい吐瀉物《としゃぶつ》のすえた臭いに、催涙ガスのちりちりした刺激臭も混じっている。

店内の濁った空気を吸っただけで、私は気分が悪くなり、アパートへ帰るべきだったと後悔した。

「伝八」から新宿駅中央口まで、まっすぐに行けば始発電車に乗ることができたというのに、なぜ、そうせずに、わざわざ靖国通りに回って、ゴールデン街なんかに足を向けてしまったのか？　自分でも理由は分からなかった。

ただなんとなく、騒乱の現場がどうなっているのか見たくなり、夜明け前の新宿の街をあてどなく彷徨ってみたかっただけだった。

カウンターと半畳ほどの上がり框《がまち》、それに小さなテーブルと数脚の椅子があるだけの狭い店だった。

壁紙は長年の煙草の煙で飴色《あめいろ》に変色し、さわるとねっとりとべたついた。天井から傘のついた60ワットの電球が吊り下がり、淡い光を放っていた。

店内には酒に酔った男たちが押し合いへし合いするように軀を寄せ合っていた。上がり框の半畳の畳の上には寝汚い格好で、若い男たちが折り重なるように寝込んでいた。

その男たちの軀の狭い隙間に、どうやって潜り込んだのか分からないが、コートに包《くる》まった若い女の寝姿もある。

二階への階段に腰を下ろし、板壁に寄りかかったまま眠っている演劇志望の若い男。コップ酒片手に、眠っている相手にぶつぶつと議論を吹っかけている中年の評論家。ほとんどが顔見知りの常連だった。

トイレにも誰か入っているらしく、中から調子外れのインターナショナルが聞こえる。

カウンターのスツールに座った男たちも半数はカウンターに突っ伏して寝入っていた。片道だけの規則正しい鼾《いびき》も聞こえる。

「まえだ」のママは、灰が長くついた煙草を吸いながら、カウンターに両肘をついて寄りかかり、目の前の男に濁声で何事かを説教していた。

「おい、マエダのババア。また来たぞ」

山崎は私の肩に摑まったまま怒鳴った。

「うるさいんだよ。ヤマザキ、酔っ払い。また戻りやがって。もう店仕舞いするんだよ」

「まえだ」のママは、まだ四十代になったばかりで、そんなに年寄りではないのに、常連の酔っ払いたちは、みな愛情とからかいを込めて「マエダのババア」と呼んでいた。

「一杯ぐらい、いいだろう？　飲ませろ」

山崎はなおもいった。

ママは山崎を無視して、髪の薄い男を相手に説教を続けていた。

山崎はテーブルに置いてあったグラスを取り上げ、誰かの飲みかけの酒をちびちびと飲んだ。私にも隣りにあったグラスを差し出し、「まあ飲め」といったが、グラスに吸殻が入っていたので、私は土間の床に中身を空けた。

ママの濁声が店内に響く。

「だから、おまえはダメだっていうんだよ。てめえのしたことはてめえが尻拭いしろってんだ。そうだろう？　そんな女とは別れちまいなって」

「うんうん」

説教されている初老の男は純文学の作家だった。しかし、完全に酩酊《めいてい》しているらしく、ママに相槌《あいづち》は打つものの半分眠っていた。ママも同じ話を蓄音器のようにくりかえしている。

「ババア、俺たちに、ウイスキー、頼むよ」

山崎は上体を揺らつかせながら空にしたグラスを二つ、カウンターに置いた。ママはとろんとした目で私と山崎を眺めた。

「なんだあ、おまえらは？」

「ババア、酒だ、酒」

「しょうがないなあ、酔っ払いは。もういくらになっているか計算できないじゃないか」

ママはぶつぶつ文句をいいながら、誰かの名前が書いてある角瓶を棚から下ろし、ぶっかき氷を入れたグラスに目分量でどくどくと注いだ。それらのグラスを私と山崎の前にとんと置いた。

「おまえら、これだけだよ。もう出さないからね」

そして、ママは半分眠っている作家を相手に説教を続けた。

「昨夜、おまえによく似たやつを見かけたんだ」

私は路地の出入り口で機動隊のジュラルミンの盾に、鉄パイプで殴りかかっている男を思い出した。だが、いまの山崎のように包帯はしていなかった。

「ああ、それは俺だ。新宿へ出てきた時には、そんなことをするつもりはなかったんだが、騒ぎを見ているうちに、機動隊に頭に来て、ついやっちまった。俺も馬鹿だよな」

山崎は若松孝二や足立正生《あだちまさお》などのピンク映画の助監督をしている男だった。助監督といってもサードで、チーフやセカンドと違い、監督や先輩、俳優たちの使い走りや雑役夫のようなもので、映画作りにはほとんどタッチしていないと自嘲していた。

「頭の包帯は、どうしたんだ？」

私は山崎の頭に巻かれた包帯に目を向けた。雑に巻かれたのか、包帯が緩くなっており、一部分、黄色い消毒液と鮮血が滲《にじ》み出ていた。

「鉄パイプでやった後、逃げたら、どっからか石が飛んできて、頭にこつんと来た。気づいたら救急車ん中だった。血がぱっと派手に出たんで、誰かが救急車を呼んでくれたらしいんだ。で、このありさまさ。なんで俺がって馬鹿馬鹿しくなり、ゴールデン街へ飲みに戻ったんだ」

山崎は不精髭を生やしていた。以前に会った時よりも、痩せたように見える。

「三島由紀夫が来ていたよな」

山崎は憤慨したようにいった。私は首を傾げた。

「へえ。どこにいた？　見なかったな」

「大ガード付近に立っていた。後生大事に『平凡パンチ』の腕章を巻いてさ。学生や野次馬の暴れる様子を悠然と眺めていた。近くに私服がうようよいたから、手を出さなかったが、飛びかかってぶん殴りたくなったよ」

「どうして？」

「偉そうにしてやがってさ。ＮＨＫのテレビ番組で三島はこういいやがった」

「何だって」

「いまの時代は大義がない不幸な時代だってな。戦前戦中の若者は否も応もなしにせよ、ある大義のために死ぬことができた。だが、いまはそうではない。戦って死ぬための大義を自分で探さなければならない。そういう意味では戦前戦中は、幸せな時代だったとさ。よういってくれるぜ。俺たちには大義がないとはな」

「俺もそう思うがな」

「馬鹿野郎。俺たちには革命とか、社会主義とか、世直しという理想があるじゃないか。それがおまえに分からないというのか？」

私はなんといったらいいのか、酔いでくらくらする頭で考えた。

「冷静に考えて、最近、その理想とか、革命とかが、本当にいいものなのかどうか、俺は確信が持てなくなっているんだ」

「なんで、そう思うようになった?」

「プラハの春がソ連軍の戦車で潰されたじゃないか」

「あんなのはソ連のスターリニズムが悪いんだ。ソ連の一国社会主義が間違っているんだ。どうってことないさ」

「そうかな。ソ連の人々だって自分たちの正義や理想が正しいと考えて、チェコやハンガリー、ポーランドの人が求める自由の声を圧殺したのだろう? 正義と正義、理想と理想のぶつかり合いではないか。どちらが正しいということは、あるんだろうか?」

「歴史が判断するっていうじゃないか」

山崎の答は明解過ぎるほど明解だった。それがかえって私を苛立《いらだ》たせるのだった。

「そんな無責任な話はない、と思うな。判断するのは、時間ではなく、人間だろう?」

「まあ、そうだが、時間が経てば、真実が分かってくるということだろう」

「さっきまで、学生や野次馬と警官隊の衝突を見ながら考えたんだ。もし、我々が人間を資本の軛《くびき》から解放し、自由と平等な、まったく差別のない、平和で理想的な世界を創ろうとしたとするね」

「ああ」

「そのために、俺は人を殺せるのか、とね。人間を解放するのに、人を殺さねば人間を解放できないというのは、矛盾していないか?」

「それが現実の厳しさというものだろう」

「俺はいくら理想のためといえ、たとえ敵だとしても、そいつを殺せない。人を殺せば、俺は一生悔いることになる。人を殺して人は幸福になれないと思うんだ」

「だとすると、ベトナムの解放を叫んでアメリカ軍と戦うベトナムの民衆は間違っているということにならないか？」

「そんなことをいうつもりはない。ベトナムは侵略されているのだから、その侵略者に抵抗するのは当然だと思う。だけど、侵略とか不当な弾圧を受けていないのに、手前勝手な理想を掲げ、ゲバ棒を振るったり、火炎瓶や石を投げつけたりするのは、本当に正しいことなのか、と思いだしたんだ」

山崎は酔いに濁った目をぱちぱちとしばたたかせた。

「理想と現実の矛盾の問題だな」

山崎は自嘲的にいった。

「俺なんか、日常的に、その矛盾の中に住んでいるんだからな。理想は清く正しく美しいが、俺がやっている現実は汚くて醜くて悲惨すぎる。貧乏すぎて今日を過ごすのが精一杯の毎日だ」

彼がいわんとしていることは察知できた。

山崎の夢は黒澤明を超え、ヌーベルバーグの大島渚や吉田喜重《きじゅう》、篠田正浩を目指すことだった。

だが、現実はピンク映画という二流三流映画作りの現場から抜け出せないことだ。いくら、若松孝二や足立正生のピンク映画が、前衛的で革命的だと騒がれても、山崎が理想と思う映画には程遠いというのだ。

山崎はそんな理想と現実の狭間でもがいていた。私もまた同じような境地にいた。だから、山崎とはゴールデン街で知り合っただけの、ただの飲み友達でしかないのに、妙に話のウマが合ういい友人だった。

「三島のような金持ちのぼんぼんには、俺の抱えている矛盾なんか、とうてい分からないことだよ」

「三島由紀夫は嫌いか？」

「ああ、大嫌いだ。あいつには俺たちと違って大義があるんだろうな。だから機動隊と学生の衝突を、まるでてめえには関係ないって態度で平然と見物してやがる。そんな余裕が見えるから嫌なんだ。金があるから、死ぬの生きるの、そのための大義とかなにやらの御託を並べることができるんだろうぜ」

「まったくだ。下らん」

私は訳もなく、山崎に相槌を打っていた。

その夜、「まえだ」で山崎と話したことは、あとで考えると我ながら支離滅裂で、話の脈絡もいい加減だったような気がする。

まだ帰らないという山崎と別れ、「まえだ」を出た時、カウンターではママが作家の男に説教を続けていた。

外はすっかり夜が明け、朝の鮮烈な陽光が新宿の街を洗い流していた。

6

山崎の姿が新宿の街から消えたのは、しばらく経ってのことだった。噂ではピンク映画に出演していた若い女優と出奔《しゅっぽん》したという話だった。

女優といっても新宿の夜の街でスカウトされた水商売の女で、何本かのピンク映画に脇役で出演しただけだから、素人に毛が生えた程度の女優だった。

私もゴールデン街の「ふらて」や「もっさん」「ジュテ」などの飲み屋で、何度かその女が男と飲んでいる姿を見たことがあったが、それほど華のある女ではなかった。セーターを着ても、やたら大きく胸のところを開けていて、胸の谷間を誇示しているかのようなはすっぱな女だ。

女にはやくざな亭主がいて、山崎と二人で出奔した後、血眼《ちまなこ》になってゴールデン街を毎夜うろついている亭主のうらぶれた姿を見たことがある。その亭主の目は虚ろで、すさんでおり、山崎に出遇ったら、きっと刃傷沙汰《にんじょうざた》になるだろうと思った。

10・21新宿騒乱の後も世の中は目まぐるしく過ぎていった。東大で全共闘の学生が林謙太郎文学部長と百七十三時間にわたる吊し上げ団交をやったり、東大駒場祭には、橋本治の「とめてくれるなおっかさん、背中のいちょうが泣いている　男東大どこへゆく」というイラスト入りポスターが貼り出された。

府中市では偽白バイ警官による三億円強奪事件が起こり、吉本隆明の『共同幻想論』が出版された。

その年の暮れには、アポロ八号が打ち上げられ、史上初の月への有人周回飛行に成功した。同じ年、後に永山則夫の犯行だと分かるのだが、連続射殺魔事件が起こっていた。

明けて昭和四十四年（一九六九年）正月には、皇居一般参賀で天皇に向かってパチンコ玉が発射され、東大安田講堂攻防戦が行なわれた。

日大に機動隊が導入され、八カ月ぶりに全学封鎖が解除され、ジョン・レノンとオノ・ヨーコの結婚が報じられた。

春には新宿駅西口のフォーク集会が禁止され、機動隊と衝突する騒ぎがあり、夏にはアメリカ軍の南ベトナムからの撤退が始まり、アポロ十一号が人類史上初めて月面に着陸した。

晩秋の大菩薩峠で武闘訓練合宿をしていた赤軍派が一網打尽にされ、日米共同声明で沖縄が三年後に「核抜き・基地本土並み」返還されると発表された。

山崎隆が再び新宿の夜の街に戻ったのは、その年の秋のことだった。

深夜「まえだ」の扉を開け店内を覗くと、ママの説教する濁声が聞こえた。

カウンターのスツールには、背中を丸めた山崎の姿があった。ママは私を見ると、銜え煙草でいった。

「おう、ヤマザキの馬鹿が戻ったんだよ。あんたも、この馬鹿に、しっかりしろっていってやんな」

山崎は一年もしないのに、痩せこけ、すっかり老け込んでいた。私を見ると、照れくさそうに頭を掻いて、にやっと笑った。

「久しぶりだな。あんたは元気でやってたか？」

「あいかわらず、うだつの上がらない編集者をやっている。山崎は？」

「まあな。ちょっとあってな」

山崎は口を濁した。私はあえて聞かなかった。ママが濁声を張り上げた。

「こいつ、あの女に逃げられたんだってよ。ほかの男に間男《まおとこ》されて、女に逃げられてしまった。だから、わたしゃ前からこいつにいってたんだ。あの女の前の前の男も知っている。亭主のほかに男をつまみ食いし、何度も出奔している女だって。だから、あんなろくでもない女には惚《ほ》れるなってな。惚れてもいいが、真剣になんなってさ。いってる先から、俺は特別だ、ほかの男と違う。女は俺を最後の男にするって誓ったって、こいつも見事にひっかかってやんの。馬鹿だよ、ヤマザキはほんとに馬鹿。また体よく振られてコケにされた。ほんとに女の正体を知らないんだからねえ」

「うんうん」

山崎はママの罵倒に目を細め、嬉しそうにうなずくだけだった。

店内はあいかわらず、酔っ払いでほぼ満席だった。店の隅で、若い編集者たちが高橋和巳の『わが解体』がどうの、埴谷雄高の『死霊』がどうの、といい合っているのが聞こえる。

その隣りでは初老の流行作家が連れの若い女に言い寄っていた。女も口説かれて満更でもない顔をしていた。

カウンターに突っ伏して寝ていた酔っ払いが突然顔を上げた。

「ババア、馬鹿だのちょんだの、うるせい。ババアの説教と坊主のお経は長ければいいってもんじゃねえ」

「おまえの方がうるさいんだ。いいんだよ、こいつは叱ってほしいから、うちに来てるんだからね。馬鹿だっていわれたいんだから」

「うんうん」

山崎は何をいわれても、うれしそうにうなずき、ウイスキーをぐびぐびと飲むだけだった。

「どこにいたんだ？」

「大阪。あいつが前に住んでいたとこ」

「何をしていたんだ？」

「パチンコ店で働いていた。女のヒモのような生活」

「優雅じゃないか。食わせて貰ってたんだろう？」

「やっぱ、俺にはヒモは向いてない。毎日が地獄だった。逃げてくれて、正直、ほっとした。これで責任がなくなったってな」

「ほんとに馬鹿だよ。一緒に逃げた女に責任を感じるなんてさ。お互いさまじゃないか」

ママががなる。山崎がうんうんとうなずいた。

「これから、どうする？　また映画の現場に戻るのか？」

「いや。不義理をした映画の現場には、恥ずかしくて、もう二度と戻れない。ツテで紅テントか黒テントの裏方の手伝いでもさせて貰おうかと思っている。俺には映画か芝居か、そんな世界しか居場所がないんだ」

その夜、夜明けまで山崎と一緒に付き合って飲んだが、山崎は以前のように荒れることもなく、終始笑みを浮かべ、淡々と飲んでいるだけだった。

7

その山崎が久しぶりに大荒れに荒れた。翌年の十一月二十五日、三島由紀夫が自衛隊市ヶ谷駐屯地で割腹自殺を遂げた日のことだった。

その夜、私は三島の追悼記事の手配を終えた後、すぐには自宅に帰る気がせず、新宿の夜の街に寄った。

三島の壮絶な自死にショックを受け、じっとしていられず、何軒かの行き付けの飲み屋を梯子していた。

ゴールデン街の「まえだ」も、いつになく興奮覚めやらぬ編集者や物書きたちで、遅くまで賑わっていた。誰もが、どうして三島由紀夫はあんな馬鹿げた行動に走ったのかを口々にいい募った。ある者は非業の死として悼んだり、またある者は小説を書けなくなった末の愚かな自死だと嘲笑した。

そんな「まえだ」に、表で山崎が殴り合いの喧嘩をしている、と常連客が通報したのだ。

私はおっとり刀で、みんなと一緒に飛び出した。だが、現場に駆けつけるとすでに喧嘩は終わっていた。近くの交番から警官たちが駆けつけ、救急車のサイレンも聞こえた。

山崎は数人を相手に喧嘩し、逆に袋叩きにされたらしい。彼は顔も頭も血だらけになって路地の出入り口に倒れていた。人垣を掻き分けて山崎の傍らにしゃがみこんだ。

「どうしたんだ？　女の前の亭主か誰かにやられたのか？」

山崎は頭を左右に振り、血だらけの顔を無理に歪めて笑った。

「飲み屋で死んだ三島の悪口をいう学生がいてな。俺はたまらず殴りかかった。多勢に無勢だったが、四発は思い切り、ぶん殴った。おまえら、大義のねえ連中には、これしかねえってな。三島は嫌いだったが、敵ながら天晴れな男よ。な、そうだろ？」

私は山崎の悲しみと怒りが分かるような気がした。

救急隊員たちに担架に乗せられた山崎は、救急車で夜の街へ搬送されて行った。私は救急車の赤い尾灯をいつまでも見送っていた。

その夜、入院先の病院から山崎の姿は消えた。それ以来、新宿で二度と山崎の姿を私は見なかった。

しばらくして、風の便りに山崎は郷里の北海道に戻って、牧場で働いていると聞いた。

第三話　夢追い人《デイドリーマー》

1

あの時代、私たちは世界を変えることができると本気で思っていた。

レーニン、毛沢東、カストロ、チェ・ゲバラ、ホー・チ・ミンのように、この世界を変革できると信じていた。

あの頃、私たちは見果てぬ夢を追い求めるデイドリーマーだったのかもしれない。

昭和四十三年（一九六八年）三月十日、日曜日。

空は薄い雲に覆われ、あまり陽が射さない肌寒い一日だった。

私はいつもより早起きし、愛用のアサヒ・ペンタックスSVを肩に板橋のアパートを飛び出した。旧国電、京成電鉄を乗り継いで成田市に駆けつけた。駅から市役所へ向かう道すがら、市内を練り歩く少数の学生デモ隊とすれ違ったが、規制する機動隊の姿はなかった。

その日、朝から成田空港建設反対同盟の農民たちを支援する学生や労働者・市民の総決起集会とデモが成田市周辺でくりひろげられていた。

どうやら間に合った。まだ抗議行動ははじまったばかりらしいと思いながら、私は成田市役所へと急いだ。駅から出た労働者や学生たちも、三々五々、市役所へ向かっている。

彼らと一緒に市役所が見える道路に来て、私はその異様な光景に唖然とした。小高い丘の上にある成田市役所は、まるで戦国の城砦か陣城のようだった。正門前はバラ線の鉄条網を思わせるバリケードが二重三重に張り巡らされ、市役所の周りは高い板塀で囲んであった。

正門の脇には拡声器をつけた櫓《やぐら》が立っている。市役所の構内には、鼠色の車体をした装甲パスなどの警察車両がひしめき、待機する機動隊員たちの姿があった。装甲バスの屋根には学生たちが上れないように重油が塗ってあるという徹底ぶりだ。

その厳しい市役所の周りには、対照的にのんびりとした田圃《たんぼ》が拡がっていた。鉄の要塞のような市役所と、その周りの風景とのアンバランスが私には非常に奇妙に見えた。

先の二月二十六日、成田空港建設反対同盟の農民たちと、彼らを支援する新左翼三派（革共同中核《ちゅうかく》派、社青同《しゃせいどう》解放派、共産同社学同《しゃがくどう》）系学生たちが空港公団分室が置かれた成田市役所にデモを行ない、警察機動隊と激しく衝突していた。だが、圧倒的に数で勝った機動隊によって、農民も学生も規制され排除されていた。

中核、社青同解放派、社学同の新左翼三派は、そのリベンジを果たそうと自派の活動家学生たちに総動員をかけていた。

彼ら学生たちの意気はいつになく、上がっていた。

それというのも、一月十七日、三派系の学生たちは佐世保に集結し、アメリカの原子力空母「エンタープライズ」寄港反対の抗議行動を起こし、機動隊と激しく衝突した。

機動隊の強力な放水や催涙ガス弾攻撃にもかかわらず、学生たちは何度も佐世保の基地ゲートを守る機動隊の壁に突っ込んで行った。その様子はテレビが全国に放送した。

攻める学生も必死なら、守る機動隊も警察の面子《メンツ》にかけて負けるわけにいかなかった。もし、学生たちにゲートを破られて、基地内へ突入されたら、外交問題になる。治安責任者として警察首脳の責任問題になるのは必至だった。

だが、学生はろくに武闘訓練もしていない烏合《うごう》の衆だ。それに対して、警察機動隊は日頃武闘訓練を重ねているプロたちだ。

まともに衝突したら、ひ弱な学生たちは機動隊の敵ではない。機動隊の圧倒的な強さを目のあたりにして、佐世保市民たちはもちろん、テレビを見ていた大多数の人々が学生たちに同情した。

私もテレビで衝突する様子を見たが、やはり強い機動隊員を見ると、学生たちに判官贔屓《びいき》をしてしまう。日本人独特の感性なのだろうが、負けると分かっているのに、ぶつかっていく学生たちの悲壮な闘いぶりを見ると、ついつい弱い者の味方をしてしまう傾向がある。

しかも、学生たちが反対しているのが、アメリカの巨大な原子力空母である。日本人には広島と長崎の被爆体験があるので、核アレルギーが根強くある。

テレビ報道も多分に学生たちに同情的で、学生たちの悲壮な姿をくりかえし放送していた。それを見ていた世論は、だいぶ学生たちに同情的になっていた。

政府や警察当局は、こうした世論動向を苦々しく思い、それをマスコミ報道の姿勢のせいにして敵意を露《あらわ》にしていた。

警察当局は佐世保の轍を踏まぬよう事前に報道機関への規制をかけた。

総決起集会が行なわれる市営球場へ向かう道には警察の検問が設けられ、通行する車はすべて停止され、荷物の検査が行なわれていた。

放送局や新聞社など報道関係者の車も例外ではなかった。この警察の検問に運悪くＴＢＳの取材クルーが乗った車が引っかかっている。ＴＢＳのディレクターたちが取材で知り合った反対同盟の農民たちから頼まれ、会場の球場まで、報道車両に彼らを乗せた。それだけだったらまだしも、彼らのプラカードまでも積み込んで運んでいたのだ。

ＴＢＳは田英夫《でんひでお》をキャスターとする報道番組で、政府自民党や警察に批判的な報道をしていた。自民党はそうしたＴＢＳの報道姿勢を偏向報道として非難していた矢先のことだったので、この事件は報道の中立性を侵す行為だとして、自民党から格好の攻撃材料にされてしまった。

警視庁や県警本部の記者クラブを通して、官製の黄色い報道腕章が配られた。通常、新聞社各社や放送各局の記者たちは、それぞれ自社作成の独自の腕章をして現場に出ていた。

警察当局は黄色の腕章を着用している記者は警察が公認した記者として区別して、黄色の腕章をつけていない記者やカメラマンの取材を規制しようとしたのだ。

記者クラブに属していない記者といえば、週刊誌記者やフリーのルポライター、フリーのカメラマンだ。あるいは、民放の下請けをしている編集制作会社や独立プロのスタッフである。

警察は記者クラブに属していない記者たちが現場にいて学生たちの味方をし、反警察的な報道をしている、と考えたらしい。思えば私もそうした警察非公認の不審な記者の一人だったわけだ。

三派系の学生指導者たちは、反警察の世論を追い風にして、成田に佐世保を再現させたいと思っていた。

危機感を抱いた警察当局は成田三里塚《さんりづか》に千葉県警の機動隊だけでなく、警視庁機動隊の応援を得て約三千人規模を動員し、厳戒体制を敷いていた。

だが、警察当局が怖れるほどには、成田へ駆けつけた新左翼三派系学生は多くなかった。その数およそ千人もいなかったろう。学生活動家たちは、度重なる過激な街頭行動に肉体的にも精神的にも疲れ果てていた。活動資金も足りなくなっていた。三月はじめはまだ春休みの最中で、一般学生に訴えて集めようにも、学校に学生たちがいなかった。

学生たちのほかに反戦青年委員会系労働者や社会党・総評系の労組員、市民およそ三千人も空港建設反対の総決起集会とデモを行なうことになっていたが、こちらははじめから機動隊と衝突するつもりがない人たちだ。

市民球場での総決起集会は終わり、デモに移ったが、彼らは市役所前の国道をデモ行進して成田市内へ向かい、そのまま平穏に流れ解散した。

労働者たちのデモが通り過ぎた後、いよいよ学生たちの動きがはじまった。学生たちは警察の検問の裏をかき、事前に近くの神社の床下に大量のゲバ棒を隠し持っていた。

学生たちはゲバ棒を林立させ、隊列を組んでデモをはじめた。デモは三隊に分かれ、二隊が背後を守り、本隊の一隊が丘の上にある市役所のバリケードへ押しかけた。私は大勢の記者たちと一緒に道路端に立って見物していた。

ゲバ棒を持った学生たちの格好は勇ましかったが、それは見かけだけだった。彼らの大部分は剣道で木刀を振ったこともない者ばかりである。はじめから勝敗は見えていた。

警察当局は市役所内部に待機した主要部隊以外に、やや離れた場所に二つの別働隊を待機させ、てぐすね引いて三派の学生たちを待ち受けていた。

中核派を中心にした学生部隊が市役所正門のバリケードの一部を壊し、中に入ろうとした瞬間、待ってましたとばかりに、外に待機していた機動隊が学生たちの背後から突進した。それと同時に市役所の構内に待機していた機動隊が正門から出て、学生たちに襲いかかった。

前後左右から挟み撃ちされた学生たちはほとんど闘うこともなく総崩れになった。学生たちはゲバ棒を放り捨てて田圃の中に逃げるしかなかった。あっという間もなく、機動隊に学生たちは蹴散らされた。逃げ遅れた学生たちは次々逮捕されて行く。泥んこの田圃の中を、機動隊員と学生が追いつ追われつをしている。

まるで子供の戦争ごっこではないか。成田三里塚の闘争は、こんなものだったのか？

私はうんざりする思いで、曇り空を見上げた。

2

第二ラウンドは成田市営球場で起こった。

ようやく逃げ延びた三派の学生たちは、三々五々市営球場へ舞い戻った。

市営球場といっても、ちゃんとした椅子の観客席がある訳ではなく、バックネットとスコアボード、それに一塁側と三塁側に観客用の草の斜面があるだけの球場だ。外野席はなく、グラウンドを遠く囲むように木立ちがあった。その市営球場を紺色の乱闘服姿の機動隊が遠巻きにして待機していた。

球場のグラウンドに集まって来た各派の学生たちは、ヘルメットを脱ぎ捨て、ゲバ棒も持っていない。彼らはすでに戦意を失い、解散の儀式である総括集会をしていた。

どこかで突撃ラッパが鳴り響いた。

私はあれっと思った。ラッパではないか？

それを合図に乱闘服の機動隊が一斉に喊声を上げ、四方八方から球場のグラウンドへなだれ込んだ。

「中核は全員検挙！」

「一人も逃がすな。全員公妨（公務執行妨害）で逮捕しろ！」

後方の指揮者の拡声器ががなりたてる。

機動隊が怒声をあげてあちらこちらで集まっている学生たちに殺到した。学生たちは機動隊の勢いに浮き足立った。みんな散り散りになって逃げ出した。

一塁側の芝の斜面にいた私も恐怖を覚え逃げたくなったが踏みとどまった。反射的に背後から突進して来る機動隊に向き直り、カメラを向けファインダーを覗いた。

不思議なことだが、ファインダーを覗いていると、四角に切り取った画面がまるで映画かテレビの画像を見ているようで、現実感がなくなり怖さが薄れてしまう。

下手に逃げればデモ隊の一員と見られる。私は逃げる理由もない。警察が捕まえるなら、捕まえてみろ。そう腹を括《くく》った私は自分自身に「俺はジャーナリストだ。プロのジャーナリストなんだ」と言い聞かせ、逃げたくなる気持ちを押さえてシャッターを切った。

逃げれば追うのが警官の習性だ。機動隊員の大群はカメラを構える私のことなど目もくれず、私の両側を駆け抜け、グラウンドの学生たちの方に突進して行った。

私はファインダーを覗いたままカメラをパンさせ、走り去った機動隊員たちの背中を追いながら夢中でシャッターを切り続けた。

逃げ惑っていた学生たちはたちまち機動隊の群れに呑み込まれ、あらかた姿が見えなくなった。あちらこちらで学生たちが袋叩きになり、取り押さえられている。

機動隊の隊長が学生たちを過剰に殴ったり蹴ったりしている隊員のヘルメットを白い指揮棒で叩いて、制止したり注意している。まるで喧嘩だった。隊員の中にも自制心を失っている者がいるのだ。

フィルムはたちまち終わり、カメラのファインダーから目を離した。

私は機動隊の青い乱闘服でいっぱいになったグラウンドを前にして呆然と立ち尽くしていた。

自衛隊ならいざ知らず、警察機動隊も突撃する時にラッパを使うのか？

後で現場にいた知り合いの記者たちに聞いたら、そんなの空耳だよと一笑に付されたが、私は確かに突撃ラッパの音を聞いたのだ。

この日、市役所前の攻防戦と市営球場での検挙で、学生百九十八人が逮捕され、警察学生双方合わせて五百人以上が怪我をしていた。

3

金本滋郎《かなもとしげろう》から編集部に電話が入ったのは、石原慎太郎の連載コラムの原稿と悪戦苦闘していた時だった。石原慎太郎の生原稿は字が汚くてまるで判じ物を読むようだった。

『……参った。カンパしてくれないか？』

受話器から聞こえる金本の声はいつになく元気がなかった。

「どうしたっていうんだ？」

『昨日、ゲバで怪我してしまったんだ』

「成田にいたのか？」

私は原稿に朱入れをする手を休めた。

『うむ』

「俺も行っていた。おまえを探したが、見かけなかったな。どこにいた？」

『青ヘルの隊列にいたんだ。ほかに行くとこがなかった』

青ヘルは社青同解放派の反帝学評《はんていがくひょう》の学生たちが被るヘルメットを指していた。

金本は学生時代に知り合った早稲田の学生だった。本人は文学部に籍を置いているといっていたが、ろくに授業に出ていない様子だった。だが、感心なことに、毎年、授業料は払っているということだから、まだ大学を追い出されてはいないのだろう。その年も卒業できずに留年六年目に入っていた。

金本は小説家志望の文学青年で、どこの党派にも入っていないノンセクトラジカルだった。いつも黒ヘルメットを被って、少数の仲間たちと隊列を組んでデモをしていた。

「道理で見当たらなかったはずだ。いったい、どうしたというんだ？」

『市営球場で解散集会をしていたろう？　そこを機動隊に襲われた』

「そうか。あの中にいたのか」

私は昨日の成田で見た光景を思い出した。

編集長や同僚に聞かれないように、私は声をひそめた。

「パクられたのか？」

『いや。どうにか逃げた』

「よく捕まらなかったな」

ミミズがのたくったような文字の羅列を睨みながら、文意を汲み取ろうとしていた。慎太郎は右手が疲れると左手で原稿を書く。そのため、同じ文字がまったく違う文字に化けてしまう。

『夢中だったからな。だけど、逃げる途中、後ろから警棒で殴られ、気を失ったらしい。気がついたら成田の救急病院に担ぎ込まれていた』

「どこを怪我したって？」

『頭を割られたんだ』

金本は心細そうな声でいった。私は判じ文字の解読を諦めた。

『治療費が出せないんだ。健康保険証もない。一生のお願いだ。五千、いや三千円でいいから、貸してくれ。頼む。必ず返すから。約束する』

金本の声はいつになく真剣だった。私は財布をポケットから出し、中身を確かめた。現金は三千円ぐらいしかない。給料日まで二週間もある。溜め息をついた。また前借りするしかない。

「分かったよ。なんとかなるだろう」

私は金本を励ますようにいい、電話を切った。

「朱入れは終わったかね」長岡編集長が私にいった。

「ここまでです」私は真っ赤になった原稿を編集長に見せた。

「それでは印刷所に出せんな」

「秘書に電話して判らない文字を確認します」

私は受話器を取り上げ、石原事務所のダイヤルを回した。

4

新宿ゴールデン街の飲み屋「もっさん」は安普請の狭くて急な階段を上って二階にあった。毎年のように、その急な階段を酔っ払いが一人か二人転げ落ちて怪我をしているのだが、マスターのもっさんは改築など考えていない。階段から転げ落ちるほど酒を飲んだやつが悪いのだと嘯《うそぶ》いている。

カウンターだけの酒場で、ベニヤ板の壁には状況劇場のポスターやら、横尾忠則が描いた映画「新宿泥棒日記」の映画ポスターが貼ってあり、群小の劇団やATG系の映画のチラシ、音楽関係のチラシがカウンターの隅に山積みになっていた。

店に出入りする人たちがもっさんに頼んで宣伝用チラシを置かせて貰っているのだ。

私はカウンターの空いている席に座り、ビールを頼んだ。もっさんは常連の客と馬鹿話をしながら、カウンター越しに、ビール瓶やグラス、ツマミの皿を私の前に並べた。

窓の外はすっかり暗くなっていた。ベニヤ板の壁越しに隣りの店の客たちの声や物音がくぐもって聞こえた。

約束の時間になった。階段を勢い良く上る靴音が聞こえた。ガラス戸が軋《きし》み音を立てて開き、米軍の草色の軍用ジャケットを着込んだ金本の姿が現れた。

金本はもっさんに、気さくに「よっ」と手を上げて挨拶をし、それから私の脇の椅子にもぞもぞと座った。

「悪りいな。また迷惑かけて」

私は電話の時よりも金本の様子が元気なので安心した。顔色もだいぶいい。

金本は大柄な体付きののっそりした男だった。体格がいいので米軍のジャケットがよく似合った。

「怪我の具合は？」

金本は被っていた野球帽をそっと脱いだ。

「まあまあだ」

金本は頭を私に見せた。後頭部の頭頂近くの髪の毛が円形に短く刈られ、そこに大きな絆創膏《ばんそうこう》がガーゼとともに大きくバッテンに貼ってあった。

「えらく派手な絆創膏だな」

「上空から見たら、一目で俺だと判るだろ？」

金本は照れたように笑い、客と話しているもっさんにいった。

「俺にいつものサワー」

「あいよ。ちょいと待ちな」

もっさんは燗をつけた徳利《とっくり》の首を摘まみあげ、カウンター越しに客の盃に注いだ。

私は財布を出し、五枚の千円札を取り出し、そっと金本に渡した。金本は何度も片手で拝み、札を内ポケットに捻じ込んだ。

「恩に着る。金が入ったら、真っ先に返す」

「頼むぞ。俺も会社から前借りばかりしている。もう限度だといわれた」

金本はうなずいた。サワーのグラスを私のビールのグラスにかちんとあてて乾杯の仕草をした。

「ひゃーうめえ」金本は素《す》っ頓狂《とんきょう》な声を上げた。

「小説は書いているか？」

私は金本にきいた。金本は昨年から、長い小説を書いているといっていた。出来上がったら、読んでくれといっていたが、一向に脱稿したという話を聞かない。

「ああ、書いてはいるのだが、行きつ戻りつしていて、なかなか進まない」

「どんな小説なんだ？」

金本は黙った。きっと話せないのだと思った。根拠はないが、こいつ、書いていないと感じた。

金本は大学で出している文学雑誌の懸賞募集に短編を出し、本賞は逃したものの、佳作の一編に入った。その作品は現実の閉塞した世界を手製の爆弾で吹き飛ばそうとするテロリストの青年を描いたもので、しかし、それも妄想に過ぎなかったという内容だった。

　作品としては、まだまだ文章も内容も稚拙《ちせつ》だったが、それでも何カ所かにダイヤモンドの原石を思わせるきらめきを感じさせた。選考委員の一人も、金本には将来を嘱望できる才能があるといい、ほかの選考委員を押し切って、佳作に残した経緯もある。

「おまえに話すと、小説の構想が消えてしまうような気がするんだ。だから、いいたくない」

「そうか」私もあえて聞くつもりはなかった。

「虚構に現実を壊せると思うか？」

　金本は突然、私に訊いた。私は思わぬ問いに一瞬、何といったらいいか答に窮した。

　金本はサワーを飲み、唇から流れた雫《しずく》を手で拭った。

「俺はあると思っている。たかが小説なんてあなどるやつらに一泡吹かせてやりたいんだ」

　私は金本がいつになく冗舌《じょうぜつ》な口調でいうのを黙って聞いていた。

　壁越しに隣りの店から、酔っ払いが怒鳴り合うようなくぐもった声がまた聞こえた。

　新宿はその夜も静かに深まっていくのを感じた。

5

その後、しばらく金本からは連絡がなかった。きっと私からの借金を返す金がなかったからだろう。

私も金はなかったが、こちらから連絡は取らなかった。同じような貧乏人同士だ。金がないのが分かっているのに、こちらから請求するのも酷な気持ちがした。

「週刊読書人」の仕事がだんだん面白くなり、次第に任される仕事が多くなり、忙しくなったせいもある。

一九六八年。世界は激動の時代を迎えていた。

ベトナム戦争は激化の一途を辿っており、一月末の旧正月《テト》には、南ベトナム解放民族戦線と北ベトナム軍がベトナム全土で、アメリカ軍と南ベトナム政府軍に一斉攻撃を行ない、解放戦線の特攻隊が首都サイゴンのアメリカ大使館を占拠する事態まで起こっている。いわゆるテト攻勢である。

南ベトナム北部国境地帯に臨むアメリカ軍の戦略拠点ケサン基地では、七十七日間にわたって北ベトナム正規軍と攻防戦が行なわれたが、結局、七月初め、アメリカ軍は約二千五百人もの死傷者を出し、基地を放棄せざるを得なかった。世界最強の近代的なアメリカ軍が北ベトナム軍と正面から戦って敗北したのだ。

　四月四日には、アメリカで黒人公民権運動の指導者マーチン・ルーサー・キング牧師が殺され、二カ月後の六月五日には、民主党のアメリカ大統領候補ロバート・ケネディが遊説中に暗殺された。

　元司法長官ロバート・ケネディは、先にダラスで暗殺されたジョン・F・ケネディ大統領の実弟で、兄の遺志を継いで、大統領選挙に出馬した矢先だった。

　中国では毛沢東が主導する文化大革命の嵐が吹き荒れ、全国から紅衛兵たちが北京や上海など大都市に押し寄せて、毛沢東語録の赤い小冊子を振り回していた。

　五月、フランスでは、パリ大学ナンテール分校で学生と警官隊が衝突し、大学が閉鎖された。これをきっかけに、二万人もの学生たちが学生街を占拠するカルチェラタン解放区闘争を行なった。学生の多くが毛沢東思想を信奉しており、サルトルなど知識人たちが彼らを応援していた。パリ五月革命である。

　その最中の五月に、パリでベトナム和平会談の本格的討議が開始されている。

　赤いカーテンに覆われた東欧のチェコスロバキアでは、一月、民主化を唱えるドプチェクが共産党第一書記に選ばれ、「プラハの春」が開始されて、ソ連離れがはじまった。

　しかし、ソ連の圧力で民主化は進まず、知識人たちが民主化停滞を批判する「二千語宣言」を出している。それに共感した学生たちや市民が民主化を求めて動き出した。八月、ついにソ連が率いるワルシャワ条約機構軍は大挙国境を越え、チェコスロバキアに侵攻、全土に戒厳令を敷いた。

日本もまたこうした世界に広まっている熱病のような騒乱に取り憑かれ、怒濤《どとう》のような革命の波を受けていたのだった。

三派全学連を中心とする学生たちは佐世保原子力空母寄港反対闘争、成田三里塚闘争、王子野戦病院反対闘争と忙しく転戦している。

さらに学生たちは大学を拠点に全共闘を組織し、大学闘争をはじめていた。

どこを見ても、気分は革命だった。

6

偶然、金本の姿を見かけたのは、神田の学生街でのことだった。

その日、三派全学連を中心にした学生たちは「日本のカルチェラタン」を叫んで、神田学生街を占拠、警察機動隊と激しく衝突していた。パリ五月革命の一カ月後の六月のことである。

御茶ノ水駅や明治大学前のあたりから、神田駿河台や神保町の交差点にいたる界隈は、交通が規制されて、車も入って来ず、学生たちの天下だった。とはいえ、古本屋や食堂、喫茶店などのほとんどは、いつものように営業していた。学生たちが店を襲わないのを知っていたからだ。

舗道の敷石という敷石は剝《は》がされ、いくつもに砕かれて、投石用の石に変えられていた。

学生たちは通りを封鎖した機動隊のジュラルミンの盾に向かって投石をくりかえしていた。盾にあたった石は乾いた音を立てていた。

金本は敷石をコンクリートの路面に叩き落としては手頃な大きさの石を造り、周りの学生たちに供給していた。時に、自分でも石を握り、機動隊の盾に向けて投げつけていた。

「おい、金本」

私は思わず金本に駆け寄り、腕を摑んだ。一瞬、金本は顔色を変え、私の手を振り払おうとした。どうやら腕を摑んだ私を公安刑事だと思ったらしかった。

「なんだ、おまえか」

金本は安堵したように口元を緩めた。

「公安が、しきりにおまえの写真を撮っていたぞ。次に機動隊が突撃して来たら、きっと公安たちがおまえを捕《ぱく》りに来るぞ」

「ほんとかよ」

金本は急に不安な面持ちになり、あたりを見回した。その時、街路樹の付近で、こちらを窺っている刑事たちの姿が目に入ったらしい。望遠レンズを装着したカメラをこちらへ向けていた。

「やべえ。逃げよう」金本は首をすくめた。

私と金本は急いで近くの細い路地に走り込んだ。

公安刑事たちは追って来なかった。

路地は奥へと続いており、進めば、どこか別の通りに通じているらしかった。狭い路地の両側に、花を植えた植木鉢や松の盆栽が並んでいる。アパートの窓には洗濯物が掲げられ、風に揺れていた。

路地を抜けると、二車線の車道に出た。左手の十字路には機動隊の灰色のバスが何台も駐車し、青い乱闘服の群れが屯している。何人かの機動隊員がこちらを見ていた。

「こっちはやばそうだ。あっちへ行こう」

金本は首をすくめ、車道を渡った先の路地を指差した。私と金本はわざとのんびりとした足取りで車道を横断した。

駆け出したいところだったが、逃げればきっと不審者として警官たちは追って来る。彼らと追いかけっこをするつもりはなかった。

路地の突き当たりは駿河台の小高い丘陵の斜面になっていた。石の階段が上に続いていた。

石段を登った。石段の最上段からは神田の街並が見下ろせた。どこからか、デモ隊の呼び子の音や拡声器の声が聞こえてくる。警察車両や救急車のサイレンも鳴り響いていた。

右手に行けば明治大学や山の上ホテルがある。明大付近は機動隊が制圧しているにちがいない。

左手に行けば日大がある地域だ。そちらも機動隊がわんさといるにちがいない。

真っ直ぐに行けば御茶ノ水駅方面になる。そちらはまだ平穏に感じた。

「駅の方に出よう」

私は金本を促した。

住宅街の通りに出た。プラタナスや銀杏《いちょう》などの街路樹が鬱蒼《うっそう》と葉を繁らせていた。

まるで、エアポケットにいるかのように、そのあたりだけは静かだった。

私と金本は閑静な住宅街の通りを、御茶ノ水駅の方角へ向かって歩き出した。

「こんな時、こんなことをいうのは、恥ずかしいんだが……」

金本はやや顔を赤らめて話を切り出した。

「俺さ、これまで、一度もおんなと寝たことないんだ」

「なんだ？　突然に」

私は金本の告白に一瞬、戸惑った。なぜ、そんな相談を私にするのだ？　それほど、私は金本と親しい間柄だと思ってはいなかった。だから、金本が私を友達と見てくれていることに、私は面喰らったのだ。

金本は照れたように頭を掻いた。

「おまえだけにいうけど、恥ずかしながら、まだ童貞なんだ」

「だから、どうなんだ？」私はなんともいいようがなかった。

「どうしたら、おんなと寝ることができるのか、教えてほしいんだよ」

私は言葉に詰まった。私だとて、そんなにおんなの経験は多くない。

「教えるっていってもなあ」

「頼むよ」

金本は必死な様子だった。

「恋人はいないのか？」

「いない」

金本は大柄な軀を肩をすぼめて、小さくした。金本は見た目、のっそりとしていて、顔立ちも決して美男子とはいいがたかった。だが、丸っこい愛嬌のある目、ニキビ面の真ん中に座っただんご鼻は、見るからに人のいい男である印象をみんなに与えた。

「おまえだって好きな娘《こ》はいるだろう？」

「……いるにはいるが、片思いなんだ」

「その娘を口説けないのか？」

「滅相もない。その娘の前に出ただけで、俺は情けないことに口もろくに利けなくなるんだ。これではいかんと思うんだ。そもそも俺が童貞だから、好きな女性に幻想を抱き過ぎる。一人前の男として好きな女性に声もかけられないいんだと思ったんだ」

金本はニキビ面を歪めた。丸いどんぐり眼は真剣だった。私は声をひそめた。

「だったら、トルコ風呂へでも行ったらいいではないか。どこかの盛り場に行って娼婦にお相手をお願いする方法もある」

「そういうわけにいかんのだよ」

「どうして？」

「俺、日頃、金でおんなを買うなんてことは、女性を物と同じような扱いをしている、けしからんといってきた。その主義に反してしまう。だけど、そんないい格好しいをしている自分がつくづく嫌になるんだ」

金本は溜め息をついた。私は笑った。

「それ、よく分かる。自縄自縛《じじょうじばく》ってやつだな」

画材屋を兼ねた喫茶店の前にさしかかった。私は金本を誘い、店内へ入った。店内はデモから抜けてきた学生たちでほぼ満席だった。

入り口で数分立ち話をしているうちに席を立ったカップルが出た。私と金本は入れ代わりに窓辺の席に座った。アルバイトらしいウエイトレスが注文を取りにやってきた。

私も金本もコーヒーを頼んだ。

アルバイトの娘は長い黒髪をひっつめに後ろに回して、ポニーテイルに結んでいた。細面の色の白い顔は清楚なウエイトレスの制服にマッチしている。娘の額にニキビのような赤い吹き出物がぽつぽつと出ていた。

私と金本は思わず娘に見とれた。娘は私たちの視線に気づくと、顔を少し赤らめ、額にかかったほつれ毛を細い指でかき上げて、逃げるように奥へ駆けて行った。

天井のスピーカーからエリック・サティのピアノ曲が流れていた。

「可愛い娘だな」金本が呻いた。

「俺のタイプ」私がいった。

「誰かに似ていないか?」

「小百合様」

私は「キューポラのある街」の吉永小百合を思い浮かべた。

「吉永小百合か。確かに清楚な感じが似ているな」

金本がうなずいた。ウエイトレスの娘は銀色の盆にコーヒーカップを載せて運んできた。

私も金本も「ありがとう」といい、娘の一挙手一投足を見つめていた。娘はちらりと私たちを見たが、頬にえくぼを浮かべ、踵《きびす》を返して引き上げて行った。

窓のガラス越しに、「ピッピ、ピッピ」と短い呼び子の音が聞こえた。窓の外の通りをダスターコートやジャンパー姿に、赤いヘルメットを被った学生たち十数人がスクラムを組み、駆け足でなだらかな坂を駆け降りて行く。

野次馬や通行人たちが舗道に上がって、彼らを避けた。

学生たちの背後から、靴音を轟かせ、濃紺色の乱闘服姿の機動隊員たちの一団が駆けて来た。彼らも坂を駆け降りて行った。舗道にいた野次馬たちがぞろぞろと機動隊員たちの後についていった。

私はコーヒーを啜りながら、窓ガラス越しに見える世界をぼんやりと眺めていた。

プラタナスの葉が風に揺れていた。また通りには静寂が戻った。

窓越しに見える光景は、まるで映画の一シーンを観ているかのように現実感がなかった。

私は「いこい」を取り出し、たばこを一本抜いて、金本に差し出した。金本はちょこんと頭を下げた。

「ありがと」

私も一本を銜え、喫茶店の紙マッチで火をつけた。金本もたばこの先を火に入れて、うまそうに煙を吸った。

遠くで喊声が上がるのが聞こえた。大通りの方角からだった。

「さっきの話、どう思う?」金本は私にきいた。

「どう思うって」私は何と答えたらいいのか分からなかった。

金本は中空に漂う煙に目をやった。

「俺はどうしたらいいのかな、ってさ」

「おまえ、小説家になりたいのだろう?」

「ああ。いつか、いい小説を書き、きっと小説家になる」

「だったら、おまえは価値紊乱者《ぶんらんしゃ》になる覚悟があるはずだ。おまえ自身の行動や考えが既成の価値観や社会制度に縛られていたら、いい作品なんぞ書けないぞ。おまえ、いつか、虚構が現実を打ち壊す、そういう作品を書くといっていたではないか」

「………」

金本は黙った。私は正直な気持ちをいった。

「偽りの心の自縄自縛の鎖なんか、断ち切ってしまえよ。おんなが抱きたかったら抱く。抱かれたかったら抱かれる。くだくだと理屈や言い訳はいわない。俺はそうしている。相手に金を払ったっていいではないか？　金をむしられたっていいではないか。金でおんなを買うのではなく、抱いてくれたお礼を払うと思えばいい。一時でもいいから、嘘でいいから、自分を愛してくれた礼をする。それだけのことじゃないか」

「ものは考えようだな」

「作家がはじめから既成の価値観に縛られて作品を書いていたら、その作品は大したことはない。ろくな作品を書けないと思う。普通の人には耐えられないような修羅を心に抱えて呻吟《しんぎん》するのが本物の作家だと思う」

「確かに、そうだな」金本は下を向き、考えこんだ。

「そもそも、おまえがいい子ぶって、おんなを物のように金で買うのはおかしいだなんていうのがいけないんだ。偽善者だぜ、おまえは」

「だけどな」金本は苦笑した。

「だけどもへちまもない。愛しているおんなを口説いて抱けなかったら、それはそれで仕方ないではないか。童貞だから、どうのという問題ではない。愛さえあったら、いいではないか。振られたらあきらめる。去る者は追わず。この世界の人口の半分はおんなだろ？　惚れたおんなよりももっといいおんなを見つけることができるかもしれない」

　いつか、私は自分自身にいい聞かせるようにいっていた。

外で歌う声が沸き上がった。三派全学連の学生活動家たちが歌うインターナショナルだった。

天井のスピーカーから流れるエリック・サティの曲が、まるでインターナショナルの旋律を伴奏しているかのようだった。

7

長くて暑い夏が終わった。

編集室で、私はあくびを嚙み殺しながら、担当する文学・芸術欄向けの書物をテーブルに載せ、表紙や目次、あとがき、著者紹介などに目を通していた。

書評用の本は毎週、出版社から山のように届いていた。それを大まかに、紙面別に文学・芸術、学術・思想、文化・読物、児童・教育などに分ける。それらの本に担当者が目を通し、書評に回すか否かを粗選びする。そして編集会議で、誰に本の書評を依頼するかを話し合うわけだ。

「おい、電話だよ」

一面担当の真下俊夫が受話器を手に私を呼んだ。真下は私よりも年下だが、大学を遅れて卒業した私より一年先に入社した先輩編集者だった。

受話器を耳にあてると、金本の弾んだ声が聞こえた。

『金、返す』

「おう。ありがたい。返してくれるのか、うれしいね。月給日前で汲々《きゅうきゅう》としていたところだ」

『夜、もっさんで会おう。待っている』

用件が終わると、金本はさっさと電話を切った。私は半信半疑だった。友人に金を貸して返して貰った記憶がない。どいつもこいつも借りる時だけはいいことをいって、あとはどろんを決めている。

「なんか、いいことあるみたいだな」真下が私をからかうようにいった。

「金が戻ってくる。だけど、そのまま飲み代に消えそうだなあ」

私は嬉しさ半分だった。


残業を終えて、新宿ゴールデン街へ出かけたのは、夜も十時過ぎだった。まだ宵の口だ。

もっさんの安普請の階段を駆け登った。ガラス戸を押し開けると、むっとする熱気や人いきれ、もうもうとした煙草の煙が私を迎えた。

カウンター席の一番奥の席に、おんな連れの金本がマスターと大声で話している。

金本の顔は赤く染まっており、だいぶ出来上がっている様子だった。

おんなは着物姿だった。少し粋《いき》に抜襟《ぬきえり》になっていて、どこかしどけなかった。見るからに水商売の女性であることを窺わせた。目尻の小皺から見て明らかに金本よりも年上だった。

「お、ようやく現れたな。ま、ここへ座れ」

金本は赤く濁った目を私に据えていった。私はスツールに座り、金本の向こう側にいるおんなに頭を下げた。おんなもちょこんと頭を下げた。

「ああ、こいつ、光子。俺の彼女」

金本はおんなに顔を向けた。おんなは財布を出し、私に紙幣を五枚差し出した。

「いつも、この人がお世話になっているそうで。ありがとうございます」

「いえ、どうも」私は紙幣を受け取った。

「あれから、一点突破全面展開だったよ」

金本はどよんと据わった目で私をみつめた。

「そうか。それは良かったな」おんなはマスターと話をしていた。私はその隙に金本の顔に顔を寄せた。

「で、おまえが前にいっていた人があの光子さんか」

「違うって。あちらには見事に振られた。俺はフ、ラ、レタリアートのしがない貧乏人。

あっちはブルジョアジーのお嬢さん。はじめから格が違っていたってわけ」

金本はいつになく冗舌だった。

「じゃあ、なんで一点突破全面展開なんだ？」

「だからさ、一線を越えてみれば、あとは一気呵成《かせい》。なんてことない、と分かったんさ。男と女。やることは一つ。なんで、俺はぐだぐだと、あんなことで悩んでいたのか、馬鹿馬鹿しくなってな」

金本は光子をちらりと振り返った。

「で、こいつのヒモに成り下がったってわけさ」

「なによ、わたしはヒモなんかいらないわよ。あんたを立ち直らせたいだけ。わたしは、あんたの夢を買ったのよ」

「夢だあ？　何の夢だあ？」金本はがなった。

「あんた、小説を書くっていっていたでしょうが。わたしは、そんなあんたに惚れたのよ。その夢忘れてはいやよ」

金本はふんと鼻先で笑った。

「小説ねえ。小説なんか、くだらねえ。クソ食らえだ。どうせ、俺なんか、小説なんか書けないんだ。一生、書けないんだ」

「今日は悪酔いしているわ。さ、帰りましょ。借金を返す用も終わったんでしょ。わたしは店に戻らなければならないんだから」

金本は光子に抱えられるようにして、立ち上がった。金本はよろめき、私に抱きつくようにしなだれかかった。

「おい、俺は哀しいよ。泣きたいよ」

「誰だって哀しいんだ」私は金本の哀しみがいくぶん分かるような気がしていった。

「馬鹿野郎。おまえなんかに、俺の哀しみが分かるもんか」

金本はスツールをぼんと蹴った。マスターが怒鳴った。

「この馬鹿、自分だけ分かった口を利くな。帰って寝ちまえ」

「この人、今夜、どうしちまったのかねえ」光子が甲斐甲斐《かいがい》しく金本を抱えた。

「あいよ、あいよ。じゃあな。自分は帰ります」金本はようやくしゃんと立ち上がり、私とマスターに挙手の敬礼をした。それから二人はもつれ合うようにして戸を開け、急な階段を下り始めた。

マスターが首を傾げた。

「あいつ、どうしたのかな、急に」

階下から、金本のがなる声が聞こえた。

「汚れちまった悲しみに……」

中也の詩だった。

「あの馬鹿ッ」

マスターは舌打ちをし、頭を振った。

数日後、金本から一通の手紙が届いた。そこには、もっさんでのことのお詫びと、ひとりアジアへ放浪の旅に出るという内容のことが書いてあった。その後、金本の消息は分からない。

第四話　記者修業

1

思い出したくもない一葉の写真がある。

ベトナムのサイゴンのアンクアン寺院近くで捕まった南ベトナム解放民族戦線の一青年がピストルで処刑される写真だ。

撮影された日付は一九六八年二月一日。

その日、サイゴンの街では反政府の爆弾テロ事件があいついで発生した。青年は現場で爆弾テロの容疑者として、南ベトナム国家警察に逮捕された。

写真は南ベトナム国家警察庁長官が、逮捕した青年の頭にピストルを突きつけ、その場で射殺した瞬間を撮ったものだ。

一葉の写真といったが、記憶はあいまいで写真はムービー・カメラで撮影されたフィルムの一カットかもしれない。その処刑場面を撮った記録映画を見たような気もする。

青年はピストルが発射された瞬間、顔をしかめ、膝から崩れ落ちた。その顔は、一瞬、泣き笑いしているような表情をしていた。

私は初めて、その写真を見た時、嫌悪感に襲われ、正視していることができなかった。

平然と青年の頭にピストルを向けて引き金を引く国家警察庁長官に対する憤怒《ふんぬ》もあったが、それ以上に撃たれる青年がまるで自分であるかのような気分になって落ち着かなかった。

チャップリンは映画「殺人狂時代」の中で、平和な日に、人間一人を殺せば犯罪者とされるが、戦争で大勢を殺せば英雄になる、と皮肉った。だが、戦争の現場でも、一人の命を奪うことがどんなに犯罪的な行為であるかを、その写真は強烈に物語っていた。

カメラマンは、その写真でジャーナリストとして最高の名誉であるピュリッツァー賞を受賞している。

カメラマンの心境は複雑だったと思う。青年の死と引き換えに受賞したことを素直に喜べなかったに違いない。

そのカメラマンは意図して、処刑の瞬間を狙っていたわけではあるまい。たまたま現場にいて、一部始終をカメラで撮影していただけだったのだろうと思う。

カメラマンへの批判の声もあがった。撮影する暇があったら、なぜ、そんなことをしてはいけない、と国家警察庁長官を止めなかったのか？

しかし、それは殺気立った修羅場の現場を知らない人のセリフだ、と私は思う。

もし、私がジャーナリストとして、その場に立ち会っていたら、果たして、どうしたであろうか？

私はカメラを国家警察庁長官に投げつけてでも、処刑を止めただろうか？

そんなことができるはずがない。もし、そんなことをしたら、国家警察庁長官は私に拳銃を向けるに違いない。

私には処刑を止めさせる勇気はない。

おそらく私も、そのカメラマンと同じように、必死にカメラを国家警察庁長官と青年に向け、祈る思いで撮影し続けたと思う。

全世界が見ているのだぞ、と心で叫びながら。

昭和四十三年（一九六八年）秋。

大宅壮一東京マスコミ塾の授業が続いていた。

私は講師の話を聞きながら、心はベトナムに飛んでいた。

いま頃、ベトナムでは、激しい戦争が続いているのだろう。新聞やテレビが、毎日のように、その様子を報じている。

焦《あせ》っていた。早く現場取材の場数を踏み、ベトナムの戦争を見に行きたかった。

講師はそんな私の苛立ちも知らず、マスメディアの実状について、自慢話めいた体験談を交えながら講義している。

私のノートを取る手は止まっていた。

教室には、五、六十人の受講生が詰めかけ、ほぼ満席の状態になっている。

授業は週二回。仕事が終わった夕方七時から始まり、夜九時には終了する。

退屈だった。いまさらジャーナリズムとは何かとか、ジャーナリストのあり方などのお説教なんて聞きたくなかった。まして、講師の過去の手柄話や自慢話を聞くためにマスコミ塾に入ったわけではない。

こんなはずではなかった。もっと実践的な取材方法やテクニックを教えて貰いたかったのに、机上の精神訓話ばかり聞かされている。

窓の外には、夜の東京の明かりが拡がっている。

話を聞きながら、欠伸《あくび》を嚙み殺したり船を漕いでいる塾生が見受けられる。さすがに私語をする塾生はいなかったが、みな退屈そうだった。

講師は敏感に受講生たちの不満を感じ取ったらしい。苛立たしそうにいった。

「こういうマスコミ塾は、最初の一期あたりに最も優秀な生徒が集まるものだ。熱心さが違う。意欲のあるやつは真っ先に応募してくる。なにごとも初めが肝心だな。後になればなるほど、だんだんと生徒の質が下がる。六期生ともなると、どうでもいいやつばかりだ。熱心に授業を受けようとする態度が欠けている」

私は同期生たちを見回した。

机に突っ伏して眠っている鈴木章に目をやった。

その隣に陣取った大柄な林章が分厚い近眼鏡越しに、やはり眠そうな目で講師を見つめている。

受講生のほとんどが会社勤めをしていた。仕事を終えて、休むところを無理して受講しているのだ。

大学生は数えるほどしかいない。後年、映画監督になる森田芳光《もりたよしみつ》はその一人だったが、大人しい静かな塾生だった。

保険業界誌の編集者である伊藤健治だけは元気に一番前の席に座り、腕組みをして熱心に講師の話を聞いている。

馬鹿馬鹿しい。高い塾費を払った上に、「おまえらはクズの集まりだ」などといわれているのだから。

授業に熱が入らないのは、講師の話が面白くないからだ。

私は、どうして、こんな人がマスコミでちやほやされているのか、と信じられない思いで見つめていた。

2

大宅壮一東京マスコミ塾を知ったのは、上司である編集主任の植田康夫が一期生として入塾し、その受講記を「週刊読書人」の紙面に連載していたからだった。

連載が始まった当時、まだ私は学生だったが、その連載記事を毎週欠かさず読み、自分も記者修業のために、いつかマスコミ塾へ入りたいと思っていた。

大宅壮一東京マスコミ塾は、大宅壮一が急逝した愛息の歩《あゆむ》を偲び、同じような若者たちから立派なマスコミ人を育て上げよう、と考えて開いた塾だった。

塾長は大宅壮一だが、実際には、一番弟子である草柳大蔵《くさやなぎだいぞう》が塾長代行をしていた。

講師陣には、扇谷正造《おうぎやしょうぞう》、青地晨《あおちしん》、丸山邦男、大森実など、錚々《そうそう》たるジャーナリストやマスコミ人、出版人が顔を揃えていた。

大宅壮一は塾生を集めるにも、頭脳の異種交配が大事だと考えた。そのため、銀行員や証券マンから、一般企業の会社員、広告マン、出版社の編集者、新聞記者、放送記者、学校の教員、学生、主婦などありとあらゆる種種雑多な人々が入塾した。

開塾当初はもの珍しさもあって、新聞やテレビなどで大々的に取り上げられたけれども、期を重ねるうちに、だんだんと新聞やテレビもマスコミ塾のことを取り上げなくなっていた。

一期や二期などでは、入塾試験や面接があり、競争率が高くて、かなり落ちる人もいたが、私が入った六期ともなると、応募者が少なくなり、ほとんど誰でも入塾できる状態だった。

そうした中で、話題作りのために犠牲になったのが下重《しもじゅう》暁子《あきこ》だった。下重暁子は当時、NHKきっての才媛で、人気がある美貌の女子アナウンサーだった。

その下重暁子がどういう風の吹き回しか、マスコミ塾へ入塾を出願して来た。それだけでも、マスコミの話題になるのに東京マスコミ塾は面接試験の後、なんと下重暁子を落としたのである。

テレビや新聞などマスコミが、一斉にこの話題に飛びついたのはいうまでもない。大宅壮一東京マスコミ塾は、下重暁子を落としたことで、再び注目を浴びることになった。

塾が彼女を落とした理由は、下重暁子ほどのNHKの才媛アナともなれば、塾に入る必要はない、というものだった。

それはあくまで表向きで、塾の講師たちが授業で漏らす本音は、天下のＮＨＫでオ媛と持て囃《はや》されて、いい気になっている生意気女の高慢ちきな鼻をへし折ってやった、という悪意に満ちたものだった。

そうした人の足を引っ張って喜ぶような、やっかみと妬みで根性がひねくれたマスコミ人を見て、私は幻滅した。

下重暁子は入塾を拒否され、宣伝に利用されたとかんかんに怒っていたが、入らないで正解だったと私は思っている。

塾に入れば入ったで、きっと彼女は、いろいろな講師から意地悪な質問をされ、やっかみと妬《ねた》みの対象にされて、いじめられたことだろう。

「何か質問は？」

講義が終わった。講師は教室内を見回した。誰も手を上げなかった。

講師は憮然《ぶぜん》とした表情で、そそくさと引き上げていく。私はノートを閉じた。

「終わったのか？」

鈴木章はようやく机から頭を上げて、どんぐり眼をしばたいた。鈴木は繊維業界紙の記者だが、仕事がきつく、昨夜も徹夜したと聞いていた。

「やっぱ、講義だけではつまらないなあ」

林章は大きく背伸びをしながら欠伸をした。林章は猪首《いくび》で胸板が厚く、柔道二段の猛者《もさ》。建設会社の営業マンだった。

私は教室からぞろぞろ引き上げていく塾生たちを眺めながらいった。

「だから、いったろう。ジャーナリズムは座学ではなく、行動学だって。現場至上主義。俺たちは現場をたくさん踏むことが大事だ」

「だけど、現場を踏むといっても、どうやったらいいのか分からない」

林章は首をすくめた。前の席の方から、伸びをしながら、伊藤健治がやって来た。

「いやあ、まいったまいった」

伊藤健治は頭をぽんぽんと叩いた。鈴木が訊いた。

「なにがまいったって？」

「俺、まもなく三十五歳になっちまうんだ」

「だから？」私は訝った。

「さっき先生が講義でもいっていたろうが。三十五歳になるまでに、本を一冊出せるぐらいにならねばならないってさ。それでジャーナリストとして一人前だと。俺は三十五歳になるというのに、まだ本一冊書いていない。ほんとに焦っているんだ」

私は林や鈴木と顔を見合わせた。林も鈴木もまだ二十代半ば過ぎになったばかり。私は二人よりもやや年上だが、三十歳にはなっていない。

四人はマスコミ塾に入ってから知り合い、親しくなった。塾が終わると、いつも居酒屋で一緒に将来を語り合う仲になっていた。よきライバルであり、かつよき飲み仲間でもあった。

四人の中で、一番年長の伊藤が兄貴分だった。

四十歳までに、なんとか一花咲かせなければ。それが伊藤の口癖だった。このまま業界誌の編集者で終わりたくない。マスコミ塾の講師たちのようなジャーナリストになりたい。

その思いは四人とも同じだったが、伊藤が最も正直だった。彼はほかの三人と違って妻帯していることもあり、人一倍、焦っていたのだ。

「どこかで、どう?」

伊藤は盃をぐいっとあおる仕草をした。

3

神田駅前の飲み屋街は酒で顔を赤くしたサラリーマンたちで溢れていた。伊藤を先頭にして、雑踏をかき分け、私たちはいつもの赤提灯「篠」の縄暖簾《のれん》をくぐった。

ちょうど入れ替わるように帰る客がいて、テーブル席が空いた。四人はそそくさと席についた。カウンターから威勢のいい声が響いた。林が四人分の生ビールとヤキトリの盛り合わせを頼んだ。

ほどなく運ばれてきたジョッキを掲げ、四人で乾杯した。

伊藤は口の周りについたビールの泡を手で拭った。

「早くなんとか、しないとな。もう、俺は若くないからな。先が見えるような気がする」

「そんな年寄りめいたことをいって。まだ大丈夫。焦らないでよ」

私は慰めた。伊藤は人の良さそうな丸い目をさらに丸くしていった。

「大丈夫なもんか。俺、三十五歳にもなって、まだぺいぺいの平社員だぜ。同級生のほとんどは最低でも主任や主査をしている。なかには係長とか、課長になったやつもいる。いまの会社にいたらそんな出世は望めない。小さい会社だから仕方ないが、俺が社内では一番の若手なんだ。部下はいない。上がたくさんつかえていて、編集長には五十代の後半にならなければなれそうにない。万年平社員のまま定年退職した人もいる。俺はそんな道を辿りたくない。なんとか、一人立ちして、自分のやりたいことをやりたいんだ」

「伊藤さんのやりたいことって、何さ？」

鈴木がにやにやしながら聞いた。

「それが分かっていれば世話はない。それを探しにマスコミ塾に入ったんだ。きみはどうなんだ？」

伊藤はヤキトリを口に運びながら、私に向いた。

「ぼくはフリーのジャーナリストを目指している。筆一本で食っていく。その勉強のために塾に入った」

私はいった。林が同意した。

「俺もだな」

「自分も二人に同じ」鈴木はうなずいた。伊藤は羨ましげにいった。

「おまえら、目標がしっかりしているからいいよな。俺は何が向いているのか、分からないんだ。だけど、マスコミが好きだ。仕事もマスコミに関係したものがしたい。ただ、自分に何ができるのかがはっきりしないんだ」

「編集者を続けるんじゃないの？　フリーの道もあるよ」

林がきいた。伊藤は頭を左右に振った。

「フリーの編集者？　そんなのあるかな」

「あると思うよ」と私。

「だけど、俺は会社人間だからな。フリーは無理だな。だが、いまの会社にこのままいるつもりはないんだ。チャンスがあれば、どこか、もっと大きな出版社か新聞社に入りたい。そこで編集者でも記者でもやってみたい」

いまいる場所ではない、別の場所があるのではないか？　本来の自分がいるべき場所がほかにあるのではないのか？　そういう思いは、私にもある。

伊藤が焦る気持ちが分からないでもなかった。私も三年後には三十代になる。もし、私が彼と同じような三十代半ばだったら、きっといまとは違う道を選んでいたかもしれなかった。

「おまえら、いまのうちだ。俺のようになる前に自分の夢を追ってみるんだな」

伊藤はジョッキを一気にあおり、生ビールを飲み干した。

「さっきの話だけどな。いつまでも座学をやっていてもつまらない。じゃあ、現場をどう踏むというんだ？」

林が伊藤に気兼ねしながら、私に尋ねた。

「そうそう、聞かせてほしいな」

鈴木も身を乗り出した。

「ぼくの会社は書評新聞だから、もともと事件やデモなんか取材する必要はないんだけど、勝手に三里塚闘争や王子野戦病院闘争の取材に行ったり、東大闘争や日大闘争の現場に駆けつけているんだ」

「ほんとかよ。危険じゃないのか？」

伊藤が目を細めた。林と鈴木も耳をそばだてている。

「危険といえば危険だけど、それは覚悟の上さ。投石やゲバに巻き込まれないように、いつも警官隊とデモ隊の双方が見える位置に立つようにするんだ」

「ヘルメットを被ってかい？」

「腕章はつけるのか？」

「警察に捕まらないのか？」

三人は矢継ぎ早に質問した。私はいくぶん得意になって、現場取材のコツを話した。

「もちろん、ヘルメットも腕章も用意した。ヘルメットは工事現場用のものに、マジックで報道と書いた。腕章は会社のものをちょっと借用したんだ」

「うちの会社には腕章なんかないものな」鈴木が頭を振った。

「そんなの手作りの腕章でいいさ。報道腕章なんか、つけていてもいなくても、荒れた現場では意味はない。警察もデモ隊も腕章なんかつけていようがいまいが、邪魔だと思ったら容赦なく襲ってくる」

「警察に偽記者だと見破られないのか？」

林が眼鏡の奥の目を一層細めた。

「偽記者だって？　おいおい、俺は偽記者なんかじゃないぜ。誰がなんといおうと本ものの記者だ。いまは修業中だがジャーナリストだ。自分はプロのジャーナリストだと自分自身に言い聞かせ、現場に立つんだ。そうでないと、警察もデモ隊も怖くなる。カメラを向ける勇気がなくなる」

　私は逃げるデモ隊の中で踏み止まり、殺到してくる機動隊の青黒い乱闘服の塊にカメラを向けて、必死に写真を撮った時のことを話した。警官たちは逃げるデモ隊を追いかけるのに夢中で、カメラを構えた報道記者には目もくれずに駆け抜けて行った。

「取材は気迫だ。こちらが怖じ気づいたら負けだ。万が一、危険な状況に陥った場合を考えて、逃げ路を考えておく。そうすると安心な気持ちで現場がよく見えてくる」

　私はこれまでの取材の経験を思い出していった。

「それから、テレビや新聞の記者たちが、どこにいるかも把握しておく。いざ、困った時には、記者たちのいる場所に逃げればいい」

「それでも、警察に捕まったらどうする？」

　伊藤が心配顔でいった。

「その時はその時だ。警察にはフリーの記者だといって突っぱねるしかない。実際、何も悪いことはしていないのだから、堂々としていればいいさ」

「会社には何といえばいい？」林が聞いた。

「会社にばれたら、ぼくは正直に取材していた、と説明する。それで馘《くび》になったら、その時は仕方がない、と諦める。それも一人前のジャーナリストになるための試練だと思えば耐えられる」

「おまえら独身はいいよな。自分一人で責任を取れるものな」伊藤は羨ましげにいった。

「奥さんにも正直にいえばいいじゃないか。男の夢をかけた修業なんだ。文句をいわれたら、別れればいい」

「過激だなあ」伊藤は笑った。

「そんなことといっていいのか?」

「千夏さんにいいつけるぞ」

林と鈴木が大声で私を冷やかした。私は来年にも千夏と結婚する予定だった。

私は内心本気でいったつもりだったが、彼女が聞いたら、どういう反応を示すだろう、と少し不安になった。

「いまの言葉、覚えておくぞ」林が私に念を押した。私は言い出した手前、引っ込みがつかず、「いいよ」と答えた。

「しかし、俺、おまえさんのような勇気はないものな。デモのような危険な取材なんか、あまりしたくないし」林はぼやいた。

「でも、事件の取材は一度経験したいな。何か、いい方法はないかな?」

鈴木が思案顔できいた。

「いいアイデアがあるんだ」

私にはかねてから考えていたプランがあった。

「どんなアイデアだ？」林がきいた。

「新宿歌舞伎町の交番に二十四時間、張りつくんだ。新宿では毎日毎晩何かが起こっている。もしかして、生の事件が発生するかもしれない。そうなったら新聞やテレビよりも早く事件を取材することができる。どうだい、みんなで一緒にやってみないか？」

私は三人の顔を見回した。

4

大宅壮一東京マスコミ塾の教室は、いつになく満席だった。詰めかけた受講生たちは固唾《かたず》を飲んで大宅壮一の話を聞いていた。

大宅壮一は白髪の頭に、太い縁の眼鏡をかけた、見るからに人の好さそうな好好爺《こうこうや》だった。話し方は能弁であったが、高齢のせいもあってか、やや口に籠《こも》りがちで、それほど舌鋒《ぜっぽう》鋭いというわけでもない。居並ぶ受講生を見る眼差しは、まるで息子か娘を見るかのように穏やかで優しかった。

どんな辛口の文明批評が聞けるのか、と楽しみにしていたのだが、話は現代の世相を揶揄《やゆ》するものではあったものの、あまり辛辣《しんらつ》なものではなく、私は拍子抜けしてしまった。

　この老評論家が「一億総白痴化」とか「駅弁大学」「男の顔は履歴書である。女の顔は請求書だ」などウィットと諧謔《かいぎゃく》精神に満ちた造語をつぎつぎに世に出し、一世を風靡《ふうび》した反骨の人なのだと思うと、私は半ば圧倒されて見とれていた。

　大宅壮一は私にとって雲の上の「神様」だった。『世界の裏街道を行く　南北アメリカ篇』をはじめとする「世界の裏街道シリーズ」や『黄色い革命』など、学生時代に読み漁った本の著者が目の前にいる。それだけで興奮していた。

　大宅壮一なにするものぞ、という反発心はあったが、その一方、慧眼《けいがん》博識に加えて、庶民的な嗅覚、関西人的味覚、独特の皮膚感覚をフルに動員して、世界の隅々を――それも普通のジャーナリストが見ぬような裏の裏を――見て回る大宅壮一の旺盛な好奇心と野次馬精神を私は心密かに尊敬していた。

　いつの日か、自分も大宅壮一のように世界を巡り、彼が見たこともない世界を見てやる。そして、いつか、きっと大宅壮一を超えてやる。

　大宅壮一は、私にとってジョン・ガンサーやアグネス・スメドレー、アーネスト・ヘミングウェイ、ジョージ・オーウェルなど、超えるべく目標にした遥か遠くに聳《そび》え立つ高い山嶺の一峰であった。

講義の内容よりも何よりも、そんな大宅壮一と同じ時間、同じ場所にいる。そのことが私には貴重だった。

「……そういう成れの果てが、いまのわたしということだな。うむ、これでわたしの話は終《しま》いだ」

笑いと拍手のうちに大宅壮一の講義が終わった。司会者が引き継いだ。

「……では、まだ少し時間がありますので、大宅塾長に何か質問したい人がいたら……」

「質問とか、そういう堅苦しいのはいかんな、雑談にしよう。わたしは若い人たちの話が聞きたい」

大宅壮一は微笑み、テーブルの上のコップを取り上げ、水を口に含んだ。

何人かの受講生が立って意見を述べ、大宅壮一が受け答えするというやりとりが和やかに進んだ。そのうち、前の方の席に座った中年の女性が手を上げた。

「高校で教えてる者なのですが、最近の生徒がだめで、少しも勉強をしない。服装は乱れているし、髪はぼさぼさ。学校をさぼるし、反抗的で私たちのいうことをまるできかない。そもそも授業を受ける態度がなっていないんです。そういうできの悪い不良を、どうやって勉強させたらいいのか、どういって立ち直らせたらいいのか、ぜひとも、先生のご助言を頂きたいのですが」

「……………」

大宅壮一のにこやかな顔が強ばった。一瞬、言葉に窮したように口籠ったかと思ったら、突然、大声で女性教諭を一喝した。

「そういう考えをする教師がだめなんだ！」

怒鳴り声に教室内が緊張した。大宅壮一は興奮に手を震わせ、女性教諭を罵倒《ばとう》した。

「管理、管理と学校が生徒を押さえつければ、誰だって反抗する。生徒は羊や山羊のような家畜じゃない。ものを考える人間なんだ。押しつけ教育に反抗して、不良になるのはあたり前だ。不良が、どうして悪い？　管理されて汲々としているような従順な生徒ばかり作るのが学校教育なのか！　わたしなんかは、中学生時代から札付きの不良だった。いまもって不良であることを誇りに思っている」

女性教諭は顔を真っ赤にして頭を垂れていた。

大宅壮一は舌をもつれさせ、唾を飛ばしながら、まくしたてていた。それは胸のうちに抱いていた教育者に対する日頃の不満や鬱屈が一挙に奔流となって流れ出たかのようだった。

さすが、大宅壮一、いいことをいうではないか。

私は腕組みをしながら、烈火のごとく怒る白髪の老師に見とれた。胸のすくような啖呵《たんか》の連発が快かった。

5

神田駅前の赤提灯「篠」は酔っ払いの喧噪と煙草の煙に満ち溢れていた。

「いやあ、面白かったな。大宅さんは確かに昔も今も不良だものな」伊藤健治はいまだ興奮冷めやらぬ顔でいった。

「あの女教師、ちょっと気の毒だったたな。彼女、教育者の代表じゃないのに怒鳴られてさ」

鈴木章が気弱そうな笑みを浮かべ、ビールを啜《すす》った。林章が口元についた泡を大きな手で拭った。

「いわれて当然だろう。教師は自分に都合のいい生徒がいい生徒だと勘違いしているからな。教育現場の先生にはいい薬だよ」

私も林に同感だった。

伊藤は店員に二級酒の熱燗を注文しながらいった。

「ところで塾もそろそろ残り少なくなったな。あと何回授業がある?」

鈴木は手帳を開いた。

「あと六回。年が明けたら卒塾だ」

伊藤は貧乏揺すりしながらいった。

「もう六回しかないか。そろそろ卒塾論文を書かねばならんな。みんな、何を書くか決まったか？」

「ぼくは成田空港反対闘争のルポに決めた」

私は口から出任せにいった。そう周りに公言しておけば、書かざるを得なくなる。そうやって自分を追い込まないと書けないタイプなのを、最近実感していた。伊藤は頭を振った。

「いいな。もう決めたのか。林、おまえは？」

「俺はまだ。だけど、建築業界の裏話でもやろうかな、と思っている。鈴木は？」

林章はある大手のゼネコンの営業マンだったが、今月、希望の広報課に異動していた。

「ぼくはまだ決めてない。何にしようか迷っている。暗中模索。伊藤さんは？」

「俺、思いつかないんで困っているんだ。どうしよう？　気ばかり焦って」

「いまいる会社の利を活かして、保険業界の裏話をやるとかはどう？」林がいった。

「つまんねえだろう。業界話なんか書いたって。もっとちゃんとした論文にしたいんだ」

「だったら、これまでの講義をあれこれ取り上げて、批評したらどうかな？」私がいった。

「なるほど、その手もあるか」

林が通りがかった女店員に二杯目の大ジョッキを注文してからいった。

「これまでの講義でためになったのは、どの先生の授業だ？」

「出席してない授業が多いから、あまりちゃんといえないな」

私はビールを飲みながら肩をすくめた。本業の仕事が忙しかったこともあり、出ていない授業も結構多かった。

「草柳大蔵の実践的な取材手法がよかったな。すぐに実行できそうだし」と伊藤。鈴木は考えながらいった。

「ぼくは扇谷正造の週刊誌の企画をどう立てるか、が一番参考になった」

「俺は丸山邦男や大森実だな。対照的な二人だけど、彼らの歴史や時代に対する考え方は勉強になった。大森の切った張ったの実録は少し自慢話めいていたけどな」

林はそういうと、ぐいっとビールのジョッキをあおった。私は考えながらいった。

「丸山邦男もいいが、青地晨の言論表現は一切自由という話はよかった。ジャーナリズムは、いつも反権力反国家でいるべきだ。そうやって権力の暴走を監視する役割を担っていると。ぼくもそう思うものな」

青地晨は戦時中にあったデッチ上げによる言論弾圧事件「横浜事件」の元被告の一

人として、事件の一部始終を話してくれた。

青地晨は訥弁《とつべん》ではあったが、その穏やかで誠実そうな人柄と、同時に内に秘めた反権力反国家の言論人魂に、私は惚れ込んだ。以来、青地晨を尊敬し、勝手に師として私淑することに決めていた。

「猪野《いの》健治のヤクザ社会や右翼論も面白かったぜ」林が付け加えた。

「うむ。参考になった。卒塾論文にできそうだ。いただきだ」

伊藤は満足気にうなずいた。運ばれてきた熱燗を盃に注いで飲んだ。林が私に向いた。

「ところで、新宿歌舞伎町交番に一日張りつく話はどうなった？　そのルポを書いて出す手もあるな」

「ＯＫだ。『新宿プレイマップ』に企画が通った。あとは日取りを決め、警視庁広報を通して、淀橋署に取材を申し込むだけだ」

「新宿プレイマップ」は新宿界隈の百貨店やブティック、レストラン、バーなどをお得意さんとしたタウン誌である。先日、知り合いの本間健彦編集長と話をし、ページを取ってくれることになったばかりだった。

「え？　仕事にするのかい？」鈴木は驚いていった。

「原稿料も出るのか？」林も訝った。

「あたり前だ。我々は駆け出しとはいえ、ジャーナリストの端くれだぜ。取材したら記事を書く。仕事ならば金を貰う。でなければ取材費も出ないことになる。売れる原稿を書く、それがプロだろう？」

「同感。俺もやるぞ。で、いつやる？　できれば、土日にしてほしいな」

林は大きな身を乗り出した。鈴木も手帳を開けた。伊藤は頭を左右に振った。

「俺は土日でも無理だ。暇がない。もう三十五過ぎだ。徹夜で張りつくなんて体力はない。三人でやってくれ」

私は林と鈴木と顔を見合わせ、にんまりと笑った。三人ともやる気満々だった。

6

新宿の街は夜も眠らぬ不夜城である。

歌舞伎町交番は、その新宿の繁華街のど真ん中にあった。目の前に新宿コマ劇場や噴水池の広場があり、ロードショー映画館が立ち並んでいる。周りの路地という路地には、バーや飲み屋が所狭しと立ち並んでいる。裏手にはラブホテルや「トルコ風呂」、サウナ風呂、キャバレー、クラブなど風俗店もひしめき合っている。

私と林章の二人が交番に張りついたのは、午後の遅い時間からだった。鈴木は結局仕事の都合で残念ながら参加できない、と連絡して来た。

警官たちは私たちの取材が入るというので、いつもより張り切っていた。

歌舞伎町交番はコンクリート二階建ての瀟洒《しょうしゃ》なビルで、一階には事務机と椅子が置かれた事務スペース、奥に湯沸かし台や小さな取調室がある。二階は仮眠所兼休憩室になっていた。

私と林は一階の出入り口付近に陣取り、街を行き来する人々を眺めていた。

「ここの交番は、夜遅くなればなるほど忙しくなるんです」

初老の班長は言葉少なめに説明した。その言葉通り、宵闇が街の路地路地に浸透し、ネオンの輝きが夜空を染める頃になって、俄然、交番は人の出入りが激しくなった。

飲み屋やレストラン、バーなどの場所を聞きに来る人。店の出入り口の前に違法駐車の車がある、どかしてくれといって来るヤクザ風の通報者。落とし物があったといって持って来る通行人、反対に物を失《な》くした、あるいは盗まれたと届けて来る人。

机の上の電話機はひっきりなしに鳴り響き、壁のスピーカーからは警視庁指令室からの通報が流れて来る。

管轄外だと警官たちは誰も動かないが、管轄内の町名が流れると、留守番役を残して即座に飛び出して行く。

その度ごとに、私たちも彼らの後を追いかける。酔っ払い同士の喧嘩、殴り合い、男女の痴話喧嘩、無銭飲食、バーでボられたのでかけあってほしい……。

私服警官が家出少女を連れて交番にやってくる。パトカーが交番に横付けになり、私服刑事に腕を取られた少女が不貞腐《ふてくさ》れた顔でパトカーに乗り込んで行く。

深夜になると、千鳥足の酔っ払いが入れ替わり立ち替わりに訪ねて来る。交番はまるで酔っ払いの寄り合い所の体をなす。

話し相手がいなくて、警官に話を聞いて貰おうとやって来る年寄りの酔っ払い。くどくどと女房や姑の悪口をいい、会社の上司の不満をいい募り、帰って行く会社員もいる。

正体が分からなくなるほど泥酔して、連れて来られ、結局、一時、虎箱に保護される中年女。ヒステリックに警官に飛びかかろうとして、連れに引き留められる女の大トラもいた。

やれ終電車に乗り遅れた、どこか泊まる場所を教えてくれの、金がないので、金を貸してほしい、そうでなければ交番の留置所に泊めてほしい、といってくる酔っ払い。いい女のいる飲み屋はないか、安心して飲めるバーを紹介しろ、という酔っ払いもいる。

事件らしい事件もなく、新宿の夜は更け、午前二時過ぎになった。

「今夜はあいにくですなあ。いつもなら一件や二件、新聞ネタになるような事件が起こるんですがねえ」

班長の警部補は気の毒そうにいった。

巡査長と若い巡査が班長に敬礼し、パトロールに出ると申告した。

「定時のパトロールに二人が出るけど、一緒に行きますか？　何かあるかもしれない」

私と林は椅子から弾かれたように立った。

「行きます、行きます」

二人の警官は外へ出ると、小声でいった。

「近くの公園のトイレで、時々、覚醒剤を打っているヤク中がいる。そいつらがいたら、引っ張りますから」

「よっしゃ。行きましょう」私も林も本ものの捕り物が目の前で見られるかもしれないという期待と興奮で血が躍った。

だが、線路近くの小さな公園には人気もなく、男女のアベックがいただけ。アベックも警官と私たちの姿に、そそくさと立ち去ってしまった。

トイレを覗いたが、中には誰もいない。警官たちも諦め顔だった。

「今夜は、いよいよ不発ですね」

二人の警官は通常のパトロールに戻って、路地を歩き出した。薄暗い路地を出ると、住宅街の通りに出た。林も私もぶらぶらと散歩を兼ねて、警官たちの後に続いた。

突然、物の壊れる音が聞こえた。巡査長がもう一人に怒鳴った。

「車上狙いだ！　行くぞ」

二人は腰の警棒を引き抜き、地を蹴ってダッシュした。私も林もカメラを手に息急き切って警官たちを追いかけた。

道路の両側に駐車した車の列に、黒い人影がちらついていた。何やら喚《わめ》きながら車のボディに蹴りを入れている。

「待て！　警察だ！」

警官たちは怒鳴りながら人影に殺到する。数人の人影は一斉に散って逃げた。警官たちは逃れ遅れた人影に飛びかかった。若い方の巡査が一人を車のボンネットに押さえつけた。年上の巡査長が、もう一人を地べたにねじ伏せ、手錠をかけている。

私と林は現場に駆けつけ、警官たちにカメラのシャッターを切った。フラッシュがあたりを真っ白に照らした。

「逃げたやつを追いかけろ！」

巡査長は若い警官に怒鳴った。

「こいつを押さえて」

ボンネットに男を押しつけていた若い警官が私たちに怒鳴った。反射的に私と林は男を捕らえていた。若い警官は逃げた人影を追って猛然と走り出した。

私は手錠がかけられた男の腕を取った。柔道の心得のある林が男の首に腕をかけて締め上げる。

「ヤッパ（刃物）を持っているかもしれん。気をつけろ」

巡査長が大声でいった。急いで私は捕らえた男の軀を上から探った。

「そんなもの持っちゃいねえよ」

男が大声で喚いた。吐く息に熟柿のような臭いがあった。酔っ払いだった。

「おまえらがやったんだな！」巡査長がもがく男をど突いた。駐車している車のサイドミラーが軒並み壊されていた。

「ああ、そうだ」

「てやんでえ」

二人ともだいぶ酔っている様子だった。

「器物破損の現行犯で逮捕だ。一緒に交番へ連行してくれ」

巡査長は私たちにいった。私たちは男の軀や腕を摑み、歩き出した。酔っ払いは私に顔をねじ曲げていった。

「なんだ、カメラなんかで撮りやがって。もしかして、おまえら同業者じゃねえのか」

「同業者だって？」私は何の意味か分からなかった。

「そうなら勘弁しろよ。今日、初めて雑誌に原稿が載ったんでみんなで祝杯を挙げてたんだ。同業者なら見逃がしてくれよ」

「………」私は黙った。酔っ払いはなおも続けた。

「頼むよ。なんでおまえら警察の手先になって、俺たちを捕まえるんだよ」

「うるさい！　ぐずぐずいわず歩け」

林は怒鳴りつけた。私も無性に腹が立った。

「悪いことは悪いんだ。同業者ならなおのこと、自分のやったことの責任を取れよ」

私と林は男を交番へ強引に引き連れて行った。

結局、その夜、器物破損容疑で連行したのは、その二人だけだった。

捕らえてみれば同業者とあって、後味の悪い取材だった。

二十四時間新宿駅歌舞伎町交番ルポは、私がまとめて書き、「新宿プレイマップ」年末号に掲載された。

わずかばかりの原稿料は、みんなの飲み代になって消えた。苦い味の酒だった。

7

第六期大宅壮一東京マスコミ塾卒塾の日になった。

教室として使われていた部屋が卒塾式会場になった。講師と塾生が直に懇談できる、質素で自由な雰囲気のパーティーだった。

大宅壮一塾長はあいにく体調を崩したとのことで、姿を見せなかった。しかし、講師でもある青地晨、扇谷正造、丸山邦男、三鬼陽之助《みきようのすけ》などノンフィクションクラブの錚々たるジャーナリストたちが顔を揃えていた。

草柳大蔵塾長代行が塾を代表して卒塾の祝辞を述べていた。

パーティー会場には卒塾生が喜色満面で立っていた。私たち四人は隅に集まっていた。

「おい、卒塾といったって、これからどうする？　おまえら、本当にフリーになるのか？」伊藤は不安を隠さなかった。

「ぼくはまだフリーになる自信がない。しばらくは業界紙の記者を続けるよ」鈴木章は悲しげに頭を振った。

「俺もフリーにはなれんな。先日の交番取材で懲《こ》りた。会社の広報でやって行く」林章も溜め息をついた。

三人は私に顔を向けた。私は膨らんでくる不安を無理に追い払って宣言した。

「ぼくもあと二年、延びても三年で、会社を辞めてフリーになるつもりだ」

宣言した以上、もう後には戻れない。私は覚悟を決めていた。

「おい、おまえの名前、先生に呼ばれているぞ」林がにやっと笑い、私の肩を叩いた。

「おまえ、首席だってよ」

伊藤が私の背中をどんと押した。私は一瞬何のことだか分からずに立っていた。

「おう、きみだ。こっちへ来い」

草柳塾長代行が私にいった。青地晨も微笑み、私を手招きした。まだ信じられなかった。私は背を押されるようにして前へ出た。

「それから、フジテレビ報道部の中野紀邦くん。きみもだ」

草柳塾長代行はにこやかに笑い、拍手をした。講師や卒塾生たちが一斉に拍手をした。私は半信半疑で前に立った。

草柳塾長代行は賞状を手に、私にいった。

「……きみは日頃から現場至上主義を唱え、有言実行している。今後ともタンクのようにがむしゃらに現場を歩き回り、いい作品を書くよう期待する」

私が短軀《タンク》であることを皮肉っているな、と気づいたが、どうでも良かった。

一期から五期までの首席卒塾生はいずれも、ご褒美として、大宅壮一考察組の一員に加えられ、アジアや欧米への取材旅行に連れて行かれた。

自分も大宅さんと一緒に考察の旅に出ることになる。そう考えただけで、軀が熱くなり、夢心地であった。

「……しかし、大宅さんの体調が悪いこともあって、今年の考察組の旅行は行なわれないことになった。従って副賞の旅はなしとなる」

私は現実に引き戻された。ええ？　そんなご無体な……。

草柳塾長代行は頰を崩して笑い、続けた。

「それでは今期の首席卒塾生があまりに可哀想というので、副賞として最新式のロードマチック腕時計を授与することにする」

私は呆然としたが、沸き上がった拍手に気を取り直し、賞状と副賞を受け取った。

「おい、これでフリーになる弾みがついたな」

伊藤や林、鈴木が私を迎えて、口々に祝いの言葉をいった。

六期の塾生一人ひとりに草柳塾長代行から卒塾記念の金メッキの小盾が手渡された。金色の盾には草柳大蔵直筆の卒塾生へ贈る言葉が彫り込まれていた。

「一花はなひらく　天下の春」

私は腕時計を握りしめながら、いつか、必ずフリーになると決心した。

第五話　あしたのジョーたち

1

ジャズクラブ「新宿ピットイン」の店内は人いきれと煙草の煙、むっとするような熱気が充満し、いまにも爆発しそうだった。

明るい照明の下、山下洋輔が汗だくになってピアノの鍵盤を叩いている。ドラムスの森山威男《たけお》がスティックを凶器のように揮い、狂暴な牙を剥いて、ピアノに襲いかかる。サックスの中村誠一もまた額の汗を飛ばして、二人の間に割って入り、殴り込みをかけた。

私はステージ間近のフロアに直に尻をつけて座っていた。ドラムスが叩き出す重低音が地響きとなって尾骶骨《びていこつ》を突き上げてくる。

空中に暴力的な和音や不協和音が飛び交い、衝突し合っては絡み合い、狂乱や喧噪、破壊や爆発をくりかえしている。

耳を聾《ろう》する無秩序な騒音に全身を曝《さら》すと、五官が痺れ切り、あらゆる虚飾を拭い去った原初の自分に引き戻される。荒れ狂う磁気の嵐に身も心も共振しはじめ、エナジーが体内に漲り、爆発の臨界が迫るのをひしひしと感じる。

何もかも、くそ食らえ！

脳細胞の働きが停止する。体制のあらゆる秩序や法則が内部から崩壊し、闇の中に一条のまばゆい光明が差し込み、一瞬、天からの啓示を見聞きしたような幻覚を見る。旋律も音階も無視した律動だけの連打音の洪水にもかかわらず、嵐の中心にエアポケットのような空間が現出し、強烈な催眠作用が働き出す。私はあまりの心地よさに、うとうとと眠りの世界に引き込まれそうになる。

慌てて意識をしっかり持ち直し、姿勢を立て直す。隣りに胡坐《あぐら》をかいた内田匡人《まさと》はこっくりこっくりと舟を漕いでいる。

テーブル席は満席だった。椅子に座れない観客はステージ間近のフロアや通路に座り込んでいた。残りは立ち見席に人垣をつくっている。

山下洋輔トリオの演奏は全速で疾走し、ラストにさしかかった。不意にトリオの演奏に聞き覚えのある「酒と薔薇の日々」の旋律とリズムが甦《よみがえ》り、五官にかかっていた呪縛が解けて、現実の世界に引き戻されて行く。

演奏が終わった。

空気が揺れ、歓声とともに拍手が沸き起こった。私も内田も手を叩き、声を張り上げていた。アンコールの声が四方八方から飛び、汗だくになった山下トリオの面々はステージで、何度も何度も頭を下げて、お辞儀をしていた。

2

旧小便横丁の居酒屋は大勢の客で賑わっていた。喧噪の中に入ると、内田はようやく安心した顔になった。

内田は半年前に会った時よりも、心なしか軀全体がひとまわり小さくなったように見えた。端正な細面には、頬から顎にかけて剃り残したような不精髭が生えていた。

ビールを飲み、ピットインで麻痺していた五官を取り戻した。だが、まだ耳に山下トリオの演奏がこびりついている。おそらく、家に帰り寝床に潜り込んでも、まだあの轟きは軀の芯に残っているだろう。それはいつものことだ。

「すごかったな」

「山下トリオは久しぶりに聴きました。やっぱ、前衛ですね」

内田は興奮醒めやらぬ口調でいった。

「体制の秩序を根底からぶっ壊しているって感じだ」

「やっぱりフォークよりもパワーがありますね」

店員に揚げ物や焼魚、煮物を注文し、あらためて内田と乾杯した。

「ギターは？」

いつも内田はギターケースを抱えていた。

「アパートに置いたままです」

内田はギターの話になると、はにかんだような笑みを頬に浮かべた。まるで恋人のことでも聞かれたような顔だった。

「じゃあ、最近は唄っていないのか？」

私はギターを弾く真似をした。内田はフォークシンガーを目指していた。正確にいえば、自作の歌を唄い、作曲もしているから、シンガー・ソング・ライターだ。まだ卵ではあるが。

「いろいろ忙しくて」

バリケード封鎖した大学構内や新宿西口広場で歌う内田のフォークを何曲か聴いたことがある。岡林信康《おかばやしのぶやす》や高石友也《たかいしともや》のフォークほどインパクトはなかったが、甘いマスクに、伸びやかな艶のある声が聴衆を魅了していた。

内田自作のフォークはありふれたプロテスト・ソングや日頃の生活の鬱屈を歌にし

たブルースで、とりたてていいとは思わなかった。だが、内田がギターを爪弾きながら、唄ったボブ・ディランの「時代は変わる」や「風に吹かれて」は、背筋に戦慄が走るほど、上手かった。

私は内田には何か普通の人にないダイヤモンドの原石のように輝くものがあると思った。きっとビッグ・チャンスを得れば、岡林や高石のように、大衆の支持を得て人気者になっていくのではないか、と。

「先輩、俺、当分、会えなくなると思って」

内田は酒精が回り、童顔に朱色がのぼりはじめて、ようやく口が軽くなった。内田は周囲に聞き耳を立てている敵対者でもいるかのように、あたりを見回した。

「先輩は止せよ。でも、どうして？」

内田は私がまだ大学寮にいた時に、寮に転がり込んできたK大学の学生だった。内田の本名は分らない。本人が内田と名乗っていただけだ。私がいたのは外語大学だったから、私立のK大学生の内田は後輩ではない。

私は浪人した上に、大学へ入ってから二度も留年していたので、当時一年生の内田は私よりも五つか六つ年下になる。

内田は共産主義者同盟、通称ブントに属していた。ブントはK大学では少数派だった。他党派との内ゲバに敗北して、大学に居られなくなり、同じ党派の活動家がいる、私の大学寮に逃げてきたのだ。

　内田はK大の活動家たちの中で、一番ひ弱そうに見えた。同じ党派の連中の部屋は満杯だったので、たまたま一人分の空きがあった六人部屋の私たちの部屋で内田を引き取ったのだ。

　その頃、私のいた大学寮は完全自治を誇っていた。出入りが自由で、さまざまな他大学の党派の活動家やアナーキスト、ノンセクトの活動家などの駆け込み寺と化していた。

　内田は私が卒業するまで、およそ半年の間、もぐりの寮生として私たちの部屋に居候していた。私が「週刊読書人」への就職が決まり寮を出るのと同時に、彼も寮を出て自分の大学へ戻った。

　それ以来の付き合いだった。あえて私は聞かなかったが、内田はまだ党派の人間として、活動しているのだろう、と推測はついた。

　この半年、連絡もして来なかったので、内田が何をしているのかは分からないが、もし同じ党派にいたのなら、毎日、他党派や公安警察に追われる生活をしていたのだろうと思う。

　内田は顔を寄せなければ聞こえないような声でいった。

「いよいよ、戦争がはじまるんです」

「戦争だって?」

私は耳を疑った。何を言い出すのか、と内田の顔をまじまじと見つめた。

「ええ。本格的な革命戦争のための前段階蜂起です。東京戦争、大阪戦争になるでしょう」

「何をいう? まさか、おまえ……」

私は後に続けようとした「赤軍派」という言葉を飲み込んだ。内田は気弱そうな笑みを浮かべた。

「ええ。自分は、もはや、武装蜂起しかないと思って」

昭和四十四年(一九六九年)九月五日。東京・日比谷野外音楽堂には、全国から四十六大学の全共闘が参加して全国全共闘連合結成大会が開かれた。その日、日比谷野音には、革マル派を除く反日共系党派八派の学生およそ一万人が集まり、議長に東大全共闘代表の山本義隆が就任した。

私は、その日、野音に取材に駆けつけていた。そこでごく少数だったが、真っ赤なヘルメットに黒字で「共産同赤軍」と書き記した党派の集団が会場の一角を占めているのを目撃した。全員がタオルやバンダナ、マスクで顔を隠しており、同じ共産同《ブント》の活動家たちと、喧嘩腰で激しくやり合っていた。

関西ブントがまた分裂し、さらに武闘派の「赤軍」が生まれたという噂が聞こえてきた。関東では明治大学のブントが赤軍派となり、大学構内で、同じブントの活動家と互いに拉致し合い、熾烈《しれつ》な内ゲバをしている、ということだった。

「どうして赤軍派なんかに入ったんだ？」

「どうしてって、もはや武装蜂起しかないと。先輩は、そう思いませんか？」

「俺は党派の人間ではない。おまえらの考えが分からない」

「東大安田講堂が落ちた。カルチェラタン闘争も日大闘争も負けた。４・28沖縄奪還闘争も破防法をかけられて負けた。６・８アスパック（ＡＳＰＡＣ）闘争も負けた。いずれも圧倒的な機動隊の壁を破れずに負けた。新左翼諸党派はどこも口では勇ましく革命を叫び、国家権力打倒を呼び掛けているけど、たかが機動隊に蹴散らされるような武装で、本気で国家権力と闘えると思っているのだろうか？　ゲバ棒や投石なんかでは国家権力を倒すことはできない。機動隊を突破しても、その背後には重武装の自衛隊が控えている。自衛隊に対峙するには、こちらも同等に武装しておく必要がある。銃口から国家は生まれるのでしょう？　ベトナムが勝利したのも、アラブの革命が世界帝国主義国の軍隊に拮抗する力を持っているのも、みんな銃を手に取って戦っているからだ」

　内田は低い声で一気に思いを吐き出した。私は内田の真剣さに圧倒された。

「もはや、銃や爆弾を使うことなしに、機動隊を、軍隊を打ち負かすことはできない。

軍隊には軍隊を。我々はベトナム人民やアラブ革命派と国際的に連帯し、本格的に銃器を取り、日本に革命を起こし、アメリカ帝国主義の打倒を目指す世界革命をやろうということになったのです」

「本気で、そんなことを考えているのか？」私は少々あきれた。

「ええ」

内田は迷いもない表情でいった。私はそんな話は聞かなければよかったと思った。

「先輩は、そう思わないのですか？」

「世直しはすべきだと思う。世の中には、たくさん正すべきことがある。正義を行うべきこともある。だけど、俺は武器を取っての暴力による世直しはすべきではない、と思っている。非暴力だ。たとえ、どんなに時間がかかっても、みんなの力で、民主的な手続きを経て、少しずつでもいいから、世の中を見直し、いい方向へ変えて行く。短時間で、一挙に変えようと無理をすれば、かならず多くの人を犠牲にし、無益な殺生をすることになる」

「非暴力ですか？」

「そうだ」私はうなずいた。内田は反発した。

「ナンセンス。そういう考えは、ベトナム人民やパレスチナ人には通用しない。彼らは現実に、いまもアメリカ軍やイスラエル軍と戦っている。武器を取って、生きるために戦争している。そういう人たちに、武器を取らずに戦えといったら、ただ殺されろということになる。彼らは決して武器を取っての戦いを止めないだろう。非暴力による抵抗は、アラブやアフリカ、アジア、中南米で世界帝国主義に苦しめられている被抑圧人民からすれば、何もしないで、彼らの抑圧される姿をただ傍観しているようなものだ。本当に戦ってはいない。良心的プチブルの感傷にしかすぎない」

内田は軽蔑した口調でいった。私は溜め息をついた。そうした批判は何度も聞かされたし、正直、自分も一時そう考えたことがある。

「居直るつもりはないが、俺は日本人だ。ベトナム人でもパレスチナ人でもない。自覚が足りないといわれればそうかもしれないが、我々日本人には日本人のやり方がある。日本ではベトナムのように暴力で世直しをする必要があるのかい？」

「あると思いますね。俺は」

「毎日、日本のどこかで、人々が警察や自衛隊やアメリカ軍に銃で撃たれたり、ナパームで焼かれたりしているというのかい？　そんなことはないだろう？」

「ええ、まあ。それはそうですが。ベトナム人民はアメリカ軍にそうされている。日本人や日本政府は、そうしたアメリカ軍を後ろで支援し、間接的にベトナム人を殺している。それを止めさせる暴力は是認されるべきだと思う」

「確かに、日本人や日本政府は結果的にベトナム人を見殺しにしているといえるかもしれない。でも、俺たち日本人は神様ではないんだ。何でも知っているというわけではない。ベトナム人が酷《ひど》い目に遭っているのを傍観しているかもしれないが、そのことまで責任を感じなければならないものなのだろうか？」

「日本はアメリカ帝国主義と連携して、アジアの支配に乗り出している。それを阻止せねばならない、と思うのです。それは日本人の責任だと。先輩は非暴力的抵抗をいっているけど、ベトナム人民にもそうしろ、というのですか」

内田はやや詰問口調でいった。

「そうはいっていない。ベトナム人やアジアの被抑圧人民に非暴力で戦えなどというつもりはない。いくら、俺が非暴力を主張するからといって、どんな侵略や圧制に対しても非暴力で抵抗すべきだと唱えるつもりはない。それぞれの国の人々の選択にまで口出しはしない。人々が抵抗するのに、最低限度の武器を使う権利があるとは思っている。身を守るために、止むを得ず使う武器までは否定しない」

隣りのテーブルに学生たちがどやどやっと入ってきて席に着いた。男女十人ほどのグループで、大声で店員を呼び、宴会をする構えだった。議論を止めるにはいい機会だった。私はほっとし、内田に目配せした。

内田も肩をすくめた。私はきいた。

「こんな議論をするために、俺を呼び出したのか？　ほかに何か俺に話したかったことがあったんだろう?」

「ええ、まあ」内田は目をしばたたいた。いうまいか、いってしまおうか、迷っている顔だった。

「分かった。何か頼みがあるんだな? あらかじめ、いっておくぞ。おまえの個人的なことに関しての頼みだったら引き受ける。だけど、おまえたちの党派を支援するようなことは断るから、俺に頼むなよな」

「厳しいな」

「それから、いっておくが、情けない話だが、金はない。金を貸す余裕もない」

冗談めかしていったが、本当のことだった。まだ板橋の狭い安アパートの六畳ほどの一室で暮らしていた。早く脱出して、もう少し広いアパートに移りたいと思っているが、いまの安月給では、引っ越しの費用もままならなかった。

「大丈夫です。金のことではないんです」

内田は下を向いてくすくすと笑った。

「では、何だ?」

「俺、地下へ潜ります。公安が身辺をうろついていて、いつ捕まるか分からない」

「覚悟しているんだろう?」

「一応。でもいま捕まるわけにはいかない。アパートにも帰れない。きっと公安が張り込んでいるでしょうから。それで連絡が取れないので、彼女、心配していると思うんです」

「そうか。同棲していたのか。彼女、おまえが党派の人間なのを知っているんだろうな」

「ええ。話しました。じつは彼女も別の党派の活動をしているから」

「なんだ、同じ党派じゃないのか。説得しなかったのか？」

「猛烈に反対されました。で、彼女、怒ってアパートを出て行ったんです」

「あたり前だ。それで別れたのか？」

「俺は、そんなつもりはないんです」

「おまえ、彼女に未練があるんだな？」

「別れるにしても、あんな別れ方はしたくなかった」

「大学生か？」

内田ははにかんだ顔をし、N女子大の三年生だといった。

「名前は？」

「佳子《よしこ》」

「出会いは？」

「バリストの支援コンサートに行って、それから何度か会っているうちに」

「革命的にできてしまったというわけだ」

　私は笑った。よくあるケースだ。私の周囲の友達にも、バリケードの中で互いに知り合って、結ばれたという同棲生活者が何組かある。

「おまえのアパートは？」

「高田馬場駅の西の神田川沿いにあるぼろ家です」

「神田川か」

　学生アパートが多い地域だ。私はメモ帳を出した。

「俺にどうしてほしい？」

「万が一、俺の身に何かあったら、これ、彼女に渡してほしいんです」

　内田はジャンパーのポケットから、くしゃくしゃになった封筒を取り出した。宛名は「佳子様」となっていた。封はされている。

「おい、物騒なことをいうな。まさか、死のうというんじゃあるまいな」

「俺、兵士だから、これから何があるか分からない。万が一、彼女に逢えないことになった場合、俺の気持ちを伝えたいと思って」

「弱ったなあ。俺を遺書配達人にしようというのか？」

「遺書じゃないですよ」

「じゃあ、万一というのには、警察に捕まった場合でもいいのか？」

「まあ、その場合もありますね。お願いします」

「俺のほかに、こういう手紙を預かってくれる友達はいないのか？　同じ党派の同志だっていいじゃないか」

「革命兵士は、そんな軟弱なことではだめだと、上からいわれるでしょう。赤軍兵士の規律に反する行為とされる。ましてや他党派の女に手紙だなんて、スパイと間違われてしまう」

「そんな組織、辞めちまえ。人間を解放しようという組織なんだろう？　それがなんで矛盾するような規律を作るんだ？」

私は腹立ち紛れにいい、メモ帳を開いた。

「彼女は、いまどこにいる？」

「たぶん、実家へ帰っていると思う」

内田は実家の住所と電話番号、女の名前を私のメモ帳にボールペンで書き記した。

住所は世田谷区成城だった。金持ちのお嬢さんというわけか。

「たぶん？」

「俺と同棲しているのが両親に分かって、いったん勘当されているんです。でも、彼女、ほかに行くところないと思うんで」

私はメモ帳を閉じて、ジャケットのポケットに仕舞いこんだ。

「彼女、俺のことを知っているのか？」

「ええ。寮生の時の写真を見せて、話してあります。先輩には、いつか会ってもらいたいと思っていたので」

内田はほっとした顔でいい、ビールのジョッキをぐいぐいとあおった。私は嫌なことを引き受けてしまった、と後悔した。

3

その夜、私は内田と連れ立って新宿ゴールデン街に流れ、「もっさん」を皮切りに「世津子」や「ジュテ」など行きつけの飲み屋をはしごして回った。

最後に寄った「まえだ」で、ママさんに「やかましいんだよ、おまえら酔っ払いのおしゃべりは。もう帰んな。帰んな」

と濁声で店外に追い出された時には、白々と夜が明けていた。

区役所通りには、嘔吐物やらゴミが散乱し、カラスの群れが餌をあさっていた。ビルの間から鮮烈な朝日が差し込んでくる。宿酔《ふつかよ》いの私たちの目に、朝の健康な光は眩《まぶ》しすぎた。

靖国通りに開いていた深夜喫茶店の暗がりに避難した。店内には、まだ夜の気配が居座っていた。あちらこちらのボックス席では、先客の酔っ払いたちが背もたれに頭を乗せ、鼾をかいている。

入り口近くの空席に座り、店員にコーヒーを二つ頼んだ。座るやいなや、内田は呂《ろ》律《れつ》の回らない口で私にいった。

「先輩はチェ・ゲバラをどう思いますか？」

「さっきから何度も同じことを訊いているぞ」

今夜はいつになく内田は私に絡んでくる。終電前に別れればよかった、と後悔した。

「聞きたいです。はっきりと聞きたい」

「何度もいっただろう。俺もチェは尊敬している。革命という夢を追うロマンチストとして好きだってな」

「やっぱ、チェはいいよなあ。カストロと袖を分かち、キューバを去り、また新たな地へ行き、革命をやろうというんだからな。彼こそ、正真正銘の革命家、世界革命に生きる男だ」

内田は酔眼朦朧とした顔を私に向けた。内田の目は私に焦点が合っていなかった。どこか、遠くを見ているようだった。

「俺、日本のチェになりたい」

「それもさっき聞いた」

「先輩、マンガは読んでますか？」

「マンガは見るもんだろう？　読むものじゃないだろうが」

「『あしたのジョー』。いいなあ。ジョーは打たれても打たれても、決して敵に屈せず、不死鳥のようにマットから立ち上がる。チェと同様に、俺たち、ジョーに憧れているんです。いつか、あしたのジョーになるんだって」

「分かった分かった」

私は店員が運んできたコーヒーを啜った。

「……るせいな。静かにしろよ」

隣のボックス席で寝ていたサラリーマン風の男が目を覚ました。私は口に指を立て、内田に声の調子を落とすようにいった。内田は男に文句をいいそうになった。私は慌てて内田を抑えた。

内田は上体を揺らつかせながら、大丈夫だと笑った。私は囁いた。

「少し眠れ。俺は眠るぞ。おまえと違って明日、いま今日、ある作家の家へ原稿取りに行かなければならないんだ」

内田はうなずき、ソファに寄りかかって目を閉じた。私も腕組みをして、目をつむった。

数時間後、私は内田と別れ、酒臭い臭いを発散させながら、いつもより早く会社に出勤した。

以来、内田からの連絡は跡絶《とだ》えた。

出勤して来た長岡編集長は、まだ赤い顔をして自分の席に着いている私を見て、苦々しく顔をしかめたが、何もいわなかった。

4

昭和四十四年（一九六九年）夏から秋にかけて、世の中は物情騒然としていた。七〇年安保前夜ということもある。

警察の公安当局は当然のことながら、九月五日の全国全共闘連合結成大会に初登場した超過激派の赤軍派の動向に神経を尖らせた。

九月十三日には、警視庁などは、赤軍派の拠点大学である明治大学、京都大学など全国五カ所に一斉捜索をかけている。

東大闘争や日大闘争は敗北したため、大学闘争の中心はまだ封鎖が続いている京大や同志社になっていた。京都の学生たちは、大量の火炎瓶を手に百万遍や河原町に打って出て、機動隊と激しく衝突を繰り返した。

九月二十一日、京大に機動隊が導入され、実力行使の末、翌二十二日にはバリケード封鎖をしていた学生たちは全員排除されている。

自民党の佐藤内閣は、安保条約延長を目指しつつ、その見返りに「沖縄の返還」を要請していた。

十一月中旬にも佐藤首相が訪米し、ニクソン大統領と直接交渉して、沖縄の「核抜き、基地本土並み」返還を目指していた。

これに対して社会党や共産党、総評など労働団体は、沖縄の完全返還、アメリカ軍基地撤廃などを求めて対決姿勢を強めていた。

新左翼諸党派は学園闘争から街頭闘争へと方針を転換し、十一月十七日の佐藤栄作首相の「訪米阻止」や「沖縄奪還」を叫んでいた。

佐藤首相の訪米が迫った十一月六日のこと。会社に出て、自分の席に座り、いつものように新聞各紙の朝刊を開いた。一面の記事に目を奪われた。

『大菩薩峠で、武闘訓練中の赤軍派五十三人逮捕』

社会面を開いた。そこにも写真入りで、でかでかと赤軍派活動家全員逮捕の活字が躍っていた。

しかし、どの新聞を調べても、逮捕者名は掲載されていなかった。

いずれの新聞も逮捕されたという第一報だけだった。きっと赤軍派兵士のことだ。全員が完全黙秘を貫いているのだろう。

もしかして、内田も逮捕されているかもしれない。きっとそうだ。これがあるから、内田は私に恋人への手紙を託したのに違いない。

引き出しから預かった封筒を取り出した。

佳子様。

ガリ版切り独特のカナ釘形の文字だった。

メモ帳を取り出し、電話機に手を伸ばした。内田から聞いた電話番号をダイヤルした。彼女は成城の実家に戻っているはずだと内田はいっていた。受話器に呼び出し音が鳴り、すぐに中年の女性の声が出た。

私は名乗り、佳子の名前を告げた。

『お嬢様はお出かけです。こちらには居られません』

「いつ、出かけました？」

『つい先ほどです』

「どこへ行ったのです？」

『さあ、どちらへお出かけになったかは分かりません』

「いつ、帰るといっていましたか？」

『さあ、お嬢様は何もおっしゃられなかったので、私には分かりかねます』

受話器の向こうで、別の女の声がした。耳を澄ませた。

『どなたから？』

『……男の方からです。お嬢様に』

『居ないといったのでしょう？』

『はい。奥様』

『代わって』

受話器が受け渡される気配がした。

『どなたですの？』

詰問調の甲高い声が受話器から聞こえた。もう一度名乗り、佳子の友人だと告げた。まだ一度も彼女には会っていないから、正確には友人とはいえないが、彼女の友達の友達となるから嘘ではない。

『友人ですって？　あなたでしょう！　佳子をかどわかした内田という人は。前にもいったはずです。もううちの娘と付き合わないでほしいって。電話もかけないでほしいといったはずです』

こちらが口を挟めないほど、興奮した口調の言葉が続いた。思わず受話器を耳から離した。

『……もう二度と娘に電話をしないでください。これ以上しつこくつきまとうようだったら、警察にいいます。分かったわね』

電話は乱暴に切られた。私は受話器をフックに戻した。

「おいおい、どうしたい？　相手から手厳しく断られたようだな」

向かい側の席の真下が積み上げた書類の山越しに顔を出し、にやにや笑った。電話のやりとりを聞いていたらしい。私は説明のしようもなく、頭を振った。

「時には、そういうこともあるさ」

私はハイライトをくわえ、ジッポで火を点けた。

内田のやつ、佳子の家族からだいぶ憎まれているらしい。だから、彼女への手紙を家にも出せずに、俺に託したのだな、と思った。

5

高架線を走る山手線から見える街は黄昏《たそがれ》に暮れて、パステルで描かれた、朧《おぼろ》げな風景画を連想させた。

高田馬場駅で電車を降りた。細々とした路地を抜け、神田川の辺に出る。川は名前だけで、両岸は垂直に切り立ったコンクリートの壁で固められ、ただ水を流すだけの排水路だった。岸辺から川底まで、三、四メートルほどあり、その底を濁った水が流れていた。汚物やどぶのすえた臭いが川底から立ち昇ってくる。

内田の住む安アパートは、その川縁に建っていた。アパートの前の細小路は二十メートルほどの間隔で街灯があり、裸電球の淡い光が路面を照らしていた。歩きながら、ふと物陰に人の気配を感じた。電柱の傍らに黒い人影が佇んでいる。コート姿の男が後ろ向きになり、背を見せていた。

男から異様な気を感じた。獲物を狙う獣が放つ一種の殺気だ。

公安刑事？

男は振り向き、胡散《うさん》臭そうに私を見た。

私は気づかぬ振りをして、刑事の前を通り過ぎ、内田のアパートへ足を進めた。首筋に視線が突き刺さるのを感じる。刑事が俺を見ている。

内田の部屋が張り込まれているのかもしれない。だとすると、内田は警察に捕まっていないのか？　仲間が訪ねてくるのを待ち伏せているのかもしれない。

そんな危険な渦中に飛び込みたくなかった。

今夜のところはアパートの前を通り過ぎたほうがいいかもしれない。

アパートの二階を見上げた。内田の部屋は二階の一番東側の端にある。窓に明かりが点いていた。内田は帰っているのか？

内田の部屋の窓には、レースのカーテンが引かれ、明かりが点いていた。そのカーテンに人の影が過《よぎ》った。女の影だった。

佳子が来ているというのか？

どんな女か、一度会っておきたい。

私は覚悟を決め、アパートの玄関先に足を向けた。木製の階段を駆け上った。靴音が虚ろに廊下に響いた。

廊下の奥の二〇五号室に歩み寄った。ドアをノックした。中から返事があり、ドアが細めに開いた。

「どなた？」

ドアの隙間から、女の顔が覗いた。大きな黒い瞳が私を睨んだ。

私は名刺を差し出した。女はいくぶんかがっかりした面持ちで、名刺を受け取った。

ドアチェーンを外し、ドアを開けた。

「あなたのことは聞いていました。いろいろ匡人がお世話になっていると」

「あなたが佳子さんだね？」

女はうなずいた。流行りのラッパズボンのジーンズに、真っ白なセーターを着た女だった。襟元がV字形に開き、ピンクがかった柔肌が覗いている。長い黒髪が印象的だった。整った顔立ちに、つんと澄ました愛嬌のある鼻。

「どうぞ、部屋に入ってください。そこではなんですから」

佳子は廊下の様子を窺い、部屋に入るように促した。

私は小さな狭い出入り口で靴を脱ぎ、部屋に上った。きちんと片づけられた部屋だった。

部屋は六畳間ほどの広さで、部屋の窓側に勉強机が備え付けられてあった。背の高い本棚には、びっしりとマルクス・エンゲルス全集やレーニン全集、吉本隆明、黒田喜夫《きお》詩集などが並んでいる。机の脇にギターケースが立てかけられていた。楽譜が机の上にきちんと重ねられてあった。

私はぺっしゃんこの座蒲団に座った。佳子はいった。

「コーヒーを飲みますか？　インスタントですけど」

「ありがとう」

佳子は小さな台所に立ち、ガスの火を点け、コーヒーの準備をはじめた。部屋の隅に旅行用のスーツケースが置いてあった。急いで詰めたらしい衣類の端がケースの蓋の下からはみだしている。

「内田は大菩薩峠で逮捕されたのかな？」

「大丈夫だったみたいです。さっき公安が来て、彼はどこにいるとしつこく聞いていましたから」

「そうか。じゃあ、武闘訓練に参加していなかったのか」

私は懐から出しかけた内田の手紙を元に戻した。

「でも、もういいんです。私がいくらいっても、彼、私のいうことを聞かないから。どうなってもいいんです。勝手に自分の信じる革命のために死ねばいい。自分のことしか考えない男なんか、最低だわ。もし、彼に会うことがあったら、そういってください。私は出て行ったと。もう二度と、会うことはないだろうって」

「彼は、あんたのことを、まだ愛している」

「さあ、どうだか。口ばっかりの人だから」

佳子はインスタント・コーヒーが入ったマグカップをお盆に載せて、私の前に置いた。

「どこか知らないが、きみも党派の人間なんだろう？　どうして、彼を逆オルグして、きみの組織に入れ、赤軍派なんかに行かないように説得できなかったのだい？」

「私、党派の人間ではありません。ただ前に付き合っていた人が青解《あおかい》派の活動家だったので、内田さんは私もそのメンバーだと勝手に思っているだけ。反帝学評なんか辞めろって。その元の彼氏に嫉妬しているんです。だから、内田さんは元彼以上のことをやってみせる、といつもいっているんです」

青解派は新左翼のひとつで社青同解放派のことだ。青解派は自派の学生組織として、主要大学に反帝学評を組織していた。

「昔の彼って？」

佳子は口ごもっていたが、小さな声である大学の全共闘議長をしていた男の名前を口にした。

私もその男は知っていた。学費値上げ反対闘争の指導者として、新聞でもしばしば取り上げられた男だった。

「内田さんは無理しているんです。世間をあっといわせるような革命的英雄になりたいって」

佳子は押入の襖《ふすま》に貼ってあるチェ・ゲバラのポスターに目をやった。

「私は、そんな英雄でなく、大勢の人の心に温かい灯を点すようなフォークを唄うシンガー・ソング・ライターになってほしかったのに」

佳子は溜め息をついた。私はいった。

「それで喧嘩をして、きみが出ていった？」

「ええ。内田さんは何かにつけ、青解派の悪口をいい、ブントの正しさを主張するんです。そして、革命のためには、手段を選ばない。力には力で対抗するしかないと。革命を起こすには、人を殺すことも辞さないと。私はそんなあの人について行けなくなった。それで別れることにしたんです」

「引き留めなかったのか？」

「理不尽だとは思ったんですが、最後の手段として、私を選ぶか、革命を選ぶか、と迫ったんです」

「それは内田も答えるのに困ったろうな」

「でも、内田さんは革命を選んだ。だから、私は部屋を飛び出したんです」

「あの馬鹿が」

私は溜め息をつき、内ポケットの手紙を取り出した。

「内田は俺に、まさかの時に、これをきみに渡してといっていた。だけど、まさかの時が来てからでは、俺もあんたも後悔してしまうだろう。やつが何を考えているのか、これを読んでくれ」

封書を佳子に渡した。佳子は訝った。

「何が書いてあるんです？」

「さあ、知らない。俺はあんたに渡すために預かっただけで、中身は読んでない」

「私が読んでも、いまさら仕方がないと思いますけど」

「あいつはきみに未練があるから、手紙を書いたんだろう。いま頃、自分が間違ったと気づいているかもしれない。やつも止めてほしいのかもしれない。取り返しがつかなくなる前に、まだ内田を引き留めることができるかもしれない。それができるのは、きみしかいない」

佳子は一瞬迷っていたが、封を切ろうとした。私は立ち上がった。長居は無用だと思った。そこに居れば、今度は手紙を読まされる羽目になる。内田の未練たっぷりな恋文など読みたくない。

「悪いが、俺は帰る」

佳子は止めたが、私は逃げるように、部屋を後にした。

6

その後、佳子から電話が一、二度入ったが、いろいろと仕事や私事が重なり、忙しさにかまけて、佳子とは会わなかった。内田からも連絡はなく、彼の消息も分からないでいた。

七〇年安保の前哨戦になるといわれた六九年は物情騒然としてはいたが、結局、新左翼過激派の闘争は圧倒的な警察力によって押さえ込まれ、いつもの年のように暮れ、新しい年を迎えた。

地下に潜った赤軍派も、大菩薩峠事件以来、警察のアパート・ローラー作戦などによって徹底的にマークされ、他党派との内ゲバなどもあって、思うように活動することができない状態に陥っていた。

三月十四日、世界七十七カ国が参加した大阪万国博が開幕、日本は高度経済成長を加速させ、「大国」の仲間入りをした。その陰で警察の赤軍派狩りは進み、同月十五日に共産同赤軍派最高幹部の塩見孝也《しおみたかや》議長が警視庁公安部に逮捕され、事実上、赤軍派の活動は封じ込まれた。

皮肉なことに、その三月十五日、私は千夏との一年越しの恋愛を実らせ、結婚式を挙げていた。

新婚旅行から帰ってまもない三月三十一日の朝、いつものように、朝食を摂りながら見ていたテレビから、赤軍派による日航機「よど号」（乗員乗客百三十八人）ハイジャックのニュースが流れ出した。

私は一瞬軀が硬直した。

内田が思わせぶりにいっていた万が一のこととは、これだったのではないのか？

百二十二時間に及ぶ政府と乗っ取り犯の赤軍派との駆け引きの結果、一般乗客の人質は解放され、「よど号」は北朝鮮（朝鮮民主主義人民共和国）へ飛び去った。

彼らは「世界同時革命」を行なう「革命の根拠地づくり」のために、北朝鮮を選んだのだった。彼らは「我々はあしたのジョーである」と高らかに宣言していた。

時間が経つにつれ、ハイジャック犯の正体が明らかになった。田宮高麿をリーダーとした赤軍派九人の中に、内田の名前はなかった。

私は数日後、久しぶりに佳子に電話を入れた。出てきた母親は不機嫌な声でいった。

『佳子はいまフランスに留学しています。日本には居ません』

　私は狐につままれた思いだった。


　二カ月後、フランスから一枚の絵葉書が私の新居に転送されて舞い込んだ。佳子からだった。

「いま、私はパリで内田さんと暮らしています。私は絵の勉強を、彼はギターの勉強をしています。暮らしは貧しいけど幸せです。いろいろ、ありがとうございました」

　末尾に金釘文字で付け加えてあった。

「ぼくはギターを弾き、歌を唄って生きていきたいので、組織と決別しました。でも、心はいまも、あしたのジョーです」

　葉書には何も書いてなかったが、あの時、佳子に内田の手紙を渡したのが功を奏したのだと思った。きっと内田はあの手紙に佳子を選ぶと書いていたのだろう。

　軟弱なやつめ。ひとに心配させやがって。

　私は鼻歌混じりにセーヌ川の絵葉書をアルバムに挟み込んだ。

第六話　作家に会いたい

1

その日、いつになく、私は鬱に陥っていた。

編集者の仕事が面白くないわけではない。月給は確かに安いが、中小出版社の編集者なんて、大同小異、みんな安月給で働いている。不満をいったら切りがない。

むしろ私は嬉々として、いまの書評紙の仕事を楽しんでいる。

マスコミではないものの、公称三万部の書評紙である。一応出版界では名前が知られており、その編集者と名乗れば、たいていの作家や物書きは会ってくれる。新聞や雑誌、書籍でしか知らなかった高名な作家や物書きに、直接面と向かって会い、話ができる感激はほかの仕事では決して味わえないものだ。

そればかりではない。書こうと思えば、自分で何かテーマを見つけ、取材をして、署名入りの記事も書くことができる。

　書評新聞だから、殺しや汚職などの犯罪、スキャンダルなど事件を報じるわけではないが、文学や文化状況についてならば、いくらでも記事にすることができる。記者修業の身には願ってもない実践の場だ。

　編集者になって、早二年。まだまだ駆け出しだが、少人数の書評新聞社では、新米だからといって遊ばせてくれず、一人前の扱いだ。それはありがたいことなのだが、このところ、気分がしっくりしないのだ。

　確かに毎日のルーチン・ワークを無難にこなしていれば、毎週、決まって書評新聞はできあがる。はじめは、大して疑問も持たなかったが、だんだん、自分が歯車の一つになったような気がして不満が募ってくる。

　そんな状態でいいのだろうか？　自分はいったい何をしているのか？　自分はどこへ行こうとしているのか？

　そんな疑問や不安が頭に浮かんできて落ち着かないのだ。

　煤だらけの天井から垂れた蜘蛛《くも》の糸がかすかに揺れていた。私は立ち昇る煙草の煙が中空を漂う様子をぼんやりと眺めていた。

　新宿のジャズ喫茶「ＤＩＧ」の店内は、居心地のいい穴蔵だった。繁華街の猥雑《わいざつ》なざわめきも、道行く車の騒音も、この穴蔵までは届いて来ない。たとえ、届いたとしても、耳を聾する大音響のジャズのサウンドが追い払ってくれる。

狭く薄暗い穴蔵には、それぞれの明かりの下、数人の客が思い思いの格好で、空間の空気をかき乱すドラムやベースの重低音の律動と、ピアノや金管楽器の奏でる旋律に身を委《ゆだ》ねていた。

穴蔵の住人たちは一様に押し黙り、それぞれ瞑想に耽《ふけ》っている。いや、おそらく瞑想などではない。私自身がそうであるように、首までとっぷりと大音響に浸かったまま、頭の中は真っ白な状態になっているのだろう。

大音響の洪水に誘われ、首を垂れたまま、いつの間にか、私は微睡《まどろ》んでいた。シンバルの響きにふと我に返った。みっともないことに、涎《よだれ》を垂らしていた。口の端についていた涎の雫を手の甲で拭う。

いつの間にかオーネット・コールマンのフリージャズに変わっていた。不協和音が狂ったように吹き荒れ、頭の中に嵐を巻き起こす。

カップの底には、少量の黒いコーヒーが残留していた。私はカップをあおり、底の液体を口に流し込んだ。タールのようにどろっとしたどす黒いコーヒーは舌に苦味を残して胃に下りて行く。

ついでセロニアス・モンクのファンキーなサウンドが穴蔵の中を所狭しと駆け巡り、私の脳や軀が、無意識のうちに共振して、ふらふら揺らめいていた。

まあ、仕方がないか。まだ自分は駆け出しの記者だ。ここでどう足掻いても仕方がない。焦って会社を辞めて飛び出しても、世間ではまだ半人前にもならないトロッコ記者だ。誰も一人前のジャーナリストとは認めてくれはしない。ここは辛抱が肝心だ。時が熟するまで、じっと待機するしかない。

私は溜め息をつき、ギンズバーグの詩集『吠える』を開き、詩篇に目を落とそうとした。だが、詩句は心に響かず、ただ目が活字の上を彷徨っているだけだった。いまの私には気の利いた詩句であっても、一語半句も受け入れる心境になかった。

薄汚れたコンクリートが剝き出しの壁に目をやった。壁にはポスター写真やビラが所狭しと貼り付けてある。長い間に煙草のヤニで黄色く変色したジャズメンたちの演奏写真のパネルが飾り付けてある。

天井間近には、うっすらと埃を被った水道管や排水管のパイプ、換気ダクトが露出している。天井板で隠さず、そのまま装備の一部にしてしまったものだ。

ハイライトを銜え、マッチに手を伸ばした。マッチ箱の表には、ビュッフェが描いたピエロの顔が泣き笑いをしている。

時代ものの古びた柱時計は午後九時過ぎを指していた。コーヒー一杯で、三時間もねばっていた。

カウンターにいるマスターやウエイトレスは一言も文句をいわないが、そろそろ、コーヒーの追加をしなければいけない時刻だった。

コーヒーよりも酒を飲みたい気分だった。明日は午前中に編集会議だ。今夜のうちに鬱の状態から抜け出しておきたい。

私は詩集を閉じ、鞄に入れて、のろのろと席を立ち、レジに向かった。

隣りの席に目を閉じ腕組みをしてサウンドを聴いていた学生服の男が、じろりと私を眺めたが、何もいわずまた目を閉じた。

2

夜の新宿の街は、いつものように賑わっていた。映画館や飲み屋街から出てきた人々が、ぞろぞろと新宿駅の方角へ流れている。

私は彼らの流れを横切り、新宿三丁目の交差点に向かった。

居酒屋「伝八」は新宿三丁目の交差点近くにある丸井の路地裏にある。そこに細長い雑居ビルが建っており、店はその二階にあった。

狭い階段を上り、引き戸を開けた。カウンターから明さんの「お、いらっしゃい」という濁声が聞こえた。

カウンターには、予想通り、常連たちに交じって桜井の顔があった。

「お、いいところへ来た。ここに座れ」

桜井はすでに酩酊し、顔を真っ赤にしていた。もともと酒が強い男ではない。若くして髪が薄く、照明の具合によっては頭頂が禿げているように見える。その頭頂までが茹《ゆ》で上がったように真っ赤だった。

桜井の傍らには編集者の篠塚三千男《みちお》や、その仲間たちが声高に話し合っていた。篠塚は桜井と同じ大学の出身で、かつて同じ党派にいたらしい。

カウンターの上に置かれた新聞はくしゃくしゃに丸められていた。

私は桜井の隣りに座り、ビールを明さんに頼んだ。新聞を広げると、今日の夕刊で、一面トップに訪米した佐藤栄作首相とニクソン大統領が笑顔で記者会見している写真が載っていた。

昭和四十四年（一九六九年）十一月二十一日、日米共同声明が発表され、昭和四十七年（一九七二年）に沖縄の「核抜き、基地本土並み」で返還するということが報じられた。

桜井や篠塚たちは、日米共同声明について悲憤慷慨《ひふんこうがい》し、口角泡を飛ばして議論していた。

「こんなもの読むなよ、馬鹿馬鹿しい」

桜井は私から新聞を取り上げ、明さんに渡して屑籠に捨ててくれ、といった。それから、頭を回し、私を睨んだ。

「おまえ、いつまで、会社にいるつもりなんだ？」

「いつまで、といったって、まだ入って、二年しか経っていないものな」

私は明さんが注いでくれたビールのグラスを口に運び、喉を鳴らして飲んだ。

「おまえ、以前、偉そうに三年か四年勤めたら辞めるとほざいていたじゃないか」

「確かに」

「おまえなんかに先を越されてたまるか。俺がまず辞めることにした」

桜井はカッカッカッと大声で笑った。

「いつ、辞めるんです？」

「今年いっぱいかな。おまえも、早く辞めちまえ」

「そんなことといったって、いま辞めたら食えなくなるものな」

「あんな安月給だ。辞めたって、食いっぱぐれることはないだろうが」

桜井はひどく元気だった。私と違って躁《そう》状態になっている。

「桜井さんは辞めて、どうするんですか？」

「俺なんか、どこへ行ったって、雇ってくれる。おまえと違って、ここの出来が違うんだ、出来が」

桜井は広いおでこをとんとんと叩いた。私は苦笑いした。

「それは認めますよ。ぼくなんかより、桜井さんは頭がいいし、切れものだものな」

「冗談だよ、馬鹿。真に受けるな。だが、これだけはいえる。あんな先が見えた会社にはさっさと見切りをつけて、ほかの出版社に移り、自分の好きな本を出すのに専念したほうが、よほどいい。月給も何倍も高いしな」

桜井は日本酒の盃をくいっとあおる。よほど、今日はいいことがあったのだろう。いつになく桜井は上機嫌だった。

脇から篠塚がにやにやしながら、私にいった。

「こいつ、絶好調だろ？　三一書房への中途採用が決まったんだ」

「ほんとですか。S書房ならいいなあ」

S書房は左翼や学生運動関係の出版物をたくさん出している中堅の出版社で、かつて大ベストセラー五味川純平の『人間の条件』を出版し、その利益でビルを建てたという急成長の出版社だった。

桜井は満更でもない顔でいった。

「ま、おまえも、自分の身の振り方を考えておくんだな。なんなら、俺が口をきいてやってもいいぞ。篠塚の会社も大手だし、転職先としては悪くない」

「どうかな。いま、うちは採用を手控えているところだからな」篠塚が口を挟んだ。

「いや、いいです。ぼくはもうしばらく、いまの会社で働いてみるつもりでいるんです。ようやく書評紙の仕事が面白くなってきたし、新人が一人増えたので、仕事も分担して貰えそうだし……」

桜井は赤い顔を崩した。

「分かった。おまえ、今度入ってきた美人の坂本嬢が好きなんだな」

「確かに美人だとは思うけど、好きとか嫌いとかいうことはないですよ。何を言い出すんですか」

私は苦笑いし、頭を振った。もちろん相手にもよるが、職場に色恋沙汰は持ち込みたくなかった。どこにどんな出会いがあるか分からない。それが楽しみでもあった。

新しく中途採用で入ってきた坂本雅子は、津田塾大出身の才媛で、「東京オブザーバー」を発行している大森実国際問題研究所で働いていたが、結局、仕事に馴染めず、転職してきた女性だった。「東京オブザーバー」は、私のライバルである中島照男がいる週刊新聞である。

長岡編集長や島田編集次長ら幹部たち期待の新人編集者である。

「いんや、おまえ、しょっちゅう、坂本と一緒にいるじゃないか。俺に内緒で付き合っているんだろう？　嘘をつくな」

「嘘じゃないですよ。彼女は文学欄を担当したい、といっているんです。ぼくよりも彼女のほうが文学に詳しい。ぼくは文学欄を離れて、一面とか、企画記事とか最終面のバックジャーナルを担当したい。編集長も了承済で、ぼくはこれまで担当した作家たちを彼女に紹介して、文学担当を下りようとしているんです」

「なんだそうか、つまらない。おまえが坂本嬢とよくつるんで出かけて行くから、てっきり、いい仲なんじゃないか、と思った」

「そんな勘繰りは迷惑ですよ」

「なんだ、馬鹿馬鹿しい。じゃあ、俺が坂本に手を出してもいいんだな？」

「ぼくが、どうこういうことではないでしょう。彼女の恋人でも保護者でもないんだから。もっとも彼女にはすでに好きな男がいるらしいですよ」

「誰？」

「さあ、彼女はいわないけど、漏れ聞くところでは、どうやら東大出の元編集者で、その人を非常に尊敬しているそうですよ」

「なんだ、東大出の男がいるのか。じゃあ、つまらないな」

桜井は急に興味を失った様子だった。篠塚が冷やかした。

「桜井、おまえ、妻帯者だろうが」

「俺は、こいつを心配しているんだ。ま、俺がいなくなっても、会社でしっかりやるんだな」

桜井は私の肩を叩いた。

「桜井さんが辞めたら、自然科学欄は誰が担当するんですか？　それこそ困ってしまう」

「知るかい、そんなこと。編集長が考えることだ。俺は知らん」

桜井は嬉しそうに喚いた。私は桜井の無責任さに半ば呆れながらも、将来、きっと自分も同じように無責任に会社を辞めるというのだろうと思った。会社に気を遣っていたら、いつまで経っても辞められない。

「心配無用。俺が抜けても会社は全然困らない。誰かが適当に穴埋めして新聞を発行する。誰でも自分が抜けたら仕事が滞るだろうなどと心配するが、それは自分のことを過剰評価している。会社なんか、歯車の一つや二つ欠けようと、いつでも補充が利くものなんだ。おまえも、そのことは十分に覚えておくがいいさ」

桜井は珍しく、真面目な口調でいい、私の肩をどんと叩いた。そのことは、私も後に実感することになる。

3

「それで文学欄のコラムは誰にお願いするかね」

長岡編集長は目をしばたたかせ、編集部員を見回した。

長岡編集長は顔立ちが川端康成そっくりで、本人もそれを気に入っているらしく、宴席などの座興で川端康成になりすまして話をしたりしていた。

月曜日の定例の編集会議は、午前九時半から始まる。

朝の九時半というと、いつもならまだ寝ている時刻だった。私は欠伸を噛み殺しながら、部員たちの様子を窺った。

長岡編集長を中心にして、八人の編集部員が小さなテーブルの周りに集まっていた。右回りに次長の島田正夫、社会科学担当の村上恒雄次長、一面担当の真下俊夫、バックジャーナル担当の植田康夫主任、教育児童担当の吉村恂子《じゅんこ》、文学芸術担当の私、自然科学担当の桜井、それに新人編集者の坂本雅子である。

「これまでが石原慎太郎ですからね。今度も同じような大物作家の原稿がほしいですな」

島田次長はパイプを銜え、火皿をマッチの炎で焙りながらいった。

島田次長は長岡編集長や村上次長とともに「日本読書新聞」から独立して、「週刊読書人」を設立した時以来の同志だった。小柄な体付きと顔付きは敏捷なキツネを連想させた。印刷所に詰めて最も忙しい割り付け編集作業や降版などになると、独楽ネズミのように工場内を機敏に飛び歩き、人の二倍も三倍も仕事をする。編集の職人として私は尊敬していた。

これまで文学芸術欄に連載していた石原慎太郎のコラムが終わり、次の作家は誰にしようか、という議題だ。

長岡編集長が島田次長を見た。

「たとえば、誰です？」

「大岡昇平とか井伏鱒二とか」

「野間宏さんとか、埴谷雄高さんはどうかな？」と村上次長。

「阿川弘之とか石川達三はどうかね？」長岡編集長が応じる。

「古いなあ」、と私は思わず呟いた。桜井が聞きつけ、私ににっと笑いかけた。

「古いだと？」

長岡編集長が顔を真っ赤にしていった。怒りを抑えている様子だった。

「すみません。ただ、いまの若い読者の好みではないと思っただけです」

「そうだなあ、若い読者はもっと新進の作家を読んでいるからなあ」

真下俊夫が援護してくれた。

「じゃあ、きみらは、どんな作家がいいのだね？」

「遠藤周作、吉行淳之介、高橋和巳、開高健、井上靖」

私は思いつくままにいった。

「狐狸庵《こりあん》先生ねえ。彼らだと、世代も新しくないし、あまり、ぼくらの趣向と変わらないと思うがねえ」

島田次長がにやにやしながらいった。真下が付け加えた。

「柴田錬三郎、五味康祐、安部公房、三島由紀夫なんかどうですかね？」

「なるほどねえ。そうした作家のなかで、若い読者にもっとも読まれそうなのは誰かね？」

長岡編集長は私に目をやった。

「若い読者に人気上昇中の直木賞作家たちなんかどうでしょう？」

「直木賞作家？　たとえば？」

「五木寛之、生島治郎、三好徹、野坂昭如《あきゆき》」

「みんないいね。坂本さん、女性読者の立場から見て、誰のものを読みたい？」

坂本は小首を傾げた。

「そうですね、五木さんかしら」

当時、五木寛之は『さらばモスクワ愚連隊』をはじめ『蒼ざめた馬を見よ』など、つぎつぎにベストセラーを出し、流行作家になっていた。

「五木さんか。いいね。もし、本当にうちに書いてくれるなら。だけど忙し過ぎて、うちなんかに付き合ってくれないんじゃないか？」

長岡編集長は懐疑的だった。皮肉屋の桜井がぽつりといった。

「原稿料も雀の涙だしな。流行作家には頼みづらいよな」

島田次長が笑いながらいった。

「だけど、芥川賞作家の石原慎太郎も忙しいなか付き合ってくれたんだ。五木さんだって、うまく頼めばやってくれるかもしれない」

植田主任が手のジェスチャーを交えていった。

「面白いじゃないですか。確か五木さんは誰かのインタビューに、書評新聞のような小さなメディアも大事にしたいといっていたと思いましたよ」

「じゃあ、やってみるか。きみ、五木さんにあたって、頼んでみてくれるか？」

長岡編集長は私を見た。私も言い出した以上、異存はない。

「で、コラムの名前はどうしましょう？『創作ノート』とか『創作日誌』とかいう新しいコラムにしたいのですが」

植田主任が目を細めていった。

「『作家のノオト』というのはどうです？」

「ふむふむ」長岡編集長は関心を示した。

植田主任は大宅壮一東京マスコミ塾一期生の首席卒塾者で、大宅壮一に可愛がられたアイデアマンだ。

「それで、毎週、五木さんに創作の現場の裏を書いてもらうのです」

「いいね。コラムのタイトルもいい。よし、決まりだ。長岡さん、それで行こう。きっといい連載になる。そうなればうちの新聞の目玉にもなる」

島田次長が大声で賛意を示した。

「うむ。そうしよう。なんとか、五木さんを口説き落としてくれ」

長岡編集長は大声で私に命令した。

「分かりました。やってみます」

私は内心喜んだ。これで憧れの五木寛之に会いに行くことができる。コラムの依頼を断られても元々だ。それより編集者として一度、直接会って話が聞きたかった。

4

芝公園の東京プリンスホテルのロビーは、出入りする客の姿も少なく閑散としていた。

さっきまでロビーで喧しく賑やかに騒いでいた団体客が、ツアーコンダクターの女性に率いられ、ぞろぞろとロビーから出て行ったせいもあろう。

私はラウンジのソファに座り、落ち着かない気持ちでコーヒーを啜っていた。指定された時刻が過ぎようとしていた。

テーブルの上には、まだ書店に出回っていない最新号の「週刊読書人」と私の名刺、『さらばモスクワ愚連隊』をさりげなく置いてある。

東京プリンスホテルは、五木寛之が常宿として使っているホテルだった。ほどなくノーネクタイの白シャツに、ジャケットをラフに羽織った五木寛之が颯爽《さっそう》と現れた。小説誌のグラビアで見たままの端正な顔の美男子だった。私は席から立ち上がった。

「お忙しいところを突然にお訪ねして、たいへん申し訳ありません」

「いやいや、大丈夫」

五木はにこやかに笑い、私が差し出した名刺を受け取り、向かい側のソファに腰を下ろした。席にやって来たウエイトレスに、コーヒーを注文する。

時折、額にかかる髪をピアニストのような細くて長い指でかき上げる。繊細で神経質そうな仕草がよく似合う。なによりも華があった。オーラを軀から発散している。まるで、映画のスターのようだ。

私は五木寛之にしばらく見とれていた。

「それで、どういう企画なのですか?」

五木寛之は笑みを浮かべ、私をじっと見つめた。邪気のない澄明《ちょうめい》な瞳だった。真正面から見つめられると、緊張のあまり、どぎまぎしてしまいそうだった。

男の私でも見つめられると落ち着かなくなってしまうのだから、女性だったらきっと胸をときめかせてしまうに違いない。

私はしどろもどろになりながら、連載コラムを執筆して貰えないかと切り出した。原稿料は雀の涙ほどしか払えないし、週一回で、しかも原稿枚数も四百字詰原稿用紙で約二枚半と少ないなどということも包み隠さずにいった。

五木寛之は私の話が終わるなりいった。

「『作家のノオト』ですか。いいでしょう。喜んでやらせていただきましょう」

私は一瞬耳を疑った。

「あのう、稿料のことですが、おいくらぐらいお払いしたらいいのか」

私はもじもじしながら切り出した。編集長から、まず要望をお聞きしておくように、といわれていた。

もし、高額だったら、その場で承諾せずに、編集部に持ち帰ること。そこであらためて、ほかのコラムや書評原稿料とのバランスを考えて検討しようということだった。コラムの原稿料は枚数計算でなく、一本いくらになっている。その額は同じ枚数の書評よりもいくぶん高めに設定してある。

だが、編集部に持ち帰り、稿料を検討するということは、場合によっては企画を断念するかもしれないという意味もある。

五木寛之は屈託のない表情でいった。

「稿料については会社の規定があるのでしょう? それで結構です。きみの会社だけでなく、ミニコミや中小出版社は原稿料が安いのは私もよく知っています。私も一時小さな出版社で仕事をしたことがあるのでね」

「ありがとうございます。でも、ほんとうにいいのですか?」

「原稿料の多寡で仕事をするつもりはありません。大出版社や新聞といったマスコミだけでなく、書評新聞のようなミニコミも大事にしたいと思っているのです。ミニコミにはミニコミの大事な役割がある。マスコミではいえないことでも、ミニコミは発言している。そういう批評精神を大事にしたいのです」

昭和四十三、四年(一九六八、九年)当時、書評新聞の世界は「日本読書新聞」を筆頭にして、それから分かれた「週刊読書人」、そして「図書新聞」の三紙が鼎立《ていりつ》して、競争していた。

なかでも「日本読書新聞」は「朝日ジャーナル」と並んで、全共闘の学生や若者たちに広く読まれていた。それらと一緒に「平凡パンチ」や「週刊プレイボーイ」が、当時の若者文化の最先端を担っていた。

「週刊読書人」は、発行母体である日本書籍出版協会や全国の書店組合の支援があったので、発行部数では三紙のなかで一番多く、経営も一応黒字で健全だった。だが、店頭売りの販売競争では完全に「日本読書新聞」に水を開けられ、後塵を拝していた。「日本読書新聞」には、新左翼系の生きのいい評論家、反体制的な文芸評論家や詩人、作家、ジャーナリストが大勢登場し、七〇年安保や成田闘争、ベトナム反戦について、鋭い批評や批判、情況論を展開していた。

「書評新聞でなければ書けない批評や評論を掲載し、マスコミに対抗するような論陣を張ることができる。たいへんに重要なメディアだと思っています。きみは何年勤めているのですか？」

「まだ二年ほどです」

「そうか。これからですね。がんばってほしいですね」

私は心の中でひどく感激していた。

この頃、私の心境は徐々にだが、少し変わり始めていた。いつかフリーのジャーナリストになりたいという気持ちは変わらない。だが、いまの書評新聞の仕事も結構面白いと思い始めていた。

中途半端で独立するつもりはなかった。会社にいる限りは書評紙の編集者として、全力を挙げて仕事をしておきたい。独立するまで腰掛のように書評紙の編集者の仕事をするのは、自分の気持ちが済まない。月給は安くて不満があるけれども、一応月々きちんと貰っている恩義がある。

それに書評紙のような自由なメディアで、ろくに仕事ができなかった人間はたとえフリーになっても、きっと一人前の記者としてやっていけないだろう。どんな場所にいても、自分の全力を挙げて仕事をする。どんなつまらない仕事でも、絶対に手を抜かない。読者や編集長、ライバルが唸るような仕事をする。

それがマスコミ塾で学んだプロフェッショナルの誇りだった。

五木寛之はラウンジの出入り口にちらりと目をやり、うなずいた。編集者らしい女とカメラマンの男が遠くから会釈をした。

五木は腕時計に目をやり時刻を確かめ、私に顔を向けて微笑んだ。

「では、これからは、きみがコラムの担当をしてくれるのですね」

「はい。一応自分が担当させていただきます。ただ、文学欄担当に、もうひとり坂本雅子という新人がいるのですが、坂本も一緒に担当することになっています。後日、その坂本を一緒に連れて来ます」

「分かりました。では、今後ともよろしく」

五木寛之は爽やかな空気を残してラウンジから足早に出ていった。待ち受けた二人と挨拶を交わしている。私は呆然と、その後ろ姿を見送っていた。

5

壁を伝わって、輪転機の回る唸りが震動となって伝わってくる。

東日印刷所の校正室は同僚の編集者たちの読み合わせの声が響いていた。最終校正を終えた真下、ついで植田主任が責了紙を手に飛び出していった。

私も坂本と二人で文学芸術面の赤ゲラの最終チェックを終え、慌ただしく校正室から飛び出した。薄暗い階段を駆け降り、活版室に走り込む。

「はい、竹《たけ》さん、お待たせ。これこれ、四面の責了紙」

「おせいぞ。もっと早く持って来いや。後がつかえてんだからな」

活版工のボス、竹本が活版を組み上げながら、威勢よく怒鳴り返す。私は責了紙を竹本に渡した。竹本はひったくるように責了紙を手に取り、組み上げた活版に屈み込んだ。赤鉛筆の直しに従って、手早く活字を拾い出し、新しい活字に取り替えて行く。

「公明新聞」の編集者がどたどたと階段を走り降りて来て、大声で竹本に叫んだ。

「竹さん、こっちを先にやってくれよ。急いでいるんだ。早く下ろさないと、発送に間に合わないんだ」

「後からやってきて、そう急《せ》かすな。いま『読書』をやっているんだ。順番順番」

竹本は私の責了紙の直しの赤字を見ながら、次々に活字を取り替えて行く。「公明新聞」の編集者も必死に頼みこんだ。

「頼むよ。竹さん」

「おーい、酒田！　手が空いたら、すぐに『公明』のほう、見てやってくれや」

「あいよ！」

活版の枠を叩いていた活版工の若者が組み上げた活版をローラーに転がして紙型工に渡しながら、公明新聞の編集者に手を上げた。

「『公明』さん、見てやっからゲラを持ってきな」

その間にも、竹本は私の責了紙の赤を全部直し、私に責了紙を返した。

「ようし。校了だ。もう直しはないな。下ろすぞ」

「はい。ありがとう。また来週、お願いします」

「あいよ。お疲れさん。じゃあな」

竹本は印刷インクで汚れた顔を歪めて、にっと笑った。

校正室に戻った。文学芸術面が校了になったので、坂本雅子はほっとした顔でいった。

「お疲れさま」

「もう仕事は慣れた？」

「まあなんとか」坂本はうなずいた。

「坂本くん、これ、急いで持って行って」

部屋の奥にいた長岡編集長が赤ゲラを掲げた。坂本は元気よく「はい」と返事し、ゲラを手に校正室を走り出して行った。

長岡編集長は島田次長、村上次長と一緒にお茶を飲みながら、再校ゲラが上がってくるのを待っている。

私はハイライトを出し、ジッポで火をつけ、一服した。

校正室のドアが開き、一、二面を校了した植田主任や真下が話しながら戻って来た。

「やれやれ、終わった終わった」

「お疲れさま」私はいった。

「お、ご苦労さん、終わったかね」長岡編集長が植田主任たちに労いの声をかけた。

「はい。一、二面、校了しました。なにか、お手伝いすること、ありますか？」真下がいった。

「いや、ない。あとは我々だけで大丈夫だ。先に行っていいよ」長岡編集長は笑いながらいった。

「どうせ、一杯やっていくのだろ？」島田次長がいった。

「これですか」真下が手でくいっと盃をあおる仕草をした。

「わしも後から行くから、席を取っておいて」

村上次長がおどけた調子でいった。

「了解。じゃあ、いつものところで」

印刷所の帰りに、みんなで寄っていく飲み屋がある。そこで一日の労をねぎらったり、その週の反省会もやっていた。

部屋には自然科学担当の桜井の姿はなかった。さっき校了だといっていたのだが。

「桜井さんは？」

「校了したので先に帰った。別口の用事があるんだって。もう俺たちとは付き合うつもりないんだろ」

真下が皮肉混じりにいった。

桜井は転職が決まって以来、仕事がおざなりになっていた。給料分だけ働けばいい、それ以上のことはなにもしない、という徹底した態度だった。

教育児童担当の吉村恂子《じゅんこ》は活版室へ降りたまま帰ってこない。直しに手間取っているのだろう。

広告担当の鈴木利一と田中春夫の姿もなかった。

「まだ広告は校了になっていない。どうせ、二人とも後から来るよ。先に行って飲んでいよう」

植田主任と真下は私に行こうと促した。

6

居酒屋「だいもん」は、東日印刷の工員や近くの会社の社員たちで満席の状態だった。店内には煙草の煙がもうもうと立ち込めている。

飲むほどに、紙面への不満や不平が募る。

「……やはり読書新聞のように、本屋の店頭で売れる新聞にしないと。広告とタイアップしたような記事を一面に持ってくるようではだめだと思う。それじゃ、読者は金を払って買おうとしない」

私はいった。

「それは分かっているんだが」真下は腕組みをして口をへの字に結んだ。

「どうしたらいいと思う?」植田も目をしばたたいた。

「はっきりいって、うちの新聞は書評を重視するあまり、いつも本の話題ばかりなので、論調がおとなしく、それで若者たちに受けないと思うんだ。もっと過激に、いうべきことは、はっきりいう。大胆に批判する。そういう論文を掲載するのはどうだろう?」

「過激だな。まるで読書新聞じゃない」

真下が疑問を呈した。植田主任も首を振った。

「うちの新聞は読書好きの人相手だからね。どうしても年齢層が高くなるのは仕方ない。話題もおとなしくなる」

「しかし、それでは若い世代に人気のある読書新聞に勝つことができない。だから、思い切って、読書対象を学生や若者たち二十代に下げた紙面作りにしたらどうかと思うんだ」

「それでは読書新聞の真似にならないか？」

植田が戸惑った顔をした。真下もいった。

「そう、読書新聞と同じような紙面になってしまい、うちの独自性がなくなると思うな」

私はコップの冷酒を飲みながらいった。

「確かに見かけは読書新聞に似てしまうけど、若者向きにするには止むを得ない。ただ、うちの場合は、同じような情況論を掲載するにしても、執筆者にあくまで出版文化や本にからめて論じて貰うようにする。読書新聞のように、本に関係なしに情況を論じるようなことはしない」

「本にからめるか」真下は納得した。

「なるほど、それなら長岡さんたちを説得することができそうだな」植田主任もはじめてうなずいた。

長岡編集長をはじめ、島田次長や村上次長、広告の堤部長、総務の橘部長たちは、六〇年安保をめぐり、左翼的な傾向を強めた「日本読書新聞」と袂《たもと》を分かち、大手出版社が中心になっている日本書籍出版協会の刊行物として、政治的に中立的な「週刊読書人」を創刊した。そうした経緯があったので、長岡編集長たちは「日本読書新聞」と同じような紙面作りをすることにアレルギーを持っていた。

「それから、読書新聞の向こうを張れるような新鮮な執筆者を起用する。場合によっては、読書新聞や朝日ジャーナルに書いている気鋭の評論家をうちでも起用する。ともかく元気な、若々しい紙面を作るようにする。似てようと似てまいと、売れる書評紙にするんです。一点突破全面展開です」

「おいおい、一点突破全面展開は青解がよく使う言葉じゃないか。でも、いいねいいね。植田さん、やってみましょうや。いまの低迷した売れ行きを脱出するには何かやるしかない。だめで元々じゃないですか」

真下はうれしそうに酒を飲んだ。真下は底無しに酒が強い。

入り口のガラス戸が開き、どやどやと客が入ってくる気配がした。

「おお、そこにいたか」

「もう飲んでますね」

広告担当の鈴木と田中が私たちを見つけて、手を上げた。

「この際だから、鈴木さんたちの意見も聞いておこう」植田主任がいった。

「そうですね。編集の立場だけで紙面は変えるわけにいかないものな」

私は高揚した気分でうなずいた。現場の編集部代表の植田主任と広告担当の鈴木課長が紙面改革に乗り気になれば、長岡編集長たちも無下には反対しないだろう。

7

植田主任や真下、私の三人が提案した紙面刷新案に、まず賛成したのは意外にも島田次長と村上次長だった。

「おもしろい。長岡さん、この際、若い人たちの感覚を尊重してやってみましょうや」

「うむ。わしも賛成だね。植田くんもいいといっているんだから、やっていいのでは」

村上次長も好意的に賛意を表明した。長岡編集長は腕組みをし、じっと考え込んでいたが、やがて口を開いた。

「じゃあ、やってみるか」

長岡編集長は慎重居士だが、いったん決断すると、やることはしっかりやる人だった。

長岡編集長はぎろりと私を睨んだ。

「ここは真下くんだけでなく、きみもしっかりやって貰わねばならんぞ」

「もちろんです。そのために文学芸術担当を坂本さんに譲るのですから」

私は坂本に目をやった。坂本は薄い唇を真一文字に結んでうなずいた。

「で、たとえば、どんな執筆者を考えているのかね？」長岡編集長は私や真下を見た。

「論が立ちそうな作家や詩人、劇作家です。たとえば、五木寛之とか小田実とか」

真下が答え、私に目配せした。

「唐十郎、佐藤信《まこと》、別段実、太田省吾、寺山修司などなどの劇作家。彼らは情況に敏感です。詩人なら、なだいなだ、大岡信《まこと》、長田弘、黒田喜夫、吉本隆明、谷川雁《がん》などはどうでしょう？　富岡多恵子、金井美恵子などの女性もいます」

「吉本さんなんか、うちに出てくれるかね？　唐さんや谷川さんなんかは『読書新聞』の執筆者ではないか？」

「こっちが取ってしまえばいいのですよ。書きたいことを書いて貰って」

「評論家や文芸評論家では？」島田次長がきいた。

「内村剛介《ごうすけ》、秋山駿《しゅん》、桶谷秀昭《おけたにひであき》、磯田光一、村上一郎、篠原一《はじめ》、川村二郎などですね」

「作家では、ほかに？」

私は思いつくままにいった。いずれも、一度、ぜひ会ってみたい作家たちばかりだった。

「開高健、武田泰淳《たいじゅん》、井上光晴、井上靖、井上ひさし、筒井康隆、小松左京、埴谷雄高、中井英夫、三島由紀夫、真継伸彦《まつぎのぶひこ》、加賀乙彦、堀田善衛《よしえ》、大岡昇平……」

私は坂本に目をやり助けを求めた。坂本が続けた。

「三浦朱門《しゅもん》、曽野綾子、三浦哲郎、瀬戸内晴美、倉橋由美子など、まだまだ登場していただきたい方々がいます」

「ほかに、若い連中に人気のある平岡正明とか、相倉久人《あいくらひさと》、奥成達《おくなりたつ》といった若手ジャズ評論家、竹中労とか、梶山季之《としゆき》、草柳大蔵、青地晨、大宅壮一などのジャーナリスト」

私は名前を上げているだけで、本当に一面に登場して、書いて貰えるような気がしてきた。五木寛之の助言を思い出した。

小さな書評紙ならではの批評や評論を掲載し、マスコミのできない論陣を張る。

私はようやく書評紙で働く意義を見つけた思いだった。

第七話　哀しみの三島由紀夫

1

近くの松林から蟬時雨《せみしぐれ》が降り注いでいた。

低い屋根瓦越しに入道雲がいくつも立ち上がっている。カイヅカイブキの生け垣や建物に遮られて、まだ海辺は見えない。

そよ風に乗って潮の香りが漂ってくる。心なしか海のざわめきが聞こえて来るような気がした。手にした紙には、住所と簡単な地図が描かれていた。

さびれた竹岡駅から歩いておよそ十分。

両側に夏の草木が生い茂った田舎道を海岸に向かって進み、シバやカイヅカイブキの生け垣に囲まれた家々の集落に入る。

松林の脇を抜けると、地図にある通り、海辺に面した一軒の日本家屋が見えて来た。

作家で文芸評論家の中田耕治《なかたこうじ》が夏の間、別荘としている家だった。

　私は汗を拭いながら、玄関先に立った。ガラス戸は開け放たれていた。上り框に立つと、広い居間の掃き出し窓から、内房の蒼い海が見えた。

「ごめんください」

　家の中はがらんとして人の気配がない。午後二時過ぎだった。みんなは海水浴に行っているのに違いない。

　中田耕治担当の編集者たちは昨日から泊まりがけで海水浴に来ていた。私も誘われたのだったが、仕事の都合がつかず、ようやく今日になって駆けつけたのだった。

「はーい。おお、来たか。遅かったなあ」

　奥の部屋から半袖のスポーツシャツに短パン姿の中田耕治がにこやかな笑みを浮かべて現れた。頭頂近くまで両側が後退した広いおでこは日焼けで真っ黒になり、脂を塗ったかのようにてらてらと光沢を帯びている。

「先生、今月の原稿、できてますか？」

「おいおい、来た早々に原稿の催促か。五枚くらいなら、すぐに書くから心配するな」

　中田は奇麗に揃った白い歯を見せて笑った。

「そんなことより、折角来たんだ。みんなは海に行っているぞ。きみも行って遊んで来い。海から戻って来る頃までには、ちゃんと原稿は仕上げておくから」

「ありがとうございます。でも、先生は？」

「私はさっきまで海に浸かっていた。きみのところの原稿があるから先に上がって来たんだ」

「申し訳ありません」

「嘘だよ。きみのところの時評は、おおよそ書くことを決めてある。すぐ近づくが、今月は雑誌に五十枚の小説を書かねばならないんだ。遊んでいられない」

中田耕治には新設した中間小説時評を依頼してあった。月刊の中間小説雑誌全部に目を通し、これはと思った作品を取り上げて評論して貰う欄で、私は月一度、千葉市内の中田宅を訪ね、生原稿を受け取っていた。

中田は明治大学文学部で英文学を教える傍ら、文学評論をこなすとともに、自らもエンターテインメント小説を書く作家としても名を知られていた。マルキ・ド・サドなど西欧の背徳的な芸術やエロチシズム、異端の文学にも造詣が深く、澁澤龍彦《しぶさわたつひこ》や種村季弘《たねむらすえひろ》らと並び称されていた。中田は同様にそうした反道徳的な芸術や倒錯的なエロチシズムに傾倒する三島由紀夫の理解者でもあった。

「海水パンツは用意して来てあるんだろうな？」

「はい、それは怠りなく」

「そうか。じゃあ、遠慮無用。勝手に上がって着替えて行け」

「では、遠慮なく」

私は靴を脱ぎ、畳の部屋に上がった。昨日泊まったみんなのバッグが乱雑に縁側に重ねられてある。肩掛けバッグを開け、新品の海水パンツを取り出した。

中田は離れの部屋に行ったらしく、すでに姿がなかった。

海水パンツとTシャツに着替え、縁側の下にあったビーチサンダルを突っかけて、庭へ飛び出した。庭の生け垣の間を抜けると、目の前には白い砂の海浜が拡がっていた。

青々とした海原が陽光を反射してきらめいている。海辺で十数人の男女がてんでんばらばらに遊んでいた。

打ち寄せる波に乗って泳いでいる男女。ビーチパラソルの陰に寝転んでいる女。砂に半ば埋まり、甲羅干しをしている男。波打ち際で潮干狩りをしている女や男。

私はタオルを首に巻き、無けなしの小遣いで買った真新しいサングラスをかけ、彼らの許へ近づいていった。

「お、いま頃来たのか。遅かったな。まあ仕事熱心なことで。まあ、こっちへ来いや」

砂浜に寝転んだ松島が顔を上げ、手招きした。松島は集英社の編集者だった。小説家志望で、中田耕治に自作を持ち込んでは、いろいろ指導を受けているという噂だった。

ビーチパラソルの日陰に寝ていた水着姿の女性がサングラスを上げ、笑みを浮かべた。

　中田夫人だった。私はサングラスを外し、頭を下げた。

「こんな遅くに押しかけてすみません」

「いいんですよ。どうぞ遠慮せずにゆっくり楽しんでいってください」

　中田夫人は整った顔立ちの美しい女性だった。色白の肌で、モデルのようにすらりとした肢体の女性だった。陽光を浴びた眩しい水着姿に、私は思わず目を逸らした。

「ここにいる連中、紹介するか？」

　松島はビーチパラソルの日陰にバスタオルを敷いて寝そべっている三人の女たちに顎をしゃくった。

「はあ。よろしく」私は頭を下げた。

　松島は三人の名前と会社名を告げ、私のことを紹介した。三人の女たちは、いずれも出版社の編集者だった。

　その時、砂浜で潮干狩りをしていた女の子が、顔見知りの北原清と一緒に採り立ての貝を入れたバケツを手に笑い声をたてながらやって来た。北原は双葉社の編集者である。

　水兵のような横縞のTシャツを水着の上に着、真っ白なショートパンツ姿の娘だった。小生意気に麦わら帽子を斜めに被って大人ぶっている。Tシャツの胸のあたりが豊かに盛り上がっていた。顔の両側に垂らした長い黒髪。健康そうな白い歯が肉感的な唇の間からちらちらと見える。

娘は私を見た。大きな黒い瞳が私に笑いかけた。湖水のように青みがかった白目。顔も腕も脚も小麦色に日焼けしている。どこか、幼さを残した高校生のような丸い顔。うなじに生えた産毛が陽光を浴びて黄金色に光っていた。私は突然天啓を受けたように彼女を凝視していた。

あ、きっと自分はこの女性と結ばれる。

人生で一度は運命的な予知を覚える時がある。私の場合、この時がそうだった。周りの雑音が遠退いていった。あまり私が見つめているので、彼女は恥ずかしそうに小首を傾げ、はにかんだ笑みを浮かべた。

「なにか、顔についてます？」

笑窪《えくぼ》が彼女の頬にできた。

「いや。なんでもない」

「おい、どうした？　この娘に一目惚れをしたか？」

松島が私を冷やかした。北原が私をどやしつけた。

「この娘は先生の教え子の女子大生だ。手を出してはいかんぞ。先生にどやされるぞ」

「なんだ、まだ大学生なのか」

私は照れ隠しにいった。

北原は松島や女性編集者たちと顔を見合わせて笑った。彼女はみんなの冷やかしを無視して、バケツの底を私に見せた。

「これ、食べてみます？」

バケツには小粒な二枚貝が何十個も入っていた。脇から松島と北原が手を伸ばし、貝を鷲掴みにした。

「食おう食おう。これは馬鹿貝といって、生でも食えるんだ」

「そうそう。この辺で、よく採れる貝で、赤貝に似た貝で生でも結構旨いのよ。ビールのツマミにもなる」

中田夫人は笑いながらバケツに手を入れた。私も貝をひとつ摘まみ上げた。北原と松島は手近の石で貝殻を叩き割り、橙色の中身を引っ張り出して口に入れた。

私も見よう見真似で貝を割り、中身を口に入れた。少し生臭かったが、ちょうど海水の塩味が利いていて旨かった。

彼女も殻を割って貝を頬張っていた。私は彼女と顔を見合わせて笑った。

「名前は？」

彼女はふっと真顔になり、千春と答えた。

「大学では何を専攻しているんだい？」

「日本文学」

「講義は面白い？」

訊いたすぐ後から、なんてつまらないことを訊いているのだろう、と反省した。

「授業がないんです。全共闘が大学を封鎖していて。高い授業料を払ってあるというのに。このままじゃ、何のために大学へ来たのか分からなくなる」

「きみは全共闘のやり方に反対なのかい？」

「ええ。賛成できない。私は働きながらようやく学校へ通っているんです。学校を封鎖している学生たちは、私のような働いている貧乏な学生のことが分かっていない。自分たちの学校を封鎖して、何に反対しようとしているのか分からない」

千春は幼子のように口を尖らせ、怒った顔でいった。怒った顔も可愛かった。私は千春の顔に見とれていた。

松島が私と千春の肩を叩いた。

「さあさ、お二人さん、俺たち、そろそろ東京へ帰る時刻が迫っている。みんなで、もう一泳ぎして来ようや」

私はうなずいた。みんなは一斉に水着姿になると、押し寄せる波に向かって駆け出した。私もTシャツを脱ぎ捨て、彼らを追い駆けて海に飛び込んだ。

波に頭から突っ込み、海面に顔を出した。

水着姿の千春が中田夫人と一緒に波打ち際を水飛沫《しぶき》を上げて駆けて来るのが見えた。

2

旧国電市ケ谷駅前の小さな広場はひっきりなしに行き交う人たちで賑わっていた。私は腕時計に目をやった。約束の時刻には、まだ五分ほど間がある。

靖国通りの舗道から、見覚えのある細面の顔が現れた。背筋をぴんと伸ばし颯爽と歩いて来る。男は目印の「週刊読書人」を手に立っている私の前に立ち止まった。

「村上一郎です」

村上は長身を中程で折り、礼儀正しい態度で挨拶した。私は慌ててお辞儀を返し、名刺を差し出した。

私は村上一郎を駅前の喫茶店に誘った。村上はうなずいた。

村上一郎は東京商科大学（現一橋大）出身の元帝国海軍主計大尉で、日本浪漫派の文芸評論家だ。評論だけでなく、小説も書いており、思想的に同じ傾向の三島由紀夫とも親交があった。

喫茶店のボックス席に向かい合わせに座った。私は早速、肩かけバッグから本を取り出し、村上に少し長めの書評を依頼した。

村上は一見、気むずかしげな見かけだったが、話していると意外に気さくで穏やかな人だった。話している時も背筋をぴんと伸ばし、姿勢がいい。

村上は水交社に立ち寄った帰りだといった。水交社は旧帝国海軍の将校たちを会員とする研究、親睦、共済機関である。敗戦でいったん解散させられたが、戦後、旧海軍士官の連絡親睦団体として復活した。

話ははずみ、七〇年安保を前にしての全共闘運動や左翼の反体制運動の昂揚による物情騒然とした世情についての感想にまで及んだ。

村上一郎はあくまで古武士のように泰然として穏やかだった。

「私は三島由紀夫が抱いているような危機感はない。いまは戦前とは時代も情況も違う。三島の憂国の気持ちは分からないでもないが、いくら左翼の学生が騒ごうが、どんなに暴力を振るおうが日本に革命は起きない。日本人はそれほど愚かではない、と私は信じている」

村上は姿勢を崩さずにコーヒーを啜り、私の質問に嫌がりもせず、一つ一つ丁寧に答えてくれた。

「しかし、万が一にも左翼の諸君が国を危うくするような事態を引き起こし、それに対して三島が天皇陛下をお守りするため行動を起こすようなことがあったら、私も彼に後れを取るわけにはいかないと思ってはいるがね」

　村上は笑いながら、万が一にも、そんなことは起こらないだろうがと付け加えた。

　村上は私を試すようにいった。

「ところで、きみは、いつ何が起こってもいいように覚悟しているかね？」

「……いえ」私は頭を左右に振った。正直、覚悟も何もできていない。

「男子たるもの、いつでも万が一の危機や危険に備えておくべきだ。備えあれば憂いなし。備えあれば度胸も据る。なんとか生き延びることもできる」

「はあ？」私は村上が何を言い出すのか、と少し戸惑いを覚えた。

　村上一郎はポケットに入れた手を出した。その手にはピンク色の半透明なコンドームがあった。

「これは、私が海軍時代からの習慣で、いつも身につけている。この中に何が入っていると思うかね？」

　村上はコンドームを摘まみ宙にかざした。中にマッチ箱と白い紙切れが入っていた。コンドームの口は中身が出ないように固く結んであった。

「マッチですか？」

「うむ。マッチと塩だよ。人間、遭難しても、塩さえあれば、なんとか生き延びることができる。それと火を熾《おこ》すためのマッチと紙切れ。これらをコンドームに入れて密封してあれば、塩は融けることはない、マッチも湿ることもない。これは海軍士官の伝統でね。船が沈んで、漂流して無人島に辿り着いても、あるいは地下鉄にでも乗っていて、大地震で閉じ込められても、これらがあればなんとか生き延びることができるわけだ。そして、御婦人とねんごろになり、いざとなったらコンドームを使うこともできる。ま、一石三鳥のサバイバル用品だ」

村上は静かに笑みを浮かべた。

3

七〇年に入り、情況は一変した。

前年の六九年まで、あれほど物情騒然としていた世情は圧倒的な警察力の前に沈静化し、全共闘運動も次第に潮が引くように静かになって行った。

村上一郎が喝破したように、七〇年安保闘争は不発に終わった。

新左翼諸党派は四分五裂をくりかえし、一部は地下に潜って赤軍派のように非合法軍事路線を取って先鋭化したが、それがかえって大衆的な支持基盤を失う結果ともなって、運動の混迷と衰退を加速した。

新左翼諸党派は分裂に分裂を重ね、さらに細分化していく。他党派との対立だけでなく、内部の対立や亀裂も深まり、仲間同士の内ゲバや殺し合いも日常茶飯事になった。警察は極左暴力集団として取り締まりを強化し、新左翼諸党派の活動家を追いつめて行った。こうして各党派はますます少数化するとともに、どの党派も急速に力を失って衰退して行った。

学生たちの間には、挫折感と何をやってもだめだという無力感《アパシー》や閉塞感がムードとして漂いはじめていた。

学生運動や全共闘運動の退潮は、彼ら学生を読者対象としていた書評三紙や「朝日ジャーナル」、「現代の眼」など雑誌の売れ行きにも微妙に影を落としはじめていた。「日本読書新聞」も「週刊読書人」も、一人わが道を行く「図書新聞」も二紙の煽《あお》りを食らい、いずれも以前のようには売れなくなっていた。

「週刊読書人」の編集部でも、どのような編集方針で舵取りし、新しい読者層を開拓していくか、連日のように話し合いが開かれていた。

なんといっても一面の企画特集記事の良し悪しが売り上げに大きく響く。これまでのように、新左翼を支持する先鋭的な評論家に依頼して、情況論を載せても、多少話題にはなるが売れ行きは良くならなかった。

映画「ある愛の詩《うた》」が人気を呼び、原作の『ラブ・ストーリー』がミリオンセラーになったり、立命館大学の女子学生だった高野悦子の『二十歳の原点』が大ベストセラーになったりしていた。

前者は「愛とは決して後悔しないことだ」というフレーズに尽きる純愛映画で、後者の高野悦子の日記は真摯《しんし》に生きようとあがき、もがいていたが、結局信じていた愛も失い、死を選ばざるを得なくなった彼女の内奥の苦悩を綴ったものだ。彼女の日記は七〇年の情況を色濃く反映した戦後青春の挫折と死を象徴していた。

憎しみや闘いではなく、純愛や他者へのいたわり、優しさへの回帰が若者たちの支持を受けつつあった。みんな憎み合いや闘いに飽き飽きし、疲れていたのだろう。時代は確実に変わろうとしていた。

これから、いったいどういう紙面作りをしたらいいのか？

朝出社した時から、一面担当の真下と話をしていた時、ラジオを聞きながら、新聞の発送作業をしていた笠井武が誰にいうともなく大声でいった。

「おーい、市ヶ谷の駐屯地で何か起こっているらしいぞ」

「自衛隊が何かやったのか？」真下が聞いた。

「いや、違うらしい。三島由紀夫が演説しているらしい。誰かを人質に取って総監室に立てこもっているらしい」

私は驚いて立ち上がった。笠井はラジオのボリュームを大きくした。興奮したアナウンサーの声が編集部内に響いた。

『……ただいま入った情報によりますと、作家の三島由紀夫さんと数人の若者が、陸上自衛隊東部方面総監部の建物に東部方面総監らを人質に取って立て籠もっている模様です。三島さんは……いや三島由紀夫はバルコニーに出て、現在、何ごとか叫んでいるとのことで、ここからは状況を把握できません。リポーターの……さん、そちらの様子はどうでしょうか？……』

空気が震動し、窓ガラスがびりびりと震えた。上空をヘリコプターのローター音が過って行く。編集部のある神楽坂と市ヶ谷駐屯地は、数キロメートルの距離でしかない。

窓から見上げると、市ヶ谷方面の上空に飛来した新聞社や警察のヘリコプターが何機も飛行している。

私は興奮で胸の動悸が激しくなるのを覚えた。

「これは大変だ」真下が席から腰を浮かした。

机の上で割り付けの作業をしていた植田主任が立ち上がった。

「テレビで何かやっているかもしれない」

「見に行こう」私は上着を着込み、出口に急いだ。

「どこへ行こう？」真下がいった。

「向かいの喫茶店『ローザ』にテレビがあったな」植田主任が叫ぶようにいった。

長岡編集長も島田次長も、まだ出社していなかった。黒板には、どこかへ立ち寄って午後に出社予定となっていた。

「編集長が来たら、俺たちみんな通りの『ローザ』に行っているといって！」

私は経理の青戸陸子に叫んだ。植田主任を先頭に、私と真下は部屋を飛び出した。

ともかく、何が起こっているのか、それが知りたかった。

通りの向かい側にある喫茶店「ローザ」のドアを押し開いた。天井近くに掲げられたテレビには、バルコニーに立った制服姿の三島由紀夫が映っていた。盛んに手や腕を振るい演説をしている。だが、バルコニーの下に集まった自衛隊員たちの野次や怒号、上空を舞うヘリコプターの爆音で、声が吹き消されていた。それでも切れ切れに三島の声が聞こえる。

『……そうか。分かった。きみたちは……どうしても起たないんだな。……分かった』

三島は額に白い鉢巻をしていた。顔面は蒼白になり、普段見慣れた三島の顔ではなかった。

三島は野次や怒声に遮られ、演説を中断してベランダの奥に消えた。引っ込む時、三島は寂しげな表情を見せた。私は嫌な予感を覚えた。

「植田さん、俺、市ヶ谷へ行ってくる」

私は植田主任の返事も聞かず、喫茶店を飛び出した。一刻も早く現場に駆けつけ、この眼で三島由紀夫を見たいと思った。

昭和四十五年（一九七〇年）十一月二十五日、空はあくまで澄み切った秋晴れの日だった。

4

通りすがりのタクシーに手を上げ、車内に乗り込んだ。運転手に自衛隊の市ヶ谷駐屯地へやってくれと頼んだ。運転手はむすっとした表情でいった。

「市ヶ谷駐屯地周辺は、いま混んでいて渋滞だ。外堀通りも靖国通りも交通規制されているから、途中までしか行けないかもしれないけど、それでもいいかい？」

「行けるところまででもいい」

タクシーは勢い良く走り出した。

カーラジオから市ヶ谷駐屯地の実況放送が聞こえた。レポーターが興奮した口調で実況放送をしている。騒がしくて、レポーターの声がよく聞き取れなかった。

「ブンヤさんかい？　三島由紀夫さんは、どうやら自決したらしいよ。さっきラジオがそんなこといっていたな」

運転手は肩越しに、私にいった。

「自決した？」

運転手は黙ったまま、ラジオのボリュームを大きくした。

レポーターが絶叫するようにいっていた。

『……三島由紀夫が総監室で切腹自殺をしたらしいとのことです。くりかえします。今朝十時ごろ、自衛隊市ヶ谷駐屯地の東部方面総監室へ、三島由紀夫と楯の会のメンバー数人が日本刀を持って訪れ、そのまま益田兼利総監を人質にして立て籠もりました。三島由紀夫はバルコニーに立って、集まった自衛隊員に演説をしていましたが……』

私はテレビで叫んでいた制服姿の三島を思い浮かべた。

三島由紀夫が自決した！

私はラジオの放送を聞きながら、学生時代にアートシアター新宿文化劇場で観た三島が監督主演した映画「憂国」の一シーンを思い出した。あの映画では青年将校に扮した三島が切腹する壮絶なシーンがリアルに描かれていた。

澁澤龍彦編集の『血と薔薇』のグラビアに、三島が半裸の姿で木に吊され、矢を射られて血だらけになった殉教者聖セバスチャンに扮していた写真もダブって思い出した。

いったい、三島由紀夫はなにを考えていたのか？　どこまでが芝居で、どこからが本心だったのか？

三島由紀夫が書いた『英霊の声』が頭を過った。

「などてすめろぎは人間《ひと》となりたまひし」

天皇陛下は、なぜに神であることを辞め、ただの人間になられたというのか！

二・二六事件の英霊が昭和天皇に対して投げつけた怨嗟《えんさ》に満ちた慨嘆だった。

『英霊の声』は三島の数ある作品中でも、最も異彩を放つ作品だった。三島自身も、あの作品を書いている時は英霊に取り憑かれたように筆が進んだといっていた。三島の作品であって三島の作品ではないものだといっていた。

もし、英霊が三島に乗り移ったとしても、昭和天皇に対する怨嗟と慨嘆は、日頃、三島が痛切に抱いていた思いでもあったはずだ。

三島は腹を掻っ切る時、何を思ったのだろう？　聖セバスチャンに我身を重ね、殉教者として死ぬことへの恍惚に浸っていたのか？

それとも、昭和維新を果たせなかった二・二六事件の青年将校たちの後を追って、抗議の自決をしたというのか？　はたして、二・二六事件で銃殺刑にされた青年将校たちのように、三島もまた「天皇陛下万歳」を叫んだのだろうか？

私はいくつもの疑問が心に湧いて整理がつかなかった。

車窓からは、灰色にくすんだ街並が見えた。木の葉を落とした街路樹の枯れ姿が曇り空に映えていた。

5

私が初めて三島由紀夫に会ったのは、昭和四十三年（一九六八年）の秋だった。

その年、三島は信奉者の若い青年たちを集めて、陸上自衛隊に体験入隊したり、私設軍隊「楯の会」を結成したりしていた。

躯を鍛えることに熱心で、空手を習ったり、ボクシングに熱中したり、ボディビル・ジムにも通っていた。剣道は精進して五段の免状を取り、居合道の初段も取っている。

その一方で、丸山明宏を主演にした「黒蜥蜴《くろとかげ》」を上演したり、戯曲『わが友ヒットラー』を書き上げるとともに、「新調」には長編『豊饒《ほうじょう》の海』を連載していた。10・21国際反戦デーには「平凡パンチ」の腕章を巻いて、騒乱の新宿の街に視察に出かけたりしている。

日頃の三島の言動は、軟弱な口舌《こうぜつ》の徒《と》であることを拒み、むしろ死ぬことを怖れぬ武士でありたいと願っている――そういうことを窺わせた。

ともあれ、その頃の三島由紀夫は、普通の小説家の範疇には収まらない作家だった。

いったい、三島由紀夫は何を考えているというのか？

私は三島本人に直接会ってみたい一心で、編集会議に創刊十周年記念号の特別企画として、三島由紀夫をメインにした対談をやったらどうか、と提案した。一面トップから二面、三面にまで記事を流す、新年らしい大型企画である。

ちょうど、新年明けには三島に『豊饒の海』第一巻『春の雪』が、ついで二月には第二巻『奔馬』が出版されることになっており、タイミングもいい。

「いいね。三島由紀夫が出てくれるなら話題になる」

一面担当の真下俊夫がまず面白がって賛成した。文学欄担当になった坂本雅子は、やや自信なさげだったが、一応賛意を示した。文学欄担当ということで彼女が三島に企画を依頼すると思ったらしい。植田康夫主任も賛意を示した。

長岡編集長は腕を組み、目をぱちぱちとしばたたき、私にいった。長岡編集長が目をしばたたく時は、そんな大言壮語をいって、ほんとうにできるのかと、半分疑っている場合だ。

「うちのような書評紙に、ほんとうに三島さんが出てくれるかねえ。謝礼も社の規定通りにしか出せないしな」

私はいいだしっぺである以上、覚悟していった。

「自分にあたらせてください。なんとか、三島さんを口説いてみます」

三島を口説く自信はまったくなかったが、会えるだけでも満足だと思っていた。

学生時代に『仮面の告白』や『金閣寺』を読んで以来、時代とともに変貌する三島由紀夫という作家に興味を覚えていた。

私は三島の何に魅かれていたというのだろうか？

正直いって、私は三島のあまりいい読者ではない。三島の作品のあまりに技巧的で作り物めいた世界に反発さえ覚えていた。にもかかわらず、自分のどこかに共感するところがある、そうした二律背反を感じていた。

若い頃の平岡（三島）少年は虚弱体質で、兵隊検査では第二乙種合格だった。一応合格したとはいえ、あまり兵隊には向かない虚弱な軀だったということだ。いったん召集を受けたが、入隊検査の当日、風邪気味だったため、軍医が肺病と誤診し、即日帰郷となった。

三島は兵隊になれなかったことがよほど口惜しかったのだろう。戦後、三島は軀を鍛えに鍛え、言説も武人らしくなろうと努めていた。

そのことで、思い出すのは私の親父のことだった。

私の親父も軀が小さく、虚弱体質だった。兵隊検査では丙種合格だったので、戦争に行かないで済んだ。そもそも虫も殺せぬ絵描きの親父に人を殺せるわけがない。もし戦争に駆り出されていたら、親父は真っ先に死んでいただろう。

戦後、日本が平和と民主化の時代を経て六〇年安保闘争が高揚した時期まで、親父は醤油を飲まずとも、結果的に「兵役拒否」できたことを自慢気に話していた。

ところが、時代の針が左から右に振れるにつれ、親父は丙種合格の話をするのを嫌うようになった。親父と同じ世代の男たちがみんな戦地に行き、銃を取って戦ったことを自慢気に話し出した時、親父は内地に居てのうのうと生き延びたと負い目を感じていたらしい。

私には三島の負い目が親父の負い目と同じように見え、三島の生き方に関心を持ったのかもしれない。

「いいだろう。きみ、三島さんにあたってみたまえ」

長岡編集長はうなずいた。

私はさっそく三島邸に電話を入れ、面会を申し入れた。なんといっても、三島由紀夫なしには成立しない企画である。

もし、断られたら、大田区馬込にある三島の自宅へ押しかけて、承諾してくれるまで玄関先に居座る覚悟だった。

電話に出た三島由紀夫は親切だった。

私は電話であれこれと企画の趣旨を説明し、一度、会ってほしいとお願いした。私の必死の思いが三島に伝わったらしい。

「分かった。引き受けよう。それで対談の相手は？」

三島の甲高い嗄《しゃが》れ声が返った。

私は少々拍子抜けした。こんなに簡単にことが進んでいいのだろうか、と逆に不安にさえ思った。三島本人を中心にした企画だから、対談相手までは考えていなかった。

「だったら、磯田光一さんと種村季弘さんを口説いてくれないか。一度、彼らとじっくり話をしてみたい」

三島文学に精通している文芸評論家の磯田光一、異端文学に造詣が深い評論家の種村季弘と、三島本人三者による鼎談。

私は夢心地で承知し、受話器を置いた。

かくして、私は種村季弘にあたり、一面担当の真下俊夫が磯田光一にあたった。二人とも快諾してくれたのはいうまでもない。

座談会当日、私は水道橋まで三島由紀夫を迎えに行った。三島は毎週一度水道橋にあるボクシングジムに通っており、そこでボディビルの筋肉トレーニングやボクシングの練習をやっていた

ロビーに現れた三島は、驚いたことに、十月末の肌寒い日だというのに、筋肉質の太い腕を丸出しにした半袖のスポーツシャツ姿だった。シャワーを浴びたばかりらしく、ほてった軀や五分刈りの坊主頭から、かすかに石鹸の匂いがした。

三島は体付きはがっしりしているものの、軀が小さい人だった。小柄な私とそれほ

ど背丈が違わない。しかし、眼光鋭く、顔が軀とは不釣合いにでかくて、大きく見える。

一緒にタクシーの後部座席に乗り込みながら、私は思わず、

「半袖で寒くないのですか？」

ときいた。三島は筋肉質の腕を組み、厳《いか》つい顔を、ふっと緩めて微笑んだ。

「普段から鍛えているからね。このくらいの気温なら平気だよ」

水道橋から座談会の会場である神楽坂の日本出版クラブまでは、車でほんの十分程の距離である。その間、私は落ち着かなかった。尊敬する大作家三島由紀夫と一緒に車に乗っているというだけで感激してしまい、何を話したらいいのか分からなかった。

会う直前までは連載中の『豊饒の海』について、いくつか質問を考えていたのに、会った途端、頭から全部質問が吹き飛んでしまっていた。そんな新米編集者の私を見た三島は、突然いった。

「なあ、きみはどうして、そんなにもみ上げを短くしているんだね」

三島の思わぬ問いに、私は一瞬、きょとんとしていた。三島はにやにやと笑った。

「いや、若いのに、もみ上げを短くしたら、男らしく見えないじゃないか」

「はあ、でも、丸顔のぼくがもみ上げを長くしても、三島さんやエルビス・プレスリーのようにはなれないですから」

私は、三島のもみ上げを見ながら、そう答えた。三島は、その時、エルビス・プレスリーのように両方のもみ上げを長くしていた。

三島はおかしそうに笑った。空気がなごみ、私はようやくいつもの自分を取り戻した。

座談会は滞りなく終わり、創刊十周年記念号は、座談会「〈美的日本文化〉論『エロス、権力、……』」というタイトルの記事になった。

その後、私は三島由紀夫の担当編集者の末席に加えて貰った。三島は大出版社や小出版社の別なく、編集者を大事にしてくれた作家だった。私のような新米編集者も一人前として扱ってくれたように思う。

大田区馬込の三島邸には座談会のゲラを見て貰うために行った。閑静な住宅街の中、ビクトリア朝様式の白亜の建築物が忽然《こつぜん》と建っており、私は唖然とした。

青々とした芝の庭には白い彫像があったり、凝った装飾が施された手摺のベランダ、観音開きの扉がついた窓といい、いかにも欧風の外観の瀟洒な建物なのだが、私は違和感を覚えた。何もかも造りが小さいような気がするのだ。

三島邸を見た時、内心、これは映画か芝居のセットの家、虚構の家ではないか、と思った。

「着いたよ、お客さん」

運転手の言葉に私は我に返った。ようやくタクシーは渋滞を脱して、市ヶ谷駐屯地の門前に止まっていた。警察の車両が門から吐き出され、次々に引き上げていく。テレビや新聞社の車も撤収して行くところだった。

私はタクシーを降り、ゲートの前に行った。顔を緊張で強ばらせた警備の自衛隊員が鉄柵の扉を固く閉じていた。

十数人の人たちが隊員と柵越しに押し問答していたが、隊員たちは頑なに首を横に振るだけだった。人だかりの中に見覚えのある顔を見つけた。

「村上さん！」

私は思わず叫んだ。

村上一郎は背筋をちゃんと伸ばした姿勢で、駐屯地の坂の上に拡がる建物を睨み付けていた。

6

喫茶店の席に着いた村上一郎はしばらくの間、一言も喋らずに黙っていた。その沈痛な面持ちを見て、私も声をかけることが憚《はばか》られ、コーヒーを啜り、闇雲に煙草を吹かしていた。

小一時間ほど経って、村上はぽつりといった。

「ラジオの臨時ニュースを聞いて飛んできたのだがねえ。衛兵たちは私を入れてくれなかったよ。いくら、私が三島の友人であり、自分なら、人質を解くよう説得できる、といっても取り合ってくれなかった。復員手帳を見せて、元帝国海軍主計大尉であるといっても、門前払いだった」

村上は寂しそうに微笑んだ。

「もし、彼らが私を中に入れてくれていたら、三島も自決せずに済んだかもしれない。七〇年も無事に終わろうとしている時に、なぜ、三島はあんなに切羽詰まって自死してしまったのか？　どうして三島は死に急いだのか、私には分からない」

私も言葉を失い、黙っていた。喫茶店のテレビは、三島由紀夫と森田必勝《まさかつ》の遺体が警察の手によって収容されたことを伝えていた。

そのテレビの報道を見ながら、三島由紀夫の厳つい顔を思い出していた。

三島由紀夫と最後に会ったのは、三島の戯曲『わが友ヒットラー』の公演が始まる前だった。私はその舞台稽古に立ち会っている三島を訪ね、写真を撮らせて貰った。

三島は写真を撮られるのが好きだった。その時も舞台を背にして、三島は次々にポーズを取った。私は雑談をしながら人間三島の自然の姿を撮ろうとしたが、最後まで三島はポーズを崩さなかった。

　ファインダーの中の三島は肩を怒らせ、眼光鋭く私を睨んでいた。まるで抜き身の血刀を手にして立っている志士のようだった。それなのにまるで殺気はない。

　死を覚悟し、すでに死を達観しているかのような気配すらした。その時、三島の私を睨んだ目の奥には、心なしか哀しみの光がちらついていたように思う。

　撮影が終わった後、ふと振り返ったら、三島は誰もいない客席の真ん中にひとりぽつねんと座っていた。その三島の人影が妙に寂しげだった。

「……これで、我々の時代は終わったということだな。じゃあ、そろそろ、私も帰るとするか」

　村上は沈んだ声でいい、席を立った。その顔には、何か決心した色が見えた。

　私は、思わず立ちかけた村上に声をかけた。

「村上さん、絶対に三島の後を追うようなことはしないでくださいね。約束ですよ」

「うむ。分かった」

　村上はゆっくりとうなずいた。その時、私にはそう見えた。

　コート姿の村上は長身の肩を落とし、店をゆっくりと出ていった。

7

編集部に戻ると、長岡編集長が顔をしかめて、私を待ち受けていた。

「現場に行っても仕方なかったろう？　きみは事件記者ではないんだからね。もっと書評紙の編集者であることを自覚して貰わねばならん」

「はい。申し訳ありません」私は素直に謝った。

「いま大事なのは、三島の追悼文を誰に依頼したらいいのかだ。きみがいなかったから、もう手分けして何人かにあたって貰っている。事件が事件だから、みんな戸惑っている。三島と親しかった評論家や作家のほとんどが、もうどこかの新聞からの依頼を受けてしまっている。きみは、誰か追悼文を書いてくれる作家か評論家を知らないかね？」

私は村上一郎と中田耕治の名を告げた。

村上一郎は三島と意気投合している同志的な間柄の文学者として。中田耕治は三島とほぼ同世代であり、三島文学の理解者として。

「すぐに二人にあたってくれ。ほかの新聞に取られないように」

私は村上一郎と中田耕治に電話を入れた。だが、村上一郎は捕まらず、中田耕治は依頼を承諾してくれた。

新左翼や全共闘の活動家たちが、三島の自決をどう捉えているかも気になっていた。私はブントの知り合いのひとりを新宿の風月堂に呼び出した。

「敵ながら三島の気持ちはよく分かる。七〇年安保も不発に終わり、彼の敵になるはずの我々左翼もみな警察権力によって押さえ込まれた。赤軍派だとて国内には居られず国外に根拠地を求めて脱出せざるを得なくなった。右翼の連中だとて、彼らも権力に押さえ込まれて動きが取れなくなった。左右の陣営が情況に埋没する中で、彼だけは本気で命を懸けて昭和維新をやろうと考えていたのだと思う。それも天皇のため、と彼はいっていたが、現身《うつせみ》の昭和天皇のためではなかったろう。彼は心にある精神的な天皇のために殉じたのだろう。敵ながら天晴れだと思う」

私は彼と議論し、いくぶんか、三島の思いが理解できたような気がした。などてすめろぎは人間となりたまひし。

私の耳には、その英霊の言葉が呪詛のように聞こえていた。

その夜、私は三島の亡骸《なきがら》が収容された牛込署の前で、一晩立ち尽くし、冥福を祈らずにはいられなかった。

翌日、中田耕治から編集部に原稿用紙五枚ほどの追悼文が速達で届いた。私は原稿を一読し、朱を入れて印刷所に回した。

中田耕治は同時代の者として三島の自決に衝撃を受けたが、その衝撃は「遅効性の毒」のように徐々に全身に回りはじめていると書いた。

村上一郎は、その「遅効性の毒」のためか、五年後の昭和五十年（一九七五年）、自宅で自決して果てた。享年五十四歳だった。

第八話　思い出ぽろぽろ

1

新潟の夏はからりとして暑かった。

城下町の村松町は夏祭りを迎えていた。近くの白山神社で打ち鳴らされる太鼓の音が響いていた。町は活気を帯び、子供たちで賑わっていた。

蟬時雨が路地の立ち木から降り注いでいた。時間がゆったりと流れている。

浴衣に着替えた千春が階段をとんとんと降りてくる足音がした。

私は膝を揃えて座り直した。

「千春さんと結婚したいのです。きっと幸せにします。お許しいただけませんでしょうか?」

私はテーブルの向かい側に座った千春の父國男に頭を下げた。赤銅色に日焼けした國男はすでに酒が入っているらしく、いっそう赤い顔をしていた。

千春は十九歳。まだ大学生だ。来春、ようやく二十歳になる。まだ結婚は早い、早すぎる、嫁には出せぬ、といわれると覚悟していた。

だが、國男は何もいわなかった。手元のコップを引き寄せ、ぐいっと飲み干した。

それから、私の顔を睨み、怒ったように、朝日山の一升瓶を片手で持って突き出した。

「まあ、呑め」

國男はコタツの上のコップに朝日山をなみなみと注いだ。私はかしこまってコップをおしいただいた。

私も確かに結婚はまだ早過ぎると思っていた。だから、彼女が二十歳を過ぎてから、正式に結婚するつもりでいた。

國男は威嚇するような鋭い眼差しで、私を睨み付けた。私も見返した。國男と私の視線が交差し、火花が散った。私はその場から逃げたくなったが、我慢し視線を外さずにいた。

鋭い眼差しがふと緩み、穏やかな目つきになった。國男の目は充血して赤くなっていた。

私はコップの酒を一気に呑んだ。緊張のせいか、酒の味がほとんどしなかった。

台所で千春と母のタケが、どうなることかと固唾を呑んで聴き耳を立てていた。

千春から父は酒を呑むと酒乱になると聞いていた。私は殴られるかもしれないと覚悟していた。最悪の場合、日本刀で叩き斬られるかとも思った。それでも自分の気持ちは変わらない、きっと千春もついて来てくれると信じていた。

許してくれるまで、その場に居座るつもりだった。どんなに反対されても絶対に一緒になる。その覚悟で千春の実家に乗り込んできた。あきらめるつもりはなかった。

千春の父は元軍人で、剣道六段の錬士《れんし》だった。銃剣道や柔道の有段者で、それら全部を合わせれば十五段にもなる猛者の武人だった。六十歳になっても自衛隊や警察で銃剣道を教えていた。

正座してお互いに睨み合った時、義父は私の必死の気迫を感じ取ってくれたのだと思う。そうでなかったら、私のあまりの非力さに気合い抜けしたのかもしれない。

ともあれ、その時、私は必死だった。どうにでもなれという捨て身の気持ちだった。剣道の心得はまったくなかった。だから義父から見て隙だらけだったはずだ。青二才で頼りなく感じたと思う。ただ気迫だけは人一倍あったつもりだ。気迫なら絶対に他人に負けないと思っていた。

義父は戸惑いを隠せない顔をしていた。笑っていいものか、悲しんでいいものか、しばらく黙っていた。

いまの私ならば、その時の義父の心中を察することができる。だが、当時、私はまだ二十代の若造で、娘を持つ男親の気持ちはまったく推し量ることができなかった。いまにして思えば、義父の心境としては、目に入れても痛くないほど可愛い娘を、どこの馬の骨とも分からない男に奪われるような気がして、なんとも腹立たしく、泣きたいほどに悲しいことだっただろうとよく分かる。

義父は千春との結婚を許すとか、娘をやるとか、一切いわなかった。その代わり、義父は満州での思い出をぽつりぽつり話し出した。

義父は若い頃、狭い日本に住み飽きて、大陸で飛翔し馬賊になろうと思っていた。そのため帝国陸軍新発田《しばた》連帯の下士官だったが、満州国軍に志願して少尉になったこと。満州国軍官学校の教官になり、日本人をはじめ、満人、朝鮮人、漢人、蒙古族に、「五族協和」の掛け声の下、銃剣道や武道を教えた。階級は大尉に昇進していた。

ある時、軍官学校での教え子だった満州族の将校が匪賊《ひぞく》討伐に出た時、捕虜になった。捕虜になって生き恥を晒《さら》すなと教えていた義父は、その教えに背いた教え子を出した責任を取って、代わりに自決しようとしたが、家族に止められた。

満州を事実上支配していた日本の関東軍上層部は、義父を自決させて、満州建国の軍神に仕立てあげようと画策した。

その後、義父は軍官学校からソ満国境の守備隊に少校（少佐）として配属され、守備隊長に任命された。

昭和二十年（一九四五年）八月、ソ連軍が日ソ平和条約を一方的に破って、満州へ侵攻した時、義父は敗北を覚悟した。満州国軍の部下たちを逃がし、ひとり一級軍装に身を固め、軍刀を手にソ連軍の戦車を迎えた。

シベリアに四年も抑留され、共産主義の厳しい洗脳を受けたが、釈放されるまで「天皇陛下の赤子《せきし》」であると非転向を貫いた。帰国した時には、栄養失調で軀は痩せこけ、身も心もぼろぼろになっていた。

戦後も、義父は天皇陛下の赤子であることを止めなかった。

「全学連や共産主義者どもが暴れる東京などに皇居を置かず、天皇陛下は新潟にお移りになられればいい、自分が身を捨ててお守りするつもりだ」

義父は酔うほどに冗舌になり、あれこれと話が飛び、脈絡がなくなった。それでも、千春の父の辿った昭和個人史に私は圧倒された。

「まあまあ、お父さんはまた同じ話を繰り返している。ぼっこれ蓄音機じゃないの。もう、その話は私たちは聞き飽きたわよ」

一時はどうなることかと心配していた千春は軽口を叩き、義父と私の間に割って入った。

「そうか。そうかな」

義父は娘に照れたようにいった。

「こんな上機嫌で陽気なお父さん、珍しい」

義父は千春から何をいわれても目を細めて笑うだけだった。いくら飲んでも、千春の父は暴言を吐いたり暴れもしないので、私は緊張した分、拍子抜けだった。台所からエプロンで手を拭きながら出てきた千春の母もいう。

「そうそう。お父さん、同じ話ですよ。娘も息子たちも聞いてくれなくなったところへ、いくら新しく聞いてくれる息子ができたからって、この人には迷惑ですよ」

「いえ、そんなことありません。面白い話なので、ぜひ、もっと聞かせてください。メモも取らせてください」

私は正直にいった。いつか、義父の話は物語として書きたいと思った。日本人の一庶民が辿った昭和史の生きた証言を聞いている思いだった。

一方で、義父の気持ちも分かった。義父は自分の辿ってきた道を私に話すことで、私を新しい息子として受け入れてくれたのだった。直接いいとか悪いという言葉でいわず、それが武骨な義父らしい容認の態度だった。

そう思ったら、さっきまでがぶ飲みしていた酒が急に回りはじめた。私は至福の気持ちに浸りながらも、これから始まるふたりの人生への責任の重さに、頭がくらくらしてきた。

あたりは、いつしか夕暮れになっていた。盆踊りの太鼓が聞こえてくる。

「踊りに行こう。早く」

千春の誘いに、私は重い腰を上げた。義父はいつの間にか、横になり、軽い鼾をかいていた。義母が甲斐甲斐しく世話をやいていた。

私は千春に手を引かれ、ふらふらしながら町の商店街を練り歩いている盆踊りの列に入っていった。


翌昭和四十五年（一九七〇年）春三月、神楽坂の日本出版クラブで、私と千春は、ささやかな人前結婚式を挙げた。私たちの親や兄弟姉妹、親戚、親しい友人たちが参列してくれたが、ただひとり千春の父は出席しなかった。

娘の結婚に反対してのことではなかった。義父は、もし、出席したら涙が止まらず、人前で泣いてしまいそうだったかららしい。

当時、どうして可愛い娘の結婚式に義父が出てくれないのか、と私は不思議に思った。だが、娘を持ったいまは違う。その父親の娘を失う悲しみや寂しさが痛いほどよく分かる。恥ずかしがり屋で無骨な義父らしいと、いまは思う。

2

この年、大阪万国博覧会が開催されていた。東京オリンピック以来の国際的ビッグ・イベントとして、日本中が沸き立った。

連日、何万という日本人が岡本太郎制作の太陽の塔を目指し、万博会場に押しかけていた。

当時、日本は高度経済成長の真っ只中にあって、好景気に沸いていた。

私はまったく万博に行く気がしなかった。そんな風に浮かれていていいのか、と思っていた。

圧倒的な警察力の封じ込めによって、七〇年安保闘争は不発に終わり、大学闘争や成田三里塚闘争も下火になりはじめていた。唯一、ただ燃え盛っていたのは、国際的な連帯もあったベトナム反戦運動ぐらいのものだった。

その一方、高度経済成長の歪みとツケが、噴き出し、大きな社会問題となりはじめていた。熊本水俣病、富山イタイイタイ病、光化学スモッグ、四日市喘息《ぜんそく》、海水汚染などの公害がマスコミに取り上げられるようになった。

後に昭和四十五年は公害元年と呼ばれるようになる。

私は書評紙の仕事の傍ら、ペンネームを使い、時々「現代の眼」や「流動」など月刊誌にルポやドキュメントを書いていた。

会社には内緒だった。上司たちはうすうす分かっていたのだろうが、何もいわなかった。私も会社の仕事に差し障りがなければいいだろう、と勝手に考えていた。将来、フリーになるための準備でもあった。

テーマによっては、いくら現場の取材をしても書評紙では書けないことがある。取り上げることができない企画もある。そうした企画を月刊誌に売り込んだ。反対に月刊誌の方から、こういうテーマでルポを書いてくれないかという依頼も入るようにもなった。

原稿料は四百字詰原稿用紙一枚あたり二千円程度だった。取材費は自前だったので、三十枚書いても、ようやく元が取れるかどうかの金額だったが、私には取材ができることがなによりもありがたかった。

結婚はしたものの、私の月給だけでは暮らせそうになかった。取材費も捻出できない。共働きしないとやっていけなかった。そのため、千春は大学を中退し、毎日新聞社に入り書籍編集の手伝いをしていた。文学少女だった彼女はもともと編集者の才能があった。情けないことに私の月給よりも、彼女の月給の方が高かった。

彼女の会社では月給とは別に、万博手当が支給された。有給休暇を取り、そのお金で大阪万博を見て来なさいという趣旨のものだった。

「あんなお祭り騒ぎの万博を見るよりも、もっと大事な日本の現実を見よう」

私は彼女の大切なお金なのに、そういって説得した。彼女は素直に聞いてくれた。会社には万博に行ったことにして、その金を私の取材費に流用してくれた。私は申し訳ないと思ったが、五月の連休に、その金で彼女と一緒に静岡県の富士市に出かけた。市内約百五十もあった製紙工場から出される工業廃水のため、ヘドロの海となった田子の浦港を見るためだった。

千春の姉が清水市に住んでおり、その姉の家に行く途中、富士市に寄ったのだった。車を港近くの通りに停めた。川の向こう岸に製紙工場のフェンスの金網が張り巡らしてあるのが見えた。煙突から白い煙がもくもくと吐き出されている。

五月晴れの日だった。

初夏のように汗ばんでくる。

後ろを振り向けば、青空を背景にして、山頂にまだ雪を残した富士山がそびえていた。

窓ガラスを開けずとも、甘酸っぱいようなヘドロの臭気が車内に忍び込んでくる。腐った古雑巾が発するような臭いや、パルプを薬品処理した時に発生する刺激臭もする。

「臭い。このひどい臭いがヘドロなのね」

助手席の千春は顔をしかめた。

「たぶん、そうだ」

私はカメラバッグからアサヒ・ペンタックスを取り出した。エンジンを切り、運転席から外に出た。川の辺に立った。

川は製紙工場から流れ出た工業廃水で河原は汚れ水は濁っていた。どんよりとした淀みの水面には白い帯状の筋が幾重にも模様を作っていた。ところどころ、濁った水底から泡が立ち上ってくる。

ヘドロの川は港の海に注いでいる。私はカメラを構え、製紙工場の排水口やヘドロで汚れた川を撮った。むっと鼻をつく臭いには、アルカリ性を思わせる薬品の臭いも混じっていて、長い時間、そこに居るのが苦痛になるほどだった。

川の汚水は港の海に流れ込み、その付近一帯の海面もまるでドブが淀んでいるかのようだった。

私たちは突堤に上がり、海底を覗き込んだ。どんよりと茶褐色に濁った海水しか見えなかった。魚影も見当たらなかった。

「お魚さんや貝さんは、どうなったのかしら？」

「これではまったく魚や貝が棲める環境ではない。きっと死滅したか、港外に逃げ出したのだろうな」

濁った海は汽水域を越えて、外海にまで拡がっていた。青々とした海と汚れた海との間には潮目が作られていた。

私たちは暗澹《あんたん》たる思いで、田子の浦港のヘドロの海を眺めていた。

テレビ放送局に比べて、新聞社や週刊誌がヘドロ問題を取り上げることに及び腰だという話を思い出していた。ヘドロを産み出したのは、新聞紙や雑誌の紙を生産する大手の製紙会社だった。その製紙会社の責任を追及していけば回り回って、新聞社や出版社自らのところへも責任の一部は回ってくる。大新聞と比べれば、発行部数はわずかとはいえ書評紙も責任を免れない。

そもそもは高度経済成長の波に乗って、大量消費、大量生産時代になったところから問題は始まっていたのだ。大量消費、大量生産の行き着くところはゴミや産業廃棄物の大量発生だった。ヘドロもそうした産物のひとつだった。

しかし、たとえ、自分のところに火の粉が降りかかることになっても、ジャーナリズムが現実から目を背けてはいけないだろう。自分のことは棚に上げても、問題の本質を追って真相を追及していってほしい。それで自らの首を絞め、我が身を切ることになり、血を流すこととなってもだ。

七〇年代ジャーナリズムは、社会のあらゆることについて、自分たちも、その社会を構成する一員であることから逃れられず、従って、責任の一部を負わねばならなくなっていた。自分たちだけは特別で、客観的な立場に立って報道している、というわけにいかなくなっているのだ。

私は、そんなことを思いながら、ヘドロの海の前に立ち尽くしていた。

3

夏、私たちは再び新潟を訪れた。

ある月刊誌に「その後の新潟水俣病」についての現地取材ルポを書くためだった。

水俣病は昭和三十年（一九五五年）頃から熊本県水俣湾周辺で発生した有機水銀中毒症だった。水俣湾で獲れた魚介類に有機水銀が蓄積されており、それを食べた人たちが神経を冒され、四肢が麻痺したり、言語障害になったり、さらには耳や目などの機能も失われる恐ろしい公害病だ。

原因は水俣市にある新日本窒素肥料（現チッソ）水俣工場から垂れ流された廃水に含まれていた有機水銀だった。

その水俣病とそっくり同じ症状の病気が、昭和三十九年から四十年にかけ、今度は新潟県阿賀野川下流域の住民たちの間で発見され、「第二の水俣病」と騒がれていた。

ちなみに、昭和五十三年（一九七八年）の統計では、水銀中毒患者は六百六十九人に上り、うち五十五人が死亡した。こちらの原因は上流にあった昭和電工鹿瀬《かのせ》工場の廃水に含まれていた有機水銀だった。

旧厚生省も事態を重視し、昭和四十三年（一九六八年）九月、水俣病は公害病と認定された。

新潟水俣病を見つけたのは地元新潟大学医学部の椿忠雄教授だった。そして、新潟水俣病を追跡調査し、克明に報道したのは中央の全国紙ではなく、地元紙の「新潟日報」だった。

私は地方紙ならではの地道な報道をした「新潟日報」に着目していた。これからの報道ジャーナリズムのモデルケースになると思った。

一泊二日をかけて、新潟で新潟水俣病を発見した医師や「新潟日報」の記者たちと会い、さまざまな意見や報道の苦労話を聴いた。

取材が終わった後、私はいったん村松町の千春の実家に寄り、先に帰っていた千春と一緒に国鉄磐越西線《ばんえつさいせん》の鈍行に乗って鹿瀬に向かった。千春は子供時代に阿賀野川上流に何度も行ったことがあり、案内できるという。

磐越西線は阿賀野川に沿って福島県会津若松に至り、さらに東北本線郡山《こおりやま》に抜ける線だ。

私は窓から入る涼風を受けながら、沿線の緑の木々が織りなす美しい渓谷を眺めた。この清流にそのような恐ろしい有機水銀の廃水が流されたのか、と信じられない思いでいた。

私は渓谷を縫って流れる清流に見とれながら、昨日会った「新潟日報」の記者のひとりを思い出していた。

彼は「新潟日報」に入った後、新左翼系のマスコミ反戦青年委員会のメンバーになった記者だった。彼は本社から離れた田舎の小さな町の支局にいた。

マスコミ反戦の記者なら、新潟水俣病報道についても、公害告発の観点から、きっと激烈な意見や批判を聴くことができるのではと思い、わざわざ、その町まで出向いたのだった。

ところが、彼は意外なことを言い出した。

「自分はブル新の記者であることを否定している。だから、記事は書かない、書くつもりなんかない」

「どうして、書かないのか？」私ははじめ彼が冗談でいっているのかと思った。ところが、彼は大真面目だった。

「書いても、資本主義社会である限り、資本に奉仕するだけではないか。資本を儲けさせることになるだけではないか」

「そんなことをいったら、いまの世、生きているだけでも資本に奉仕することになる。空気を吸っても資本を儲けさせることになるのではないか？」

「労働者は自分の労働の切り売りをしているわけだが、これ以上資本に奉仕する必要はない」

「では、新潟水俣病を告発するような公害報道も否定するのか？」

「それだって、結果的にブル新を儲けさせるだけだ」

私は呆れた。皮肉をこめて訊いた。

「では、どうして、あなたは記者をしているのか？」

「書かない記者がいてもいいではないか。ジャーナリズムは労働者人民の立場に立って権力を監視すればいいのだから」

私は腹が立った。書かないジャーナリストはジャーナリストであるものか。私はそんな記者には決してなるまい、と思った。

鹿瀬駅で降り、私たちは歩き出した。道路の両側の斜面に切り立った渓谷が川沿いに続いている。トンネルを抜けると、渓谷が開け、忽然と灰色にくすんだ小さな町が現れた。さらに満々と水を湛えたダムが見えた。

町には煙突が林立し、コンクリートのビルや工場が建っている。大きな門柱には昭和電工鹿瀬工場の看板が掛かっていた。

渓流は清らかな水が滔々と音を立てて谷を流れ下っていた。涼風が吹き寄せている。昭和電工は有機水銀を含んだ廃水を流さぬ措置を取っている様子だった。

「わあ、きれいな水。これなら魚さんも棲めるね」千春は麦藁帽の陰で微笑《ほほえ》んだ。

私は千春の感嘆の声を聞きながら、陽光の下、きらきらと輝く渓流の美しさに見とれていた。

4

「そうかい。きみはフリーのジャーナリストになりたいというのかい」

青地晨は穏やかに笑い、私にうなずいた。眼鏡の奥に見えた細い目がきらりと光ったように思えた。

青地晨はやや下腹が突き出る太った体付きをしていて、いかにも優しそうで温和な顔立ちをしているが、それはあくまで外見のことだ。実際は結構短気で理不尽なことがあると、すぐに怒り出す癇癪《かんしゃく》持ちだった。特に政治権力や警察権力に対して、厳しい批判の視線を向ける反骨精神に溢れていた。

戦前、雑誌「改造」の編集者だった時代に、特高警察によってデッチ上げられた「横浜事件」の冤罪被害者だったからでもあった。青地はいつも「言論表現は一切自由」

といってはばからなかった。大宅壮一とともにノンフィクション・クラブを主宰するメンバーでもあった。大宅壮一東京マスコミ塾で、青地の講義を聞いてから私は勝手に恩師として私淑していた。

ある会合の後、みんなと一緒に飲み屋について行った折、私は思い切って、青地晨にフリーのジャーナリストになるには、どうしたらいいのか相談した。

「しかし、フリーで食っていくのは並大抵のことではない。貧乏間違いなしだ」

「覚悟しています」

「結婚しているのか?」

「はい」

「子供は」

「まだです」

「そうか。たいへんだぞ。フリーは企業ジャーナリストの給料の倍以上、稼がなければやっていけない」

「倍以上ですか」

「そうだ。でないと取材費も出ない。生活費もままならない。まず奥さんや子供を食わしていくことはできないな」

私は青地の話を聞きながら、大学での恩師伊東光晴教授からも、同じような忠告を受けたのを思い出していた。

　連れ合いの千春と一緒に、伊東先生宅を訪ねた折、私がフリーになると聞いて、伊東先生は笑いながらいった。

「フリーのジャーナリストは企業のジャーナリストの給料の三倍は稼がないと食っていけないぞ」

「三倍もですか？」

「そう。新聞社や出版社は取材費が潤沢にある。記者は給料を全部生活費に回してもいいが、フリーはそうはいかん」

　伊東光晴は近代経済の学者と思えないほどジャーナリズムに通じていた。私は大学生時代、伊東光晴の近代経済学ゼミに参加していた。伊東光晴は喋りだすと止まらない。夢中になって持論を話す。それが経済理論や数値に基づいているので、非常に説得力がある。

「マスコミや新聞社は福利厚生の施設や制度がしっかりしている。健康保険にしろ、退職金積立金にしろ、税金や企業年金にしろ、会社がちゃんと面倒みてくれる。だから、たとえ見かけの給料が低くても、実質、その倍近くは収入があるようなものだ」

「はい」なるほどと思った。

「なにより取材費が会社持ちなのがいい。フリーは個人だから、交通費から取材費、食費まで全部自分持ちだ。原稿料だけが収入の源だから、書き続けなければならない。給与所得者のように、ボーナスもない。退職金もない。怪我や病気をしても何の保障もない。だから、社員の給料の三倍以上稼がないとやっていけないんだ」

私はうーんと唸るしかなかった。お金の額に実感が湧かなかった。

昭和四十四、五年当時、大卒で採用された会社員の平均初任給は一万八千円から二万円程度だった。私の会社は平均よりもさらに低く、私の初任給は税込み一万六千円だった。

これに連れ合いの千春の給料を入れてやっと四万円以上になり、二人がようやく生活をしていくことができるという状況だった。

給料の三倍稼ぐといっても、そもそもが「読書人」は安月給だったので、金額としてはそれほど難しいとは思わなかった。

生来、私は楽観主義者だった。少し前に流行《はや》っていた植木等の歌に「カネのないやつは俺んとこへ来い。俺もないけど心配するな。見ろよ、青い空、白い雲。そのうちなんとか、な～るだろう」という歌詞があったが、まさしく、その心境だった。

私はまだ若くて人生経験も少なく、将来についての恐れなど知らなかった。猪突猛進。前進するのみ。私は走りながら考えるタイプだった。

青地は私の顔を覗き込んでいった。

「それでも、きみはフリーになりたいのかい？」

「はい。フリーになります」

確かに食えなくては困るが、金を稼ぐためにフリーのジャーナリストになろう、とは思っていなかった。

私は新潟で会った書かない新聞記者の話を青地に聞かせた。青地はすぐに憤慨した。

「だめだ、そんなのはジャーナリストではない。ペンは剣よりも強し。権力に対してジャーナリストがはっきりとものをいっていかなければ、いったい誰がいうというのだ？」

青地には瞬間湯沸かし器のような面がある。私が青地を尊敬し、親しみを抱いていたのは、そうした人間的な面があったからだ。

「わたしのところに、ある大学生が来て、やはり、きみのようにフリーのジャーナリストになりたいので、どうしたらいいか、といってきたことがある。これが優秀な男でね。文章も上手い。考え方もいい。この学生はちゃんとやれば、優れたジャーナリストになれる、と私は思った。そこで、彼にいってあげたんだ。きみがフリーのライターになって世の中に出るには三つの道があるとね」

「どんな道ですか？」

私にも興味がある話だった。

「ひとつは、働きながら、自分のテーマを見つけ、それをこつこつと書いていく独立独歩の道。

二つには、誰か大ジャーナリストに弟子入りして、書生かアシスタントをして修業を積み、それから独立する道。

三つ目には、わたしがある大出版社にきみを推薦するから、そこで有名ライターに育ててもらう道だ、と。

私は、その学生にできれば苦労は多いが第一の道を選んでほしかった。その学生なら優秀で、センスもあったので、苦労しても、きっとジャーナリストとして大成すると思っていた」

「では、彼は第一の道ではなく、残る二つの道のどちらかを選んだのですね」

「そう。彼は第三の道を選んだ。それが今時の若者なのだろうね。彼が茨《いばら》の道を選ばず楽な道を選んだのは残念だったが、それでも力があるから、きっと頭角を現して来ると思う」

「誰ですか、その学生さんは?」

青地晨は新進気鋭のジャーナリストの名前を上げた。内心、私も注目していたジャーナリストだ。いずれ、私も彼のような作品を書きたいと思っていたので、彼が羨ましいとも思った。

青地は、私をじろりと見た。

「きみなら、どの道を選ぶかね？」

私だって、正直、できればその青年と同じように第三の道を選びたい、と心の中で思った。だが、話の成り行きからいって、そうとは言い出せなくなっていた。かといって、第二の道の、誰か尊敬する大ジャーナリストの弟子になる、という道も跳ねっ返りの自分には合わない。きっと三日と辛抱できずに飛び出してしまうだろう。

残る選択肢は、第一の独立独歩の道しかない。やはり苦労してがんばる道か。怠け者の自分には、それが一番ふさわしい。

私の答に青地は満足げに笑った。

「きみはおとなしそうだが、根性がありそうだ。しっかりやってみたまえ」

頭の中で、植木等が歌う「そのうちなんとか、な～るだろう」がリフレインしていた。

5

結婚してまもなく板橋のアパートから千葉の稲毛《いなげ》の団地に引っ越した。兄たち夫婦が住んでいた所だ。だが、連れ合いの千春は高所恐怖症で、大地から離れた四階の生活に馴染まなかった。そのため、意を決して再び転居し、世田谷の経堂《きょうどう》に移った。経堂は新宿から小田急の鈍行で十番目の駅だ。準急なら下北沢《しもきたざわ》の次に止まる駅で、会社に通うには非常に楽で便利なところだった。

経堂にはアメリカ文化に造詣が深い評論家・植草甚一《うえくさじんいち》が住んでいた。ジャズのレコードやエンターテインメント、はたまた知ってもどうということもない、アメリカ文化や社会風俗についての雑学に詳しく、後のオタク評論家の走りのような愛すべき、偏屈爺さんだった。

植草甚一は、「週刊読書人」に毎週、アメリカ文学の動向や裏話についての小コラムを連載していた。その原稿を受け取りに経堂へ行った時、時間潰しに駅前の不動産屋の店先を見ていたら、二軒長屋の貸家を見つけたのだ。

団地の3DKより狭く、家賃がやや高くて間取りも2Kだったが、なにより貸家が大家の住まいの庭の中に建っており、窓から緑の植木が見える。団地の四階と違って、しっかり大地に足が着いている感じが気に入った。神楽坂の会社に近いのも魅力だった。稲毛の団地から都心に通う交通費や時間を考えると、はるかに経堂の方が安上がりだった。しかも経堂駅近くにはスーパーやお店がたくさんあり、暮らしやすい。

善は急げで、千春にも相談せずに即断即決。私は手付けの金を置き、翌週には金の工面をして引っ越してしまった。

千春はいつもながらの私の独断専行に呆れていたが、その家を見てすっかり気に入った。息が詰まるようなコンクリートの壁に囲まれた中層の共同住宅よりも、木造二階建ての家は、家自体が呼吸しているように思えた。

経堂には文化の香りがした。繁華街の通りには古本屋が何軒もあり、駅近くにはジャズ喫茶もある。お洒落な居酒屋や一杯飲み屋も多い。

なにより私たちが気に入ったのは、散歩が楽しめるところだったこと。少々足を伸ばせば馬事公苑で馬を見ることができるし、周辺には緑豊かな松陰《しょういん》神社、砧《きぬた》公園、芦花《ろか》公園などがある。東京農業大学や国士舘大学の広いキャンパスも近い。

赤堤通り沿いには、瀟洒な屋敷が並んだ住宅街がある。かと思うと牛を何頭も飼った牧場があったり、思わぬところに農家の野菜畑もあって田舎気分を味わえる。周囲にビルが少ないので空が広く、時にひばりの声が聞こえた。

赤堤通りを環状八号線方面に向かえば八幡山《はちまんやま》に出る。そこには大宅壮一が住んでいた。作家の杉森久英《ひさひで》やＳＦ作家の福島正実の住まいも近かった。そのほかにも文筆家がたくさんいて、編集者の私や千春には仕事がしやすい環境だった。

駅前商店街の古本屋「遠藤書店」には、午後のある時間には決まってヒッチコックに似たずんぐりむっくりの体付きの植草甚一がいて、本を立ち読みしていた。

植草甚一の住まいは経堂駅裏手の踏切近くにあって、屋根が傾いたような古い木造平屋の一軒家だった。原稿を受け取りに行くと、玄関の戸が開き、奥の書斎に通される。廊下の片側には英語の雑誌や古本が堆《うずたか》く積まれて、人ひとりがようやく通れるほどの隙間しかない。

狭い書斎も本や雑誌、資料の山に埋もれており、畳の面が一部しか見えない。部屋の一角に本の山に囲まれた机があって、そこで植草甚一が万年筆で原稿を書いていた。私は小さなテーブルの前の椅子に座って待たされる。

しばらくして原稿が上がり、植草甚一は私に手書きの原稿を手渡してくれる。私はさっと原稿に目を通し、読めない文字はないかをチェックする。

植草甚一は私が読む様子をじっと観察している。初めての時、受け取った原稿を読まないで帰ろうとしたら大声で一喝された。

「受け取った原稿を読まないで持ち帰る編集者がいるか！　まず読んで感想をいいなさい。それが担当編集者というものだろう。もし、良くない原稿だったら書き直す」

それ以来、植草甚一の原稿はその場で感想をいうことにした。

「これは面白い。こんなことが実際にあるんですね。知りませんでした」

そんなことをいうと、植草甚一は決まってしてやったりという子供のような顔をし、満足そうに笑う。さらに、あれこれと四方山《よもやま》話を聞かせてくれるのだった。

黒人ジャズの歴史、ブルースシンガーやジャズプレイヤーのあれこれ、パルプマガジンのマンガや探偵小説のヒーローなどなど、ともかくやたら詳しい。話もじつに面白い。

とりわけ詳しいのはニューヨークの街だった。微に入り細を穿《うが》ち、街の隅々まで知っている。五番街のどこそこにあるカフェは雰囲気がいいとか、アンティーク・ショップはどうの、通りに面した古本屋はどういう佇まいをしていて、天井まである本棚には古今東西の本があるとか、タイムズ・スクエアの新聞スタンドとか広告看板の種類などなど、私が知らない話ばかりなので、ついつい時間が経つのも忘れて長居をしてしまうことが多かった。

後で知ったことだが、植草甚一はその頃まだ渡米したことがなかった。だから、彼は実際には一度もニューヨークの街を見ていなかった。それなのに微に入り細を穿ちニューヨークの街角について話すことができたのは、彼の頭の中に、雑誌や本で知ったニューヨーク市街の地図や知識がぎっしりと詰まっていたからだろう。

晩年、彼が初めてニューヨークを訪ねた時、まるでかつて住んでいた街に帰ったかのようにすたすたと歩き回っていたそうである。

連載最終回の原稿を受け取りに上がった日、植草甚一は記念にと私に一枚の絵をくれた。

画用紙ほどの大きさの紙にアメリカのグラビア雑誌の女性モデルの写真や街角の風景写真、横文字の記事を切り貼りしたコラージュだった。華やかだった六〇年代アメリカの文化の匂ってくるモダン・アートだ。

おそらく深夜遅くまで植草甚一が背を丸め、アメリカ軍放送のＦＥＮでも聴きながら、私のためにこつこつとハサミで雑誌のグラビアから写真を切り抜いては紙に糊付けした作品なのだろう。そんな優しい面もある人だった。

私はありがたく、そのコラージュ作品を頂戴した。かなり長い間、そのコラージュを宝物として部屋に飾っておいた。だが、その後、何度か引っ越しするうちに、いつの間にか、どこかに紛れてしまい、まだ見つかっていない。

6

千葉の稲毛から経堂に転居して新宿が近くなったのもうれしかった。

小田急の最終電車は経堂止まりで、深夜一時過ぎまであった。万一、それに乗り遅れても、稲毛と違ってタクシーで帰ることができる。タクシー代は千五、六百円だった。タクシー代がない時には、夜明けまで行き付けの飲み屋で飲んだくれ、翌朝の一番電車で家に帰るか、そのまま会社へ出勤する。

七〇年代初めの新宿は、六〇年代末の若者たちのデモと闘争、ゲバ棒と流血、革命運動と騒動の余韻を色濃く残した街だった。新宿の巷では、毎日毎晩、自称他称の芸術家、作家、詩人、文芸評論家、演出家、映画監督、アングラ劇場の俳優、女優、アングラ歌手、ロックミュージシャン、フォークシンガー、ジャズ評論家、学生活動家、テロリスト、アナーキスト、ヒッピー、ただの酔っ払いなど有象無象の連中が、夜を徹して猥雑に蠢《うごめ》き歩き、わめき合い、罵倒し合い、気に食わないといっては殴り合う。百花斉放、百家争鳴の街だった。

会社帰りに、そんな熱気に満ちた新宿ゴールデン街の飲み屋を何軒か飲み歩いていれば、どこかで、必ず活きがいい作家や評論家に出遇ったり紹介された。

新宿中央通りの「凮月堂《ふうげつどう》」にはヒッピーや絵描きの卵や有名無名の詩人たちが屯していた。

三越デパート裏路地のスナック「ジャックの豆の木」、ゴールデン街のバー「ふらて」には、ジャズ評論家の奥成達や相倉久人、漫画家の赤塚不二夫、長谷邦夫、まだ売り出す前のタモリ、ジャズ・ピアニストの山下洋輔、サックス奏者の坂田明などが出入りし、冗談やギャグを飛ばし合い、和気あいあい楽しく飲んでいた。

新宿三光町《さんこうちょう》のアートシアター新宿文化劇場では芸術の香り高い映画が上映され、老若男女の大勢の観客を集めていた。映画がはねた後には、レイトショーで名画が上映されたり、前衛的な芝居が上演された。

新宿文化劇場の地下には小劇場の蠍《さそり》座があって、毎晩のようにアングラ劇やアングラ歌手浅川マキのコンサートが行なわれたりしていた。アングラ、サイケデリックといった流行語も、新宿の街から生まれたものだった。

アートシアター新宿文化劇場は、新宿の若者文化の中心的役割を果たしていた。

新宿二丁目の酒場「ユニコン」や姉妹店の「カプリコン」、居酒屋「ライブラ」に行けば、映画監督の大島渚、若松孝二、足立正生、映画評論家の松田政男、俳優の佐藤慶《けい》、戸浦六宏《とうらろっこう》、脚本家の佐々木守《まもる》、石堂淑朗《としろう》、劇作家の唐十郎といったいずれ劣らぬ名うての酒豪たちがとぐろを巻いて怪気炎を上げていた。毎夜、集まれば誰彼となく激論が交わされて、時には議論の収まりがつかなくなって殴り合いの流血沙汰になった。

いつも血気盛んで勇名を馳せていたのは、通称アッちゃんこと「新宿のゴリラ」足立正生だった。腕っぷしの強いことでは、人後に落ちず、殴り合いの喧嘩で足立正生が負けたのを見たことがなかった。足立は後にアラブに飛び、赤軍派のスポークスマンになる。

からみの慶さんこと俳優佐藤慶は丁々発止と舌鋒鋭くからむことで有名だった。さすが俳優だけあって声の通りがよく、切る啖呵が小気味いい。まるで歌舞伎役者がヤマ場で大見得を切っているかのようだった。からまれる相手はこてんぱんにやられるので、なんとも気の毒だったが。

「ユニコン」「カプリコン」「ライブラ」で飲み足りない場合、彼らはたいていゴールデン街の「まえだ」や「もっさん」などの飲み屋に流れるか、四谷三丁目にあったスナック「ホワイト」などにくりだして行った。

「ホワイト」は野坂昭如や五木寛之や人気作家が飲みに来る文壇バーだったし、ゴールデン街のバー「まえだ」や「もっさん」「ふらて」「ジュテ」「マイラブ」などには、田中小実昌《こみまさ》、中上健次、佐木隆三、野坂昭如など作家の面々が出入りしていた。両グループの酔っ払いが鉢合わせして、入り乱れると一触即発の緊急事態にもなる。

そんな熱帯夜のように熟れた夜が毎晩続く新宿の飲み屋を徘徊しているうちに、いつの間にか、私も彼らの誰彼となく顔見知りになり、その縁で書評やエッセイをお願いしたり、対談、座談に登場していただくことになった。

「映画芸術」編集長の小川徹、「映画評論」編集長の佐藤重臣、無頼派の映画評論家斎藤龍鳳《りゅうほう》、「キネマ旬報」編集長の白井佳夫《よしお》に出会ったのもそうした新宿の飲み屋だった。

新宿のライブハウス「ピットイン」やジャズ喫茶「ＤＩＧ」、「ＤＵＧ」、「キーヨ」に出入りするうちに、ルポライターの朝倉喬司《きょうじ》に紹介され、ジャズ評論家の平岡正《まさ》明《あき》と知り合い、話をするようになった。

そして、その平岡正明や旧知の松田政男を通して、芋づる式に、窮民革命論者で無頼派芸能ルポライター竹中労《ろう》や第四インターの論客太田竜《りゅう》とも知り合うようになった。

後に、平岡正明《まさあき》、竹中労、太田竜《ドラゴン》の三人は、マルクス兄弟を模した「窮民革命三馬鹿トリオ」と呼ばれるようになる。

もっとも、窮民革命を唱えたのは労さんであって、正明、ドラゴンの二人は必ずしも労さんの窮民革命論に同調していたわけではない。ただ、三人は第三世界の人民に着目し、彼ら最下層の労働者民衆が立ち上がる革命でなければ、真の革命ではない、という点では共通していた。

平岡正明は私にのっけからいった。

「あらゆる犯罪は革命的である」

犯罪は人々を苦しめる罪悪であり、革命を起こす人々から見て反革命的だと思っていた私は、平岡のテーゼは逆転の発想だった。

七〇年三月には、赤軍派による「よど号ハイジャック事件」があったばかりだった。ハイジャックもテロも既成の体制を揺るがす犯罪である。だが、革命をする側から見れば、そうした犯罪をやることなしに革命はできないというわけだ。平岡はその言葉をタイトルにした本を出している。

平岡はそうした独自の犯罪論だけでなく、黒人ジャズ論から美空ひばりの演歌まで幅広く論を展開し、反権力と新左翼の立場から軽妙洒脱な語り口で、情況を切開してみせた。この男は直感に優れた天才だと、私は思った。

マスコミ非人を名乗る労さんはまるでバナナの叩き売りのような語り口で、窮民を中心とした革命ロマンを語ってみせる。

太田ドラゴンは、レーニン、スターリンを切っただけでなく、ついにはマルクスの理論にまで疑いの目を向け、真の革命についての独自の論考を理路整然と語ってくれた。

彼ら三人の天才の話を聞き、私は新鮮な衝撃を受けた。これは面白い。

彼ら三人に、ぜひ紙面に登場して貰おう。

私は早速編集会議に三人の評論やコラムの企画を提案した。長岡編集長は竹中労については、なぜか、首を縦に振らなかったが、平岡正明、太田竜については了承した。

平岡正明にはジャズのコラムを、太田竜には、後に連載を依頼することになる。

いまの新宿は、こうした文化の痕跡もまるでない快楽と欲望の消費の街でしかなくなった。

第九話　暗闇に手探りして

1

世田谷・八幡山の大宅壮一邸には通夜の弔問客がひっきりなしに訪れていた。大宅家の書生や出版社の編集者たちが受付で弔問客の応対をしたり、車を駐車場へ案内している。

花屋の車が門の前に止まり、店員たちが大きな生花を抱え、次々に邸の中に運び込んでいた。

居間には急拵《きゅうごしら》えの白布で覆われた祭壇が造られ、大宅壮一の遺影が飾られていた。草柳大蔵、青地晨、扇谷正造らノンフィクション・クラブの面々が集まって、酒を飲みながらひそひそ話し合っていた。

大宅東京マスコミ塾の卒塾生たちも大勢駆けつけていた。一期生の植田康夫や山岸駿介（朝日新聞記者）、安岡明夫（政治マンガ家）、二期の小板橋二郎（週刊ポスト・ライター）や山本幸子（女性自身ライター）、七期の大下英治（週刊文春記者）など、マスコミや出版ジャーナリズムの第一線で活躍している卒塾生たちの姿があった。

昭和四十五年（一九七〇年）十一月二十二日、かねて健康を害して寝込んでいた大宅壮一が亡くなった。享年七十歳だった。

私は、逝ってしまった「恩師」を茫然自失したまま悼んでいた。

私は大宅壮一を「恩師」と呼ぶほどに親しい師弟の間柄ではなかった。直接話をした記憶もなく、声をかけられたこともなかった。

考えてみれば、マスコミ塾でたった一度、大宅壮一の講義を聞いただけだ。講義のときの大宅の姿は目の奥に焼き付いている。

大宅壮一はいつも穏やかな笑みを絶やさず、独特の訥弁で話していた。白髪の好好爺がマスコミ界の巨星大宅壮一と畏敬されている人なのか、と目を瞠《みは》っていた。

私にとって大宅壮一は遥か遠くにそびえ立つ巨峰であり、雲の上の人だった。

大宅壮一からすれば、私はたくさんいる塾生の一人にしかすぎず、きっと顔も名前も覚えていなかったに違いない。それでも、私のほうは青地晨と一緒に勝手に心の恩師としていた。

不遜にも私はいつか大宅壮一を超えてやろう、大宅壮一なにする者ぞ、と意気込んでいた。

だから、大宅壮一の早すぎる死に、それはないだろう、という口惜しさでいっぱいだった。長生きして貰い、我々塾生たちが大宅壮一を超えていく姿を見てもらいたかった。

悲しみより何より、これから目指すべき目標の一つがなくなってしまった虚脱感に襲われていた。

「こんにゃく療法がよくなかった。先生はダイエットにこんにゃく療法がいいと人に勧められて、こんにゃくばかり食べていたから軀を壊してしまったんだ」

「あの歳で無理な食餌療法は危険だ。先生は体重がみるみる減ったので喜んでおられたが、まさか衰弱して死ぬことになるとは思っていなかったのでは」

弔問客たちは口さがなく囁き合っている。私は部屋の隅に座り、ぼんやりと大宅壮一の遺影を眺めていた。

七十歳は確かにもう若い年齢ではない。だが、七十代半ば過ぎてなお現役の物書きとして活躍している人はたくさんいる。大宅壮一はまだ死ぬには早すぎる年齢だった。現役ジャーナリストの大御所として、あの独特の毒舌とユーモアと機知に溢れた物謂いや、時代の潮流を見事に言葉に表した新造語を駆使して、いつまでも世に警鐘を打ち鳴らしてほしかった。

大宅壮一の後に大宅壮一なし。

涙はこぼれなかった。だが、口惜しさはボディ・ブロウとなって私を苛《さいな》んだ。

どうして、大宅壮一にこちらから押しかけてでも、直接話を聞いておかなかったのか。マスコミ塾の塾生として、ほかの人たちよりも話しかけやすい立場にいたはずだ。折角、いい立場にいたのに、それを活かせなかった自分に腹を立てていた。

その夜、家に帰っても、私は暗澹たる思いで、大宅壮一の死を考えていた。いくらビールを飲んでも、心地よい酔いは訪れることがなかった。

大宅壮一が死んだわずか三日後の十一月二十五日、三島由紀夫が市ヶ谷駐屯地で割腹自殺を遂げた。

もし、大宅壮一が生きていたなら、三島の自死について何といっていただろうか？それは誰もが抱いた思いだったろう。

一九七〇年。この年には大宅壮一だけでなく、あまりに大勢の人々が逝った。

私の友、中島照男がカンボジア戦線で無念の戦死を遂げたのも、この年の五月二十九日だった。享年二十八歳だ。

ピュリッツァー賞を受けた戦場カメラマン沢田教一も十月二十八日に、同じカンボジア戦線で銃撃されて戦死。享年三十四歳。沢田教一は、ロバート・キャパとともに、私が心から尊敬していた戦場カメラマンだった。

学生時代に好きだった、六〇年代ロックを領導したギタリスト、ジミ・ヘンドリックスが九月十八日にわずか二十七歳の若さで変死している。

十一月九日にはフランスのシャルル・ド・ゴール元大統領が亡くなった。享年七十九歳。

この死屍累々《ししるいるい》の一九七〇年ほど私の記憶に残る年はない。この年は昭和四十五年ではなく、西暦一九七〇年である。七〇年だけは西暦で語る方が当時の情況を語るのにふさわしい。

なぜなら、明るい未来が垣間見えたかに思えた六〇年代が不意に終焉し、いきなり暗黒の七〇年代に暗転した年として、一九七〇年は記憶されるべきだからだ。

その七〇年二月。「少年マガジン」で連載されていた「あしたのジョー」で、ジョーの宿敵であったボクサー力石徹《りきいしとおる》が壮絶な闘いの末に死んだ。

力石の死を悼む読者の声があまりにも多かったので、三月二十四日、力石の告別式が出版元の講談社で開かれた。

冗談半分、シリアス半分な告別式には、六百人もの読者が参列した。マンガのヒーロー力石の死も、そのほかの死と同様に、きわめて情況的な死だった。

告別式の一週間後の三月三十一日、日本赤軍派の田宮高麿たちが日航機「よど号」をハイジャック。田宮たちは「我々は『あしたのジョー』である」と高らかに宣言して北朝鮮へ旅立った。

革命戦争の「根拠地」を求めて、ということだったが、私には見果てぬ夢を求めての逃走にしか見えなかった。

この「よど号」ハイジャックというショーは以後に続く、暗くて長い時代の幕開けだった。

2

目が見えない人は、いったいどんな夢を見るのだろうか？

詩人寺山修司のこの問いを、彼の散文詩の中に見つけた時、私は軽いショックを受けた。思いもしなかった疑問だった。

盲人も夢は見るに違いない。しかし、彼らは、いったいどんな夢を見るのだろうか？どんな色のついた夢を見るのであろうか？

夢とはいっても、彼らの夢はきっと私たちが見る夢と、まったく異なる「夢」を見ているのだろう。

私たちは盲人は闇の世界に閉ざされている、と思っている。そう思うのは私たちの勝手な思い込みかもしれない。

彼らは私たちが怖れる闇を決して怖れない。彼らには目が見える私たちよりも、はるかに世界の真実が見えているのではなかろうか。

私は寺山の問いから、以前に観たことがある佐藤信の芝居「イスメネ・地下鉄」を思い出した。

舞台はある大都市の地下鉄の車内。突然に不条理な殺人が起こり、暗闇に閉ざされて恐怖に怯える乗客たち。運転士のラストの台詞が舞台から観客席に響きわたる。

「暗い?――そうかな。わしには別に関係ないよ。わしは盲目だからな。いくら暗くても、おんなじだよ」

舞台は暗転。地下鉄の轟音が劇場を震わせる。盲目の運転士が運転する地下鉄に乗った観客の私たちは轟音とともに暗黒の奈落へ落ちて行った。

佐藤の芝居は確か昭和四十一年（一九六六年）頃に書かれた戯曲だったが、来たるべき七〇年代を鋭く予感させる芝居だった。

激動の七〇年が終わり、私は憂鬱な気分で一九七一年を迎えた。

書評新聞という小さな世界だが、それなりに居心地のいい生活に満足しかけている自分に気づき、苛立ちと焦りを覚えていた。

三年間ほど編集記者として取材の修業をしたら、会社を辞めてフリーになる。そう心に決めていたではないか。

　会社を辞めて独立するのは容易かった。貧乏は覚悟の上だ。連れ合いの千春も私の独立の夢を信じていた。彼女は私が辞めることを歓迎こそすれ、反対しない。私がフリーのジャーナリストになる夢を追わず、いつまでも会社で停滞していたら、彼女の期待を裏切ることになる。

「一身上の都合により」、と書いて長岡編集長や橘総務部長に辞表を提出すれば済むことだ。さんざん生意気なことばかりいって、書評新聞の編集者としてろくな仕事もせず、ただ上司たちを困らせていた自分のことだ。彼らは喜んで辞表を受理するだろう。考え直せと慰留もしてくれないのは火を見るよりも明らかだった。淋しいことだが自業自得である。自分が撒いた種は自分で刈り取るしかない。

　ただ、そうやって辞める自分に釈然としなかった。何もせず、中途半端な仕事のままで、逃げ出すのか？　それでは逃げ出した先でもろくな仕事ができるはずがない。

　この三年間で編集者として、本当にベストを尽くしたのかといえばまだ不完全燃焼だった。自分が完全燃焼した、これぞ自分の記事だというものを書いていない。ただ三年間、自分のために取材の基本的なテクニックを身に付け、ようやくいくつかの取材の経験を積んだだけのことではないか。

　おぼろげながら書きたい題材はあるものの、まだはっきりとしたテーマにはなっていない。目まぐるしい情況の変化に翻弄されて、目移りばかりして、じっくり腰を落ち着けて考えたことがない。

このまま中途半端な状態で辞めたら、一生後悔するだろう。あと一年、ベストを尽くし、自分なりに納得のできる記事や企画をやってから辞めても遅くはない。

連れ合いに、私の気持ちを話した。その頃、千春は毎日新聞社から引き抜かれ、「TBS調査情報」編集部に移っていた。千春は私の考えに躊躇《ちゅうちょ》なく賛成した。

「これまで会社にお世話になった三年間の恩返しをするつもりでがんばってみるべきだわ」

私もそう思った。自分の編集者としてのプライドもある。恩返しになるかどうかは分からないが、私はもう一年間書評紙編集者を続ける決心をした。

3

会議室は煙草の煙が充満していた。就業後なので、夜の八時を回っていた。

労資合同会議の冒頭、新しく労働組合の書記長に選ばれた私は討議資料を配りながらいった。

「まず読んでください。あとから説明します」

それまでの和気藹々《あいあい》とした空気がいっぺんに冷めた。長岡編集長をはじめ、島田、村上両編集次長、堤広告部長、橘総務部長は資料に目を通し、これから何がはじまるのかと浮かぬ顔でお茶を啜ったり、しきりに煙草を吸っている。

大テーブルを挟んだ向かい側には、読書人労働組合執行部の植田康夫委員長、副委員長の真下俊夫、書記長の私、執行部員である営業部の笠井武、広告部の鈴木利一が座っていた。それぞれ、思い思いの格好で、手慰みにメモ用紙に落書きをしたり、銜え煙草を吹かしたりしていた。

「これは組合で話し合ったことをまとめたもので、私個人の意見ではなく、また経営側への要求ではありませんので、念のため」

私は付け足した。島田次長が笑いながらいった。

「そうだろうね。これは労資交渉の場ではないんだものな。労資交渉となったら、私や村上さんは席を外さねばならんものな」

「ふむふむ。まったく。わしらは管理職でもなく、かといって平でもない、まったく中途半端な中二階だものな。追及されては困る」

村上次長はじろりと私を見て笑う。私もにこやかに笑って返した。

「追及なんかしません。あくまで討議資料ですからね」

労資合同会議は経営者側と労働組合側の代表が一同に会して、いかにして売れる新聞を作っていくかというテーマを中心に、紙面から経営にいたるまで、すべての分野にわたって、忌憚《きたん》のない意見を交換する場として開かれてきた。

労資といっても、現場は総勢十六人ほどの社員しかいない小さな会社のこと。いつも日常業務の中で顔を付き合わせている社員同士で、普通の会社のように経営者側と労働組合側がいがみ合って真向対決しているわけではない。

ただ、日頃、新聞の紙面は編集部だけ、販売は営業部だけ、広告は広告だけで業務を行なっており、それでは互いに対して異論や意見、アイデアがあっても話し合う場がなくては風通しが悪い。そこで労資間で話し合い、合同の会議を持ち、互いに意見を交換することになったのだ。決定権こそなかったが、一種の経営委員会だった。

経営者側には一応取締役会があるのだが、代表取締役をはじめ専務や常務などの役員はほぼ全員が日本書籍出版協会を構成する出版社の社長や代表取締役クラスで、彼らは形式的に取締役に名を並べているだけであった。

彼らは本業である出版社の経営に忙しく、たいていは会社に顔も出さず、現場任せで、あまり経営に口を挟んでこなかった。

中には例外的に「わしが経営を立て直す」と元気に乗り込んでくる専務取締役もいないではなかったが、そうした人は意気込みだけで、そもそも書評新聞とは何か、とか、書評紙の編集や営業の現場のことなどまったく知らない御仁だった。

これまで何度も会議が開かれ、そこで話された意見やアイデアは編集部に持ち帰って、徐々にだが紙面に反映されてきた。こうして中間文化やバックジャーナルが新設され、読書人コーナーといった欄も新設されていた。

「じゃあ、説明して」植田委員長が私にいった。

「では、本紙について簡単な総括を申し上げます」

私は紋切型にいった。

「三つの問題があると思います。

第一に本紙は、日本書籍出版協会が、日本出版協会の日本読書新聞に対抗し、安価な広告媒体として創刊したPR機関紙がスタートですが、そのPR紙的な性格がいまも存続しているのではないか。

第二に、その書協が全面的にバックアップしてくれるのをいいことに、書協を頼りにし過ぎ、書協へ依存する傾向があるのではないか。

第三に、日本出版協会の日本読書新聞を、いろいろな事情で辞めた人々が、本紙創刊に重要な役割を果たしたと思いますが、創刊以来の統一的編集理念および統一的経営方針が欠如しているのではないか。それが言い過ぎであれば、それらが不明確ではないか、と思います」

橘総務部長と長岡編集長はともに渋い顔をした。島田、村上次長たちも複雑な表情をした。二人は長岡編集長ともども、創刊時にライバル紙の「日本読書新聞」の編集方針が納得できずに辞めて来た経緯がある。

「書協が後ろ楯にあるため、日販、東販、全国の小売書店も全面的にバックアップしてくれて、ダイレクトメールで送れるようになった。さらに、鉄道弘済会もキヨスクで販売してくれている。それはいいとしても、そうした利点に甘え過ぎて、経営努力が足りないのではないか」

「それは、どういう意味かね？」橘総務部長がムッとした顔で私に尋ねた。

「つまり、売る姿勢が足りないと思うのです。それは営業方針でもそうだし、編集方針も売る視点がない」

「きみ、書評紙は売れるに越したことはないが、売れればいいということでもない」

長岡編集長は顔をやや赤くしていった。

「たしかにそうです。しかし、書評紙も商品です。商品である以上、日頃から商品の質を高め、商品イメージを買い手の読者に明らかにすべきでしょう。本紙が各出版社の本の宣伝紹介を載せただけのＰＲ新聞だったら、誰もお金を出して読書人を買おうとはしないでしょう」

「うちが、ただの出版物の宣伝新聞だというのかね」

堤部長もむっとした顔でいった。私は頭を左右に振った。

「そうはいっていません。ただライバルの読書新聞が学生たち若者に人気があるのは、書評が単なる本の紹介ではなく、誉める点は誉めながらも批判的に論じた書評が多いこと。さらにいえば、書評だけでなく朝日ジャーナルと同様、現代の政治情況や文化情況に積極的に発言する評者を執筆者として登場させていることです。どちらも文化情況を批判的に切開していこうという編集姿勢がはっきりしている。そうしたことは見習うべきだと思うのです」

橘総務部長も長岡編集長も、みんな戸惑った顔をしていた。私はここまでいった以上、最後までいわないと収まらないと覚悟した。

「我が社の書評紙の問題点を列挙すれば、次のようなことがあります。

編集サイドでは、自省をこめていうのですが、第一に新聞体裁至上主義ではないか。何も新聞という形態に固執しなくてもいいのではないか。月刊誌や旬刊誌を考えてもいいと思います。第二に広告とタイアップした書評が多すぎないか。第三に読者対象が不明なため、どういう新聞作りをすべきかが分からない。第四に著名な執筆者なら誰でもいい、という編集は安易ではないか。第四に、編集長のいう、結局最後は読者が判断する問題だ、我々がどうこういうべきではない、という編集方針は、編集者の主体性を放棄したものといわざるを得ないのでは」

堤部長も長岡編集長も腕組みをし、生意気なことをいいやがってという顔をしていた。

「ははは」島田次長は愉快そうに笑った。

「いいにくいことをずけずけいったねえ。で、きみは読者対象をどこに絞れというのだね？」

「これはぼくの意見だけでなく、みんなの意見を集約したもので」

私は植田委員長や真下副委員長を見た。彼らも渋い顔をしていた。

「まあ、いいから、参考に聞かせてくれ」

「分かりました。我々が考える平均的読者像は、高校三年生の読解力プラス人生経験五年程度の男女。具体的な読者のイメージは、新聞は朝日を取っており、週刊誌は朝日ジャーナルを読む。文芸雑誌や総合雑誌も時には目を通す。政治や文学、思想、文化などへの関心がある、二十三、四歳の学生またはサラリーマンです」

「それでは朝日ジャーナルや読書新聞の後追いをしたり、真似をしろ、というのかい？

それらと、同じような書評紙を作れというのかい？」

長岡編集長は鋭い目で私を睨んだ。私は言葉に詰まった。島田次長も皮肉を込めていった。

「まだまだ、きみは青いなあ。いうは易く、行なうは難し。頭の中だけでこねくりまわしていてもいい新聞作りはできない。きみの考えを実際に、具体的にどう新聞で実現できるか、だ。それをいって貰おうか」

　具体的には、まだ考えていなかった。私は苦し紛れにいった。

「正直、こうはまとめましたが、自分にもこれから先が分からない。それをここで論議したいのです」

　みんなはどっと笑った。私も肩の力を抜いて笑った。心の中で、自分はまだまだ編集者として青二才だなあと思うのだった。

4

「今週の朝日ジャーナル、買いましたか？」

　アルバイトの小笠原賢二が私の机の上にとんと「朝日ジャーナル」一九七一年三月十九日号を置いた。

「いや、買うのを忘れた。後で買いに行く」

「もう駅の売店では売っていませんよ。朝日が自主回収を決めたんです」

「え？　どうして？」

　私は慌てて「朝日ジャーナル」のページをめくった。自主回収するということは、何かまずい記事でも載せたということだ。

「赤瀬川さんの『櫻画報』が問題だったらしいですよ」

赤瀬川原平は七〇年の夏ごろから、あたかも「朝日ジャーナル」を乗っ取ったかのような誌中誌「櫻画報」を連載し、政治情況や文化情況を右左の別なくパロディ化して笑い飛ばしていた。私は、その赤瀬川原平「櫻画報」の、一見のほほんとしてユーモラスなのだが、ふと気づくと毒のある、脳天気なアナーキーさが気に入って、いつも愛読していた。

あらためて「朝日ジャーナル」を見ると、そこには戦前の国語教科書読本にあった挿絵をもじったもので、満開の桜の下、水平線から昇る朝日新聞が描かれてあり、そこに「アカイ、アカイ、アサヒ、アサヒ」というカタカナの文字が書き込まれていた。

さらに欄外に「朝日は赤くなければ朝日ではないのだ。ホワイト色の朝日なんてあるべきではない。せめて桜色に……」と注釈がついていた。

「これか。これが問題にされたのか?」私は笑いながらいった。

「これが問題になりますかねえ」

私と小笠原はなんとなく赤瀬川のいおうとした意味が分かり、さもありなん、とにやにや笑い合った。

六〇年代後半から七〇年代初めにかけ「朝日ジャーナル」は全共闘の学生を中心にした若者たちから絶大なる支持を得て、部数を伸ばしていた。

朝日新聞本紙ではあまり取り上げない成田三里塚闘争やベトナム反戦運動、大学闘争、原子力空母寄港反対運動、公害問題などを積極的に取り上げ、しかも学生や民衆側に立った視点で報じていた。

その編集姿勢は朝日新聞本紙よりも、はるかに政府や体制に批判的で、反対運動する民衆側寄りであった。

「朝日ジャーナル」は週刊誌で、三百万部にも達そうという日刊全国紙である本紙に比べ、発行部数はその十分の一にもならない少部数で、社会的影響も少なかった。それだけ編集者や記者が自由に自分の考えや意見がいえ、自由な報道がしやすかったのであろう。

「公正中立」を建て前とする本紙よりも、朝日の記者や編集者たちの本音を知ることができる「朝日ジャーナル」は、いわば朝日新聞の「良心」ともいうべき存在だった。

しかし、朝日の首脳陣や政府自民党側からすれば、「朝日ジャーナル」の編集方針は「公正中立」には見えず、左に偏向しているように見えただろうことは否めない。

世間的にも、朝日新聞本紙は中道保守で売りまくり、週刊誌「朝日ジャーナル」は左翼の記事を売り物にしている、と揶揄する向きも少なからずいた。

赤瀬川原平が、そうした朝日新聞のエセ紳士ぶりをからかい、パロディとして「アカイ、アカイ、アサヒ、アサヒ」と描いたのだろう。そのパロディを掲載した「朝日ジャーナル」編集部も肝っ玉が太かった。

どう考えても、そのパロディが朝日の首脳陣を激怒させ、週刊誌の回収を命じるほどひどい作品だとは思えないのだが、朝日首脳陣は、日頃から「朝日ジャーナル」の編集姿勢に頭に来ていたのだろう。いつか「朝日ジャーナル」の偏向を正す機会は来ないかとてぐすね引いて狙っていたのだと思う。赤瀬川の「アカイ、アカイ、アサヒ、アサヒ」事件は、その絶好の口実を与える機会になった。その回が八カ月続いた「櫻画報」の最終回だったのだから、イタチの最後っ屁のように強烈だったともいえる。

「面白いねえ。こういう批評精神の作家に、うちでもやって貰いたいものだね」

「そうですね。やってくれますかね」

「まずは、あたっておこう」

私はさっそく知り合いの筑摩書房編集部の松田哲夫に連絡を取り、赤瀬川原平に紹介してもらった。赤瀬川は松田とアイデアを出し合って「櫻画報」を書いていた。

「軽いジョークのつもりだったんだけどなあ。こんなことになるなんてねえ」

電話に出た赤瀬川原平は、朝日首脳の過剰ともいう反応に、当の本人もまったく戸惑っている様子だった。

「『櫻画報』はあれでオシマイではなく、ほかのメディアを乗っ取って続けると宣言していましたね。次はどこですか?」

「朝日ジャーナルをやっと乗り捨てたばかりでほっとしていたところだから、いまは何も考えていない」

「いつか、機会があったら、うちでもやってほしいのですが」

「いいですよ。機会があったら、松田くんと相談して考えましょう」

「ほんとですよ」

「はい、はい」

赤瀬川原平は半分冗談のつもりで応諾したらしい。私は勝手に快諾してくれたと思った。

小笠原賢二は、そんな私の電話のやりとりを脇で聞いていた。

小笠原は法政大学文学部に通う学生だった。文芸評論家で法政大学教授の小田切秀雄ゼミ生で、編集部には、その春からアルバイトとして通うようになっていた。

アルバイトには二種類あり、普通の学生アルバイト募集で来る場合と、将来、編集部に入れたい含みをもってのアルバイトがあった。小笠原は後者のアルバイトで、長岡編集長が小田切教授の依頼もあって採用した学生だった。

小笠原は北海道の増毛《ましけ》町出身だった。高校時代に病気で休学し、大学には何年か連れて入ったということで、同学年の学生よりもだいぶ大人だった。

彼はいつも穏やかな笑みを湛え、何を頼んでも気持ちよく仕事をしてくれる好青年だった。詩や短歌にも造詣が深く、文学にもよく精通していて、校正室などで暇な時間には、決まって本を開いていた。

小笠原賢二は読書人の編集部に正社員としてしばらく勤めた後、法政大学に戻って常勤講師となり、文芸評論家として脚光を浴びることになる。

その彼が、ある日、出社したばかりの私のところへ一冊の本を手にやって来た。彼はおずおずと私に本を出していった。

「これ、なんとか書評に取り上げてくれませんか」

差し出された本は『長編詩シャクシャインの歌』という詩集だった。ハードカバーの白い表紙にタイトルが刷り込まれていた。著者は新谷行《しんやぎょう》とあった。

私は詩の世界には疎かったせいもあるが、初めて聞く詩人だった。発行所は蒼海出版となっていた。

著者紹介には、詩人、一九三二年北海道留萌《るもい》郡生まれ、一九五七年中央大学法学部卒とだけあった。略歴もない。

「詩集か。詩集だと単独で書評に取り上げるのは難しいかもしれない。このシャクシャインというのは何者?」

「昔、和人《シャモ》の抑圧に抗して、武装反乱を起こしたアイヌの英雄です。シャクシャインの名前を聞いたこと、ありませんか?」

「知らなかった。これまでぼくはアイヌの人に逢ったことがないし。悪い、不勉強でアイヌについて、あまり知らないんだ」

「そうですか。残念だな」

　小笠原はがっかりした顔をした。

「武装反乱を起こしたアイヌの英雄か。面白そうだな。きみはアイヌ問題に詳しいのかい？」

「関心があります。ぼくがいた北海道の町にも、アイヌがいたし、アイヌの同級生もいましたから」

「そうだったのか。身近にアイヌがいたら、関心があるだろうな」

　私も先住民族アイヌ問題についてはは興味を抱いていた。「窮民革命」論を唱える竹中労や「辺境最深部に生きる人々の地点にまで後退して世界革命を」と主張する太田竜、「犯罪者同盟」から「ルンペン革命」に接近している平岡正明といった「世界革命浪人《ゲバリスタ》」たちに会って話を聞く機会が多かった。彼らから、アイヌや沖縄人の問題をはじめ、在韓被爆者の問題、連続射殺魔永山則夫問題、さらにはアメリカの黒人反乱、ブラックパワー、アジアアフリカの第三世界革命などの話を耳にしていた。

　だから、アイヌ問題にも関心がないわけではなかった。ただ、じっくり調べたり、取材する余裕や機会がなかっただけだ。

「一応、編集会議で推薦してみるけど、この新谷さんは小笠原くんの知り合い？」

「ええ。ぼくが高校生の時、お世話になった先生です」

「なんだ、そうだったのか。じゃあ、なんとかしてあげたいな。『詩歌、短歌、俳句』時評に回すのではだめかい？」

「できれば、そうでなく、一冊の本として取り上げてほしいのです」

「分かった。ちょっと文学欄担当の坂本さんに聞いてあげよう」

「坂本さんに渡す前に一度読んでほしいのです。お願いします。その上で考えてくれませんか」

小笠原はやけに熱心だった。私は根負けしていった。

「分かった。一度、読ませて貰う」

「よろしくお願いします」

小笠原は深々とお辞儀をした。私はやれやれと思いながら、その詩集を本の山の上に置き、原稿の朱入れをはじめ、入稿作業に没頭した。

5

行き付けの喫茶店「ローザ」で、コーヒーを啜りながら、小笠原から渡された詩集

『シャクシャインの歌』を開いた。

読み始めたら、止まらなくなった。私はコーヒーを飲むのも忘れて、『シャクシャインの歌』の世界に引き込まれて行った。時間が経つのも忘れて、最後まで一気に読んでしまった。

スペインの詩人ロルカの唱える詩論に、デュエンデという言葉が出てくる。スペイン語で「魔物」とか「化けもの」という意味の言葉だ。人の魂や心を激しく突き動かす情念といってもいい。

私は、その詩集を読みながら、まさしくその得体の知れないデュエンデを感じ、背筋にぞくぞくするような戦慄を覚えていた。

シャクシャインの和人への炎のような怒りや憎悪、血の呪い、復讐と戦いの誓いが詩句の行間からオーラのようにゆらゆらと立ち昇っていた。それは北の大地を彷徨う、血に呪われた人間の唄、ユーカラだった。

わが流るる血
呪われたるわが血
ふたたび騒ぎ
罪びとの

深き罪の血怒り
わが太刀の
柄がしらに彫んだ
狼神
手を逆だて
白き牙をむき出し
白き牙をむき出し
身をふるわせて
わが手に
けものの霊伝わり
……（略）……
真にポンヤウンペの
いくさ神
わが魂に憑きて
わが眼に触れるシャモを
ことごとく
刺し殺し

刺し殺し
けものといわばいえ
魔神といわばいえ
わたしは　ただ
神の怒りを怒るのみ
地の怒りを怒るのみ
炎よ
深き罪の流るる
わが血の　炎よ
燃えて
燃えて
わが肉のほろぶるまで
わが魂の焼きつくるまで
燃えつづけよ

（「第三のうた　炎の歌」より）

私は読み終わった後、しばらく呆然としていた。なんという激烈な魂魄《こんぱく》溢れる詩なのだろうか。

私は新谷行なる詩人に、そして、これまでまったく未知だったアイヌの歴史に衝撃を受けた。

私は急いで社に戻り、小笠原賢二に、新谷行に会いたいといった。

「この詩集は凄い。感激した」

新谷行は奥さんと二人で荻窪のアパートに住んでいた。

小笠原は嬉しそうにすぐに連絡を取るといった。

後日知ったことだが、同じ頃、太田竜は偶然に神田神保町の書店で、『長編詩シャクシャインの歌』を見つけて購入した。

彼は東京の街を歩きながら、この詩こそまさに熱烈に待ち望んできた詩だ、と感激し、黙読しながら、とめどもなく共感の涙が溢れるのを、どうすることもできなかった、と記している。

太田もさっそく荻窪のアパートに住んでいる新谷行を訪ねて親交を結び、その後、アイヌ問題では、新谷行とともに歩んで行くことになる。

6

新宿ステーションビルの最上階にある「プチモンド」に現れた新谷行は、痩せた背の高い男だった。油っ気のない髪を無造作に斜めに流し、朴訥で真面目そうな容貌をしていた。その穏やかな風貌からして、シャクシャインの魂魄が乗り移ったかのような詩を書く人には見えなかった。小笠原の紹介で、私は新谷行と挨拶した。

「アイヌ学者は、シャクシャインの蜂起を一揆とか、反乱といった小規模な戦いのように貶《おとし》めているが、とんでもないことです」

新谷は訥々と、しかし、しっかりした口調で話し出した。

一六六九年（寛文九年）、シベチャリ川（現静内川）の河口近くの丘（現真歌の丘）にチャシ（砦）を築いた酋長シャクシャインは、これまでの和人の非道なアイヌ支配に抗して、島内の和人たちを皆殺しにし、北の大地から和人たちを追い出そう、と檄を飛ばした。日頃、松前藩の和人たちの傍若無人な圧制に苦しんでいた各地のウタリは、シャクシャインの呼びかけに応じて決起した。

「私は、このシャクシャインの決起は、アイヌ民族の独立戦争である、と思っている。和人側の資料しか残っていないが、そのひとつ『津軽一統志』などによれば、殺された和人の数はざっと二百四十余人といわれている。このシャクシャインたちが襲撃した交易船は太平洋側で十一隻、日本海側で八隻の十九隻に上っている。さらにアイヌの乱を聞きつけ、引き返した交易船は三十二隻にも達したとある」

新谷行はこうも話した。

「日本は単一民族の国家だと、政府をはじめ、インテリやアイヌ学者までが主張しているが、とんでもないこと。北海道には依然としてアイヌ民族が住んでいることを無視している。アイヌはいってみれば、アメリカの先住民族インディアンと同じ境遇だ。日本人に同化させようとあらゆる手段を使ってくる。アイヌ学者は、その同化政策のお先棒を担ぎ、アイヌは滅びた滅びたといって、日本の歴史から消し去ろうとしている、とんでもない輩だ」

新谷行は話すうち、口調が熱を帯び、これまでいかにアイヌ学者たちがアイヌに対して犯罪的な行為をしてきたかを訴えた。

「アイヌ学者たちはアイヌを学術的な研究対象として、まるで実験動物のようにあつかっている。アイヌ学者たちは犯罪的だ」

「アイヌはいまも生きている。これからも生き続け、決して滅びることはない」

新谷行は、まるでシャクシャインの魂が乗り移ったかのように、熱烈に話していた。

彼はこれまで虐げられてきたアイヌへ深く同情し、アイヌを虐《しいた》げてきた和人の一人として自責の念にかられつつ、和人への激しい怒りを持っていた。

　私はそんな新谷行が眩しく見えた。

「どうでした？　新谷さんは」

　帰り道、新宿で寄った飲み屋で、小笠原は笑いながら私に訊いた。

「すごい詩人だ。シャクシャインの歌は、新谷行さんのように感受性が強く、時空を超えて虐げられた人々に感応できる詩人でなければできない詩だ。いってみれば、新谷さんはアイヌの死霊を呼び出せたイタコのような人だ」

　私は正直にいった。小笠原はうなずいた。

「ぼくも、そう思います。ぼくも新谷さんの話を聞き、アイヌ問題を真剣に考えるようになった一人です」

　アイヌ問題はこれから私が取り組んでいくテーマのひとつになると心の中で思うのだった。

7

「映画批評」の編集室は閑散としていた。編集長の松田政男は机に向かい、赤鉛筆を握り、分厚い眼鏡越しに校正ゲラを睨んでいた。

太田竜は鼻の下に髭を蓄えていた。彼の風貌は映画俳優の藤田進を連想させた。

太田竜は私の話を聞き、大いにわが意を得たりという顔をし、髭を撫でつけた。

「そうか。きみも新谷さんに会ったのか。それはよかった。きみも一緒に北海道へ行ってアイヌ問題に取り組んでみないかね」

私はまだ、そこまでは考えていなかった。

「もう少し勉強しないと」

太田は私に構わずいった。

「先日、松田さんの紹介で『アイヌの結婚式』という記録映画を観た。観ながら、私は武者震いをした。その記録映画は北海道日高支庁沙流《さる》郡で、八十年ぶりに行なわれたアイヌプリの結婚式を撮影したものなんだ。八十年もアイヌプリの結婚式が絶えていたというのは、明治政府が出した旧土人風俗禁止政策のせいだった。それが七〇年代に入り、ようやくアイヌの若い世代がアイヌ民族の伝統を復活させようと動きだしたんだ。

そんな折も折、新谷さんの『シャクシャインの歌』が出た。私は彼と会い、アイヌ問題を一緒にやろうとなった。本当に不思議な縁で、次から次へとつながり、動き出している。いま私の中でもアイヌ問題は機が熟したという気がするんだ」

太田はいつになく冗舌だった。彼は論文『辺境最深部へ向って退却せよ！』を書いている最中だった。

「そこできみにひとつ頼みがあるんだ」

「何ですか？」

「私は日本帝国主義本国の市民権や公民権に保証されている種類の運動から決別し、単身、辺境最深部へ向かい、そこに生きる同胞たちと生き、自分自身の感性や、よみかきのしかたを変革したい。そこで、読書人に私の考えを連載させて貰いたいのだ」

私はきょとんとした。太田の言葉の意味が分からなかった。

「革命《よみ》・情報《かきのしかた》・認識だよ。これまでの方法では辺境最深部に通じない。それを連載で整理させてほしい」

「分かりました。連載の確約はできませんが、編集会議に企画を出してみます」

私は長岡編集長の渋い顔を思い浮かべ、また厄介なことが増えるのかな、と内心憂鬱だった。

結局、連載企画は編集会議を通り、太田竜の「革命《よみ》・情報《かきのしかた》・認識」は七一年九月から七二年七月まで四十一回にわたって連載された。

第十話　フリーへの道

1

「もうちょっといい企画はないかねえ」

長岡編集長は目をしばたたかせ、編集部員を見回した。

月曜の定例編集会議は、いつもなら午前中には終わるのに、今日に限って長引いていた。掛時計の針は午後三時過ぎを指している。

編集会議といっても、会議室がないので、編集部の隅にある応接セットの周囲に集まって話をするだけだ。

応接セットには、長岡編集長をはじめ、島田次長や村上恒雄次長、広告の堤部長ら幹部が座り、残りの編集部員たちは自分の椅子を持ち寄って周りに座る。

編集長から右回りに島田次長、社会科学担当の村上次長、一面担当の真下俊夫、バックジャーナル担当の植田康夫主任、文学芸術担当の坂本雅子、文化読物担当の新人山本真帆子、そして、私だ。

みんな、うんざりした顔をしている。私もハイライトを吹かしながら、窓の外に目をやった。

秋の読書週間に臨時に四面を増ページするので、どんな紙面作りをするのか、その企画を話し合っていた。

これまでのところ、増ページの三面分は作家たちの座談会や読書を勧めるエッセイにすることで決まったが、もう一面分が決まらない。

「増ページの三面が堅い企画ですからね、残りの一面は楽しい読み物記事を載せた面にしたいなあ」

真下は腕組みをしたままいった。

「たとえば？」

長岡編集長が訝った。

「読者向けのクイズとかパズルとか、マンガなんかを載せるのもいいのでは？」

強い陽射しが神楽坂の街を照らしていた。早く会議を切り上げて、街に出かけたかった。書評を依頼した作家に会う約束の時刻も迫っている。

クーラーが時折、不規則な震動音を立てながら冷気を吐き出している。

昨日は日曜日だったが、訪ねてきた友人たちと深酒をし、あまり寝ていない。寝不足がたたって、いくら濃いコーヒーを飲んでも、頭がすっきりしない。眠気を追い払うことができなかった。

広告部の堤部長が長岡編集長を諭すようにいった。

「あのな、長岡さん。わしね、これから出なければならん。スポンサーに会わねばならんのでね。増ページすれば、それだけ広告のスペースは増えるけど、どんな特集ページになるかが問題だ。あまり安易でお手軽なもんは止めてくれよな」

「そこは考えていますから、安心して編集部に任せてください」

「じゃあ、頼みましたぞ」

堤部長は席を立ち、隣り合った広告部の机に戻っていった。

私は生欠伸を嚙み殺しながら、編集部員たちの様子を窺った。

編集会議はややだらけていた。

やがて、堤部長は部屋から出ていった。

「書評新聞らしい楽しい読物で埋まった一面がほしいですな」

島田次長はパイプを銜え、火皿をマッチの炎で焙《あぶ》った。

「座談会をもう一つ載せるのも芸がないしな」

植田主任が腕組みしていった。村上次長が口を開いた。

「写真はどうかな？　人気作家のスナップ写真を並べるとか」

「これからカメラマンに依頼するのは大変だろう。ありものを並べるか？」

長岡編集長が訝った。

「インパクトに欠けますね。普通のスナップ写真を並べるだけでは面白味がない」

植田主任は首を傾げた。

「一番元気のある新人たちにアイデアを出して貰いましょうや」

島田次長はパイプを銜えたまま、坂本雅子や山本真帆子や私に顎をしゃくった。

「どうかね、君たち、何かないかね」長岡編集長は私たちを見回した。

私はふと思いついたことを口に出した。

「パロディ特集はどうですか？」

「パロディ特集だって？」

長岡編集長は眉をひそめた。私はどうせ、だめだろうな、と思った。だが、駄目で元々だ。提案してみる価値はある。

「パロディ特集ねえ。うちの書評新聞の読者になじむかねえ」

島田次長が首を捻った。長岡編集長も懐疑的だった。

「どんなイメージになるのかね？」

「たとえば新聞内新聞にするのです。それをパロディ新聞にする」私は赤瀬川との約束を思い出していた。

「誰がやるのかね？　まさか編集部でやれるかね？」

「編集部では無理でしょう。一度うちの新聞でやって貰いたい人がいます。赤瀬川原平さんです」

「その赤瀬川っていう人は、たしか偽千円札を作って警察に捕まった人じゃなかったか？」

　村上次長がにやにやしながらいった。私は頭を振った。

「偽札ではなくて、千円札の模造品を作ったのです。赤瀬川さんは、使用する目的ではなく、芸術品として模造した。それを検察は芸術と認めずに、彼を起訴したのです」

「そうか。芸術ねえ」村上次長はにやにや笑った。

「今年春に朝日ジャーナルが『アカイ、アカイ、アサヒ、アサヒ』とやって問題になった。あれは赤瀬川原平さんたちの『櫻画報』が朝日ジャーナルのページを乗っ取って、やったパロディでした。あれを朝日新聞でやったから問題になったので、もし、うちでやったら別に問題ではなかったでしょう。あの赤瀬川さんに登場を願って、世の中を笑い飛ばすような内容のパロディ新聞を作って貰うんです」

　植田主任が手のジェスチャーを交えながら私を支持した。

「面白そうじゃないか。朝日ジャーナルの時のように、ある種のジャーナリズムを批判するようなパロディをやって貰いたいね」

「いいね、いいね。マスコミ・ゲリラのようで、うちらしくて面白いんじゃない」

一面担当の真下も面白がって双手を上げて賛成した。

「よかろう。そのパロディ新聞をやって貰おうじゃないか。きみは赤瀬川さんと面識があるのかい？」

長岡編集長はやや不安げに私を見た。

「友人の紹介で、電話で話したことはあります。その友人が赤瀬川さんを陰で演出しているんです。『櫻画報』は赤瀬川さんとその友人の合作で行なわれたものなのです」

私はそういいながら、筑摩書房の編集者松田哲夫を頭に浮かべていた。

2

新宿ステーションビル最上階の喫茶店「プチモンド」はほぼ満席の状態だった。

やがて松田哲夫と一緒に赤瀬川原平が現れた。赤瀬川原平は見るからに温厚そのものな人柄だった。

千円札模造や「アカイ、アカイ、アサヒ、アサヒ」事件を起こす人だから、さぞや過激な人物だろう、と私は勝手に想像していたので、物静かでユーモラスなものいいをする赤瀬川原平に拍子抜けした。

日焼けして浅黒く、頬骨が張った四角形のあばた顔は、どこか田舎からぽっと出てきたお上りさんを感じさせ、栃木の田舎出の私は親しみを覚えた。

「どうです？」

「面白そうですね。何をやりましょうかね」

赤瀬川は微笑んだ。笑うと頬に小さなえくぼができた。松田は眼鏡を押し上げながらいった。

「紙面の乗っ取りですね。一面全部を使えるんですよね」

「下段の五段分は広告が入るので、その上の記事面だけです」

「何を書いても自由なのですか？」赤瀬川は優しい目でいった。

「はい。自由です。あまり過激なものでなければ」

「過激でないものねえ。それ頂こう。いま流行りの過激派のパロディ。どう、松田さん？」

赤瀬川は何かひらめいた様子だった。松田はあうんの呼吸でうなずいた。

「いいですね。過激派という言葉をみんな穏健派に置き換えてしまうのはどうですか？」

「われらは穏健派であるというわけだね」

赤瀬川が返す。私は松田と顔を見合わせて笑った。

「われら穏健派は闘うぞ！　ですか」

「穏健派狩りに断固抗議するぞ！」

「そもそも過激派も穏健派も権力が勝手に線引きしただけだからね。インチキだよ。過激派があるなら、穏健派があってもいい」

七〇年安保闘争や大学闘争において新左翼諸党派の活動家やノンセクト・ラジカルの学生たちは警察機動隊の圧倒的な力で押さえ込まれた。そのため、一部の若者はこれまでのヘルメットにゲバ棒という武装ではもはや警察に対抗できないと悟り、地下に潜り、火炎瓶や爆弾、銃器などの本格的な武器を使った非合法闘争に走った。

力には力を、である。

それに対して、警察は彼ら新左翼活動家やノンセクト・ラジカルの学生たちを押さえ込むため、十把《じっぱ》ひとからげに「過激派」と呼んだ。各署に「極左暴力取締本部」を立ち上げ、盛んにアパートローラー作戦を行ない、新左翼活動家やノンセクト・ラジカルの学生たちを洗い出す「過激派狩り」を行なっていた。

テレビや新聞などマスコミも、いつしか、そうした警察のキャンペーンに乗せられて、反戦運動や大学闘争の学生たちを「過激派」呼ばわりするようになっていたのだ。

警察もマスコミも、いまや世を挙げて「過激派狩り」に血眼だった。

「穏健派宣言。それでいきましょう」

私も賛成した。

「過激派宣言」だったら、編集長たちは拒絶反応を示すだろうが、「穏健派宣言」となれば文句をつけて来ないだろう。

「新聞内新聞を作るわけだよね？　それも広告は別にして全面使えるわけだ」

赤瀬川はにやにやしながらいった。

「ええ。通常号が八ページですが、それに臨時に四ページが増えて、十二ページになります。増ページは中折りの五面から八面になり、パロディ新聞は第五面を予定しています」

「そうするとさ。読者がわれわれのパロディ新聞面を第一面に出すようにして新聞を折り直せば、パロディ新聞が出来上がるわけだ」

「そうそう」松田はにやついた。

「しかし、パロディ新聞ではつまらないな。何か別の新聞名を考えたほうがいいな。どう？」

「そうですね。じゃあ、週刊毒書人というのは？」

「いいね、それは面白い」松田はうなずいた。

「ははは」私は虚ろに笑った。「面白いけど、駄目です」

「なんで？」赤瀬川は訝った。

「読書を毒書という風にパロったのは言葉遊びとして面白いけど、うちは毒書を勧める書評紙ですからね。少々毒が利きすぎる。まず編集長がノーというでしょう」

私は長岡編集長が顔をしかめる様子が目に見えるようだった。

「じゃあ、止そう。新聞のタイトルはあとで考えよう」

「どうせ、パロディをやるなら、どうでしょう？　過激派といわれる松田政男さんや平岡正明さんにも参加して貰うのは？」

松田が提案した。赤瀬川は賛成した。私も異存はなかった。

松田政男も平岡正明も、紙面に何度も登場している。編集長も反対はしないだろう。

赤瀬川は私に向いていった。

「じゃあ、どこか静かな旅館の部屋を用意して、われわれをカンヅメにしてくれない？　みんな集まって一晩わいわい騒いで話せば、面白いパロディができるだろう」

「カンヅメ用の旅館ですか」

私は思いつかなかった。座談会や対談で使用するホテルや旅館は何軒か知っている。だが、執筆者をカンヅメにしたことなどなかった。松田が私にいった。

「駿河台に、うちの社がカンヅメによく使う旅館がある。和室だけど、割と安く、静かで仕事もできる。そこにする？　紹介するけど」

私は一も二もなく承諾した。

カンヅメは初めてだし、一度、執筆者たちが頭を捻って何かを生み出す光景に立ち会ってみたかった。

3

「……といったところが、いまの週刊誌の現状だろうな」

小板橋二郎は話をしめくくった。

私は取材用のノートを閉じて、冷めたコーヒーを啜った。

話題は雑談になり、いまの給料のことになった。

「そうか。そんなに給料が安いのかい。だったら、さっさと独立して、ポストにでもくればいい。取材記者だけど、原稿料がいいから、いまのきみの給料の倍は稼げると思う。デスクに紹介するから、ぜひ、一度訪ねて来いよ」

小板橋は健康そうな白い歯を見せた。五分刈りほどの坊主頭に、日焼けした浅黒い顔。見るからに精悍《せいかん》な面持ちのルポライターだった。

「ありがとうございます。その時が来たら、お願いします」

私は頭を下げた。

小板橋二郎は「大宅マスコミ塾」の卒塾生で、私よりも四期先輩になる。彼は草柳大蔵を師とするグループに入っていた。植田主任も、そのグループの一員だ。草柳グループには、草柳大蔵から声をかけられた将来性のある優秀な記者しか入れない。

私は青地晨を師と仰いでおり、青地グループに入っていた。といっても青地グループは青地晨の人柄だろうか、誰でも出入り自由な会で、おしゃべりをするだけの懇親会だった。実際、私はグループの一員ではあったが、ほとんど会合には出ておらず、誰が会員かも知らず、私自身、幽霊会員のような存在だった。

草柳グループは仲間同士の結束も固く、定期的に講師を呼んだりして勉強会をし、互いに切磋琢磨しているということだった。

小板橋は「週刊ポスト」のアンカーライターとして毎週何本も記事を書く傍ら、月刊誌などで鋭い切り口の社会派ルポを書いていた。

私が彼に会ったのは、月一回の企画記事「がんばれ、がんばれ！」シリーズで、創刊間もない「週刊ポスト」を取り上げようとしていたからだった。

小学館の「週刊ポスト」は、創刊当初こそ、先発のライバル誌である講談社の「週刊現代」から、強引に荒木博編集長を引き抜いたりして、爆発的に売れた。だが、その後、はじめの勢いがなくなり、次第に発行部数も落ちてしまった。そのため荒木編集長は降板、ついで野口晴男編集長が就任した。

野口新編集長の下、「週刊ポスト」は息を吹き返し、発行部数も増えて、業界一位の「週刊現代」に迫る勢いになった。

「がんばれ、がんばれ！」シリーズという企画記事で「週刊ポスト」を取り上げ、週刊誌戦争の実態を紹介することになったのだ。

野口編集長にインタビューする前に、週刊誌の現場の記者たちの話も聞いておきたかった。そこで小板橋をはじめとする記者たちに、内部はどんな様子なのかを聞いて回っていたのだ。

小板橋や他の記者たちから聞いた週刊誌の世界は、実に刺激的で魅力的だった。のんびりした書評新聞の世界では想像もつかないような、生き馬の目を抜かれかねない熾烈な競争社会だった。

しかも、国際問題から、国内の政治問題、汚職、犯罪事件、政界や芸能界のスキャンダル、野球の八百長賭博事件、芸能人の結婚、離婚話に至るまで多岐にわたり、まるで事件の百貨店のようだった。

フリーになって、そんなところで自分はやっていけるのだろうか？

正直いって、独立する自信が揺らいでしまった。いまいる温室のような書評新聞は平穏で静けさに満ちた別天地のようだった。

「大丈夫、大丈夫。一、二週間も取材で現場を動き回れば、そのうち慣れて、何が起こっても平気になってしまう。みんな、そうやって一人前の取材記者になるんだから」

小板橋は屈託のない笑顔で私を励ますのだった。

数日後、「週刊ポスト」の編集部を訪ね、野口編集長に面会を求めた。

応接室で待たされている間、私はどんな人物が現れるのか、と緊張していた。

毎週、危険に満ちたスキャンダラスな記事や、いっさいのタブーを恐れない切り口の記事を掲載する週刊誌の編集長である。さぞや強面の男だろう、と思いきや、応接室に現れたのは、いかにも温厚そうな、腰が低い、穏やかな紳士だった。

私は緊張が解けて、ほっとした。用意したいくつもの質問をぶつけ、野口編集長から本音の話を聞き出した。時の経つのは早く、約束の時間を大幅に超えてしまった。

「うちの編集方針は、いい加減です」

野口編集長は最後にまとめるようにしめくくった。

「え？　いい加減ですって？」

思わぬ言葉に私は耳を疑った。

「ええ。でも、一貫性がないとか、でたらめなという意味ではない。過不足のない、いい塩梅《あんばい》という意味でのいい加減です。右にも左にも偏せず、権力にも反権力にも媚びない、もちろん保守にも革新にも与しない。どんな場合でも、どちらか一方に偏さない。ちょうどいいバランスが取れた記事を載せようということです」

野口編集長はにこやかに笑った。

「いい湯加減といったニュアンスですね」

　私はそういいながら、これで見出しも結論も決まりだな、と思った。さすが、週刊誌の編集長だ。インタビュアーに、記事の見出しになることを語ってくれる。

　多忙の中、インタビューの時間を作ってくれた礼をいい、席を立とうとした。

「ところで、もしよかったら、うちで働いてみる気はありませんか？　あなたのことは、うちで働いている人たちから、いろいろ聞いていますす」

「あ、そうでしたか。ありがとうございます」

　私はどぎまぎした。もしかすると、小板橋がすでにデスクへ話をしてくれていたのかもしれない。

「ぼくは週刊誌記者に非常に関心があるのですが、普通の取材記者にはなりたくないんです。自分の足で取材し、自分が責任をもって最後まで記事を書く。そういうトップ屋なら、やってみたいと思っているのですが」

　野口編集長はにこやかに笑みを浮かべた。

「いいですよ。あなたならデータ原稿だけでなく、最後まで一本の記事を書けそうだ。いま、うちは新しいライターを探しているんです。取材もでき、最後まで記事をまとめることができる記者をね。すぐにとはいいません。いつか、いまの会社を辞めるようなことがあったら、うちへ来てください」

「その折には、お願いします」

私はいっぺんに目の前が明るくなるのを覚えた。これも縁なのかもしれない。誰かがいっていた。

幸運には前髪しかない。目の前を通り過ぎる幸運の後ろ髪を掴もうとしても、もう遅いのだ、と。

その時、私はその前髪を掴んでいた。

4

西銀座デパートの中の喫茶コーナーは、午後二時過ぎということもあって、客も少なく閑散としていた。私はハイライトを吹かしながら、コーヒーを啜った。

フリーになって、本当にやっていけるのだろうか？　あれほど望んでいたことなのに、いざとなると躊躇する。そんな自分が情けなかった。

昨日、千春から打ち明けられたことが、心のどこかに響いていた。

「妊娠したらしいのよ」

「そうか」私は呆然とした。

「嬉しくないの？」

「もちろん、嬉しいに決まっている。ありがとう」

だが、きっと私は虚ろな表情でいったのだと思う。

嬉しいには嬉しいのだが、実感が湧いて来なかった。自分が父親になるなんて、本当に信じられないでいた。子供を持つ生活を考えると、責任の重さを感じた。これから、どうなるのだろうか、と不安が湧き起こって来る。

「いつごろ?」

「来年三月」

「来年三月か」

私は、覚悟を決めた。もう後には引けない。子供が誕生する前に会社を辞める。フリーになるには、この機会を逃してはならない。子供が生まれた後では、決心も揺らぐ。

一方で迷いの囁きも聞える。いくら給与が安いとはいえ、会社に勤めていたほうが、定収入がある。たとえわずかにせよ、扶養家族手当も出る。春には定期昇給がある。千春の給料も徐々に多くなるにちがいない。いままで通り、会社に籍を置きながら、ペンネームでアルバイト原稿のルポを書き、臨時収入を得ることもできる。こちらの道でもやって行けないことはない。時が来れば独立する機会もあるだろう。

いや、待てよ。

出産と子育てのために、千春は勤めている「ＴＢＳ調査情報」を辞めねばならなくなる。そうなったら収入は半減するわけだから、いまのような会社の給与やアルバイト原稿料では、とうてい親子三人が暮らせそうにない。

もはや先へ進むしかない。一か八か、フリーになって、遮二無二働こう。フリーの収入は不安定だが、いい記事を書けば、チャンスさえ得ればいまの会社の給与よりも稼ぐことができるだろう。

「週刊ポスト」の小板橋二郎や野口編集長の誘いもある。未知の世界に飛び出すのは、正直いって恐いが、いつかはやらねばならない。

フリーになったら、最初は、どのくらいの収入になるのか、見当がつかないから、早めに辞めて、出産や子育てに備えねばならないだろう。

かといって会社を辞めるといっても、今日明日で急に辞めるわけには行かない。継続している仕事のこともある。誰かに、自分の仕事を引き継いで貰わねばならない。いったい、誰に頼もうか。

通りを挟んで向かい側にある読売新聞の社屋を眺めた。ちょうど、横断歩道を歩いてくる痩身の日野啓三の姿が見えた。薄いサングラスをかけ、ノーネクタイ姿だった。

私は灰皿に吸いかけのハイライトを押しつけて、火を揉み消した。ネクタイを正した。

ガラスのドアを押し開け、日野が喫茶コーナーに入ってきた。私は席を立って迎えた。

「やあ、お待たせ」

日野は手を上げ、私の向かい側の席に座った。ウエイトレスにコーヒーを頼んだ。

「これ、原稿」

日野は手にした読売新聞社の封筒をテーブルに載せた。二週間前に依頼した書評原稿だった。

「お忙しいところ、すいません。ありがとうございます。原稿をちょっと拝見します」

私は礼をいいながら、封筒から原稿を取り出し、枚数を確かめた。日野は目の前で原稿を読まれるのが嫌いなのを知っていたので、私は原稿を封筒に戻した。

日野啓三は読売新聞外報部のデスクだった。私が憧れたジャーナリストのひとりだった。

「そうそう、きみがこの前に書いた記事を面白く読んだよ」

日野はにこやかに笑いながらいった。

「はあ?」

「あのベストセラーで映画にもなった『ある愛の詩《うた》』。あれが、なぜ、いまの若者たちの支持を受けたのか、きみは解説を書いたじゃないか」

「ああ、あれですか。恥ずかしいな。ひとりよがりの記事で」私は頭を掻いた。

日野啓三は穏やかな口調でいった。

「いや、そんなことはない。七〇年代に入り、激しいゲバルトや暴力に心身ともに深く傷ついた若者たちは、お互いに傷を舐め合い、優しさを求めるようになった。『ある愛の詩』がベストセラーになった背景には、そういう時代情況があるという分析には、私も同感だ。あれは、いい記事だった」

「ありがとうございます。日野さんに、そんなに誉めていただいて、本気にしてもいいですか？」

私は照れながらいった。日野は笑った。

「本気も嘘もない。自分の書いたものに自信を持ちなさい」

「日野さんに会ったら、ひとつ聞きたいことがあったんです」

「何だろう？」

「だいぶ前ですが、開高健さんの『ベトナム戦記』を読んだら、読売新聞のサイゴン特派員である日野さんの名前が出てきた。サイゴンでベトコンの少年の公開処刑に日野さんも立ち会ったと」

「ああ、そんなこともあった」

日野はコーヒーを啜りながら、遠くを見つめる顔をした。

「ぼくも、日野さんのように戦争特派員になって、ベトナムの戦争を見に行ってみたいんです」

日野は驚いた様子で私を見た。

「戦争を見に行きたいというのかい？」

「ええ」

「どうして？」

「戦争の実相をこの目で見てみたいのです。なぜ、人間は戦争のような愚劣極まりないことをくりかえすのか。実際の戦争を見て、それを考えたいのです」

「わざわざ戦場なんかに行かなくても、戦争の愚劣さは想像できるのではないかね？」

「ぼくは現場至上主義なんです。ジャーナリストは小説家ではない。書斎で机に座り、戦争の悲惨を頭で想像する小説家とは違う。現場の泥と土の上を這いずり回り、見たもの聞いたもの、肌で感じたものを報道する。現代史の現場を目撃し、記録するのがジャーナリストでしょう？」

「それはそうだが」

日野はかすかに微笑み、私の話にうなずいた。だが、薄いサングラス越しに見える日野の目には、私の青臭い書生談義を温かく見守るような慈愛の色があった。

「ぼくは歴史の転換点の現場に立つ記録者になりたいのです」

日野は黙ってサングラスを外し、ハンカチでゆっくりとサングラスを拭った。日野の口は何かものいいたげだったが、ついに一言も言葉を発しなかった。

きっと日野は戦乱のベトナムの地で見たものが、現代史の現場だの、歴史の転換点だのといった、簡単に言葉でいえるような生易しいものではないことをいいたかったのではあるまいか。

日野の顔には、この愚かな若者に戦争の現実を、どう伝えたらいいのだろうか、という戸惑いが浮かんでいた。

私もいってしまってから、なんということをいってしまったのか、とひどく恥ずかしい思いに囚われ、すぐにでも席を辞したくなった。

日野はしばらく考え込んでいたが、やがてサングラスをかけながらいった。

「きみは戦後生まれかい？」

「いえ、戦中の生まれです」

「では戦災は覚えていないだろうな？」

「ええ。敗戦の年に、三歳の子供でしたから、まったく記憶にありません」

「敗戦はどこで迎えたのかね？」

「二歳の頃、うちの家族は栃木の田舎へ疎開していました」

「では、敗戦後の混乱や飢餓生活なんかあまり知らないのだろうな？」

「知りません。子供心に、多少ひもじい思いをしたような気がしますが、当時、それが普通のことだと思っていました。両親や兄は、戦前の豊かな生活を知っているので、辛かったらしいですが、ぼくは戦後の貧しい生活しか知らないので、平気でした」

「それでは、戦争を知らないといってもいいね。戦災や引き上げ体験があるぼくらだとて、ベトナムへ行って、はじめて現実の戦争を知ったくらいだからな」

「ぼくは日野さんや開高さんが羨ましいです。ぼくも実際の戦争の現場に行き、自分の肌で戦争の悲惨を感じたいのです」

「ぼくはあまり勧めないな。できれば戦場なんかに行かないほうがいい。ぼくは戦争の悲惨や公開処刑を見てショックを受け、人生観が変わった。どういっていいか分からないが、まだ整理がつかないんだ。ぼくはこのまま新聞記者を続けることにも疑問を抱いている」

日野は目をしばたたいた。

「新聞記者を辞めるんですか？」

「うむ。そうなるかもしれない。迷っているところだ」

「どうしてですか？」

「何といったらいいのだろうか。ジャーナリズムに限界を感じるといったらいいのか。そんなところなのだよ」

「開高さんは、ノンフィクションの『ベトナム戦記』を書いた後に、小説『輝ける闇』を書きました。ぼくは正直、がっかりしました。なぜ開高さんは歴史の記録者として、もっとベトナム民衆の中に入って、小説家の目でいいからベトナム民衆を見つめ、ノンフィクションを書いてくれなかったのかと。政府軍やアメリカ軍の側ばかりに入っておらず、解放戦線側や北ベトナムに入ってレポートしてほしかった」

日野は黙って、私の話を聞いていた。だが、彼は私に何の反論もせず、かといって同意や賛意も示さなかった。

おそらく日野は、その時、すでに胸に深く秘めるものを持っていたのに違いない。日野啓三が本格的に小説を書き始めたのは、それからまもなくのことだった。

5

編集者の松田哲夫が紹介してくれた和風旅館は神田駿河台の坂の上にひっそりと建っていた。二階建ての古い木賃宿で明治大学の校舎の裏手にあり、部屋からは猿楽町の住宅街が見渡せた。

八畳間の部屋に、赤瀬川原平、松田哲夫のほかに、映画評論家の松田政男、ジャズ評論家の平岡正明が三々五々集まった。いずれも旧知の仲らしく、挨拶もそこそこに、早速、パロディ新聞のアイデア会議がはじまった。

私は低いテーブルに「読書人」の最新号を拡げた。併せて、割り付け用紙を用意した。

「パロディ新聞の面は、臨時に増ページした第八面になりました。全体は十二ページで、中ほどの面ということになります」

赤瀬川は腕組みをし、考えこんだ。

「パロディ新聞という名前が、ありふれていて、能がないねえ。どうしようか？」

「確かにパロディ新聞ではつまんねえな。いっそのことアカ新聞とか、アホ新聞とかにしたら？」

「それも露骨過ぎる。粗忽《そこつ》新聞とか、週刊お粗末とか」

「櫻画報号外版？」

「乗っ取り新聞は？」

私は長岡編集長からの注意を思い出した。

「編集長から、ぜひお願いしたいという要望があります」

「どんな要望？」

「下段には出版広告が入ります。その広告のイメージを悪くするようなパロディは止めてほしい、というんです。広告部がせっかく取ってきた広告をからかうようなことはしないでほしい、というんです」

「からかいはしないが、イメージダウンさせるかどうかを考えたら、何もできなくなるよ」

松田哲夫は頭を振った。赤瀬川はにやにやしながらいった。

「要するに、下の広告は上のパロディ新聞とまったく関係ありませんとすればいいのだろう?」

「ええ、まあ、そうですね」私はうなずいた。

「だったら、広告とパロディ新聞の間に、切り取り線を入れたらどうだ? 上と下は関係ありませんから、自由に切り取ってくださいと」

「なるほど、破線を入れるのですね」

苦肉の策だが、それなら長岡編集長も堤広告部長も納得するだろう。

赤瀬川は笑いながらいった。

「ついでだから、切り取り新聞という名前にしたらどう? 広告段を切り取ってくれ、という新しい形の新聞」

「いいねえ。その切り取り新聞にしよう」

松田哲夫が賛成した。松田政男も平岡正明も異存がない、と賛成した。

「パロディはまだできてないけど、新聞のイメージを描けば、こうかな?」

松田哲夫はマジックインキで、割り付け用紙の真中に四角の形を描いた。

「中央にまず写真を掲載し、周りに普通の新聞のように見出しを立てた記事を載せる」

私はきいた。

「そこに何の写真を載せるのです？」

「テーマは穏健派宣言だから、ここの写真はもちろん、富士山だろうな。天下泰平の日本を象徴する富士山」

赤瀬川はマジックインキで四角形の中に富士山を描いた。

「さあて、どんな記事を載せようか？」

松田哲夫が背広を脱ぎ、ワイシャツの腕をまくった。バッグから新聞の縮刷版を何冊も取り出し、テーブルの上に置いた。

みんなは各々新聞の縮刷版を手に取り、ページに目を通しはじめた。

「どうせ載せるなら、みんなが知っている事件記事のパロディがいいな。パロるには、もともとの記事にインパクトがないとな」

松田政男がいった。平岡は縮刷版をぱらぱらめくり、社会面を開いた。

「極左暴力集団を取り締まりを報じている記事はないか？」

「なかなかないねえ。普段は見ているのに、いざこうして探すとなると、どこへ行ったのか、見つからなくなる」

「記事には終わりのほうで、解説者とか有識者とかのコメントがついているじゃない。どうでもいい内容のコメントが載っている」

「コメンテイターだな」

「そのコメンテイターって、たいがい決まっているじゃないか。評論家のいいだもも氏とかが、いつも起用されている。あれっておかしいよな」

「じゃあ、どの記事にも、最後にコメンテイターのいいだもも氏を登場させようや。それで、どうでもいいような感想をいわせる」

「そうしよう、そうしよう」

まずい、と私は思った。いいだももは、私が担当している評論家のひとりだ。いいだももは構造改革派の理論家で、アナーキストの松田政男や元ブントの平岡正明とは政治的に対立し、互いに批判し合っている。

勝手に論敵の実名を使って、コメントをでっちあげたら、いくらパロディだとしても、一方的に過ぎる。下手をすると名誉毀損で訴えられかねない。私はみんなのやりとりに割って入った。

「ちょっと待ってください。現実のいいだもも氏の実名を出すのはまずいです。パロディにならない。名前は変えてください」

「そうねえ。確かに実名はまずいな」赤瀬川は腕組みをした。松田哲夫がいった。

「では、いいだもも氏ではなく、いいももだ氏というのはどう？」

「いいももだ氏？　それは妙ちきりんで面白いな」

「それいい。採用しよう」

赤瀬川は笑い、松田政男も平岡正明も賛成した。

「こんな記事があるけど、パロディにならないかな」

松田哲夫は新聞記事を読み上げた。

留守宅に入ったこそ泥が台所にあった食べ物をたらふく食い、眠くなったので昼寝をしているうちに家人が帰り、お巡りさんに御用になったという話だった。

みんなは笑い、あれこれとアイデアを言い合いはじめた。

私は、みんなのやりとりを聞きながら、この調子なら、一晩徹夜をすれば、なんとかパロディ新聞はできるだろうと安心した。

6

会社近くの喫茶店に現れた中川宏一は、ざんばらに長い髪を垂らしていた。一見、美大出の絵描きを思わせる風貌をしている。小柄な体付きだが、精悍さが軀全体に張っていた。

「『戦後青春の死』のような企画ねえ」

中川は宙を見るような仕草で考え込み、煙草の煙を天井に吹き上げた。

中川宏一は「週刊読書人」のライバル紙である「日本読書新聞」の元編集長だった。一年前、「日本読書新聞」でも労資が鋭く対決する争議があって、組合活動の中心メンバーだった中川はストの責任を取って辞めざるを得ない立場に追い込まれた。

ライバル紙ではあったが、私は同じ立場の編集労働者として、中川たちの組合を支援した。中川とは、その頃から個人的に付き合うようになっていた。

「読書新聞」を辞めて独立した中川は、一緒に辞めた仲間や光文社労組員たちを集め、編集企画会社「飛礫《ひれき》社」を起こした。いまの編集プロダクションの走りである。中川はその後も新たな別の企画会社を起こしては、仲間たちの食いぶちを作っているから、経営者としても非常に有能だった。

その一方、彼は穂坂久仁雄の筆名で、月刊誌「現代の眼」や「流動」などで筆を揮っていた。『ドキュメント弾圧　1928→1972』という警察権力を激しく批判した著書もある。

中川は「読書新聞」時代に「戦後青春の死」という連載シリーズを書いていた。六〇年安保闘争の時に、警官隊との衝突で圧死した東大生・樺《かんば》美智子をはじめ、その後の闘争や内ゲバなどで殺されたり、自死せざるを得なかった若者たちを悼む記事だった。

「戦後青春の死」のような連載企画は、わが「週刊読書人」では、とうてい考えられなかった。いつか、そうした情況論を扱う記事をぜひ一度紙面に載せたい。そう考えていた私は、フリーになった中川宏一を呼び出し書いてみないかと誘ったのだった。

「俺も、そろそろ会社を辞めて独立しようと思うんだ。辞める前の最後の大事な企画にしたいんだ」

「きみも会社を辞めるのかい？　大丈夫か？　辞めても、どこか行くあてがあるのか？」

「なくはない。捨てる神あれば、拾う神ありだ。どこかの週刊誌にもぐりこもうと思っている」

中川も大手の出版社の週刊誌で、アンカーの仕事をしていると聞いていた。

「もし、行くところがなかったら、あきがあるかどうか、俺が聞いてあげてもいいが」

「ありがとう。その時には頼む」

「しかし、たいへんだぞ。フリーで飯を食っていくというのは。カミさんにも苦労をかけるし、まして子供ができるとなると、責任がますます重くなる」

「俺もカミさんも覚悟の上だ」

「なぜ、辞める？」

「はじめから、三年半勤めたら、独立すると決めていた。それなのに、もう三年以上過ぎた。これ以上いると、なかなか独立できなくなるような気がする。月給が低いうちが辞め時だ」

「そうか。はじめから決めていたことなら、やるしかないな」

「ところで、どうだろう？　さっきの企画については？」

「『戦後青春の死』のようなものは、もう書く気はしない。だが、せっかく与えられた機会だ。七〇年安保闘争の敗北した後のいくつかの現場を見て回り、いまの情況を論ずるのなら書きたい気持ちもある」

「それでいい。ぜひ、やってほしい。一面を空けて原稿を待っている。一度とはいわない。何度か書いてほしい。俺がいる間ならば、必ず掲載する」

「分かった。書かせて貰おう」

中山はきっぱりといった。

それから数週間経った後、中川から原稿が届いた。それは七一年春から強制収用で激化していた成田闘争のその後を、苦渋の思いで振り返る優れた評論だった。

7

秋の読書週間に出された赤瀬川原平編「切り取り新聞」は、一部の熱狂的読者からは好評だったが、それで新聞の売り上げが大幅に伸びたわけでもなく、ほかのメディアに取り上げられることもなかった。

周りから聞こえてくるのは、「おふざけが過ぎる」「突然、何をしでかすのか」「大事な紙面を切り取り自由などとするのはいかがなものか」などといった不評の声ばかりだった。

読書人の取締役のほとんどは日本書籍出版協会に加盟している出版社役員が兼任しているのだが、その取締役会でも「切り取り新聞」は問題視されたという。漏れ伝わってくる噂によれば、そもそも「朝日ジャーナル」で「アカイ、アカイ、アサヒ、アサヒ」問題を起こした人物をあえて起用し、物議を起こそうと企んだ編集者は誰だ、という話にもなったらしい。

もし「切り取り新聞」が舌禍《ぜっか》事件を引き起こしたら、私は責任を取って即辞表を提出するつもりでいた。だが、幸か不幸か「切り取り新聞」は、それほど業界でも話題にならずに、静かに消えていったので、私の杞憂に終わった。

その年は何事もなく暮れ、昭和四十七年（一九七二年）になった。

二月下旬、世間が連合赤軍の「浅間山荘」事件で大騒ぎになっている最中、読書人労組は春闘の山場を迎えていた。植田委員長、真下副委員長、そして書記長の私は、給料の一律一万五千円のベースアップと、臨時社員の正社員化の要求を掲げて、ストも辞さないと強硬姿勢で、会社側役員と最後の団体交渉に臨んでいた。

会社側役員といっても居並んでいるのは橘総務部長と堤広告部長、長岡編集長の三人、いつもの顔馴染みである。私たちも彼ら現場の役員たちには、人事や給与に関することに決定権はないことが分かっているので、意気が上がらないことおびただしかった。人事や給料の決定権を持っているのは、光文社役員である書協組合役員の五十嵐専務取締役だった。

例年だと三人の現場役員の立場を考え、組合の方がついつい遠慮して要求をダウンさせ、ベースアップも五千円程度で妥協してしまっていた。だが、今回は違った。年々そうした妥協をくりかえしてきたため、読書人の賃金は出版業界の平均賃金水準からもはるかに低く抑えられる結果になってしまっていたのだ。

前年、労組は植田委員長以下、私は真下俊夫ら若手が三役に選ばれ、一挙に若返った。それを機会に、私は書記長として、これまでの現場役員との馴れ合いを排し、スト権を確立して、現場役員の頭越しに五十嵐専務と膝詰め談判をする、という方針を出し、組合大会で了承された。

度重なる労資交渉でも、前年までのようには妥協せず、現場役員たちに圧力をかけた。現場役員たちが自分たちには決定権がない、と逃げれば、私は光文社の役員室に押しかけ、五十嵐専務に直接交渉することになるが、それでもいいのか？　もし、五十嵐専務が交渉を拒否したら、ストを決行し、光文社前に団交を要求して座り込む、とまで脅した。

書協組合の傘下にある小さな会社である「週刊読書人」に形式的に五十嵐専務を役員として派遣している光文社としては、労組の私たちが押しかけたら、ひどく迷惑だろう、そうなれば現場役員に権限を委譲して、争議の解決を計るようにいってくるだろうという読みだった。

現場役員の橘総務部長たちも重い腰を上げ、足繁く五十嵐専務の下へ通い、私たちの要求を告げ、今回は容易なことでは収まりそうにない、と説得したらしい。

交渉の席に現れた橘部長はいつになく快活だった。堤部長も長岡編集長もリラックスした表情になっている。私は交渉の席に就く前から、内心、勝ったと予感した。

「分かりました。会社としては組合の要求通りに、一律一万五千円ベアを呑みましょう」

橘部長は手元のメモを見ながらいった。

「臨時社員の正規採用の件については？」

植田委員長がきいた。橘部長はうなずいた。

「その件も臨時社員一名、正社員として採用することにします」

「ありがとうございます」

「お役目とはいえ、本当にお疲れ様でした」

「これでスト態勢を解除します」

植田委員長も真下副委員長、そして私も躍る心を抑えながら、役員たちを労い、頭を下げた。

私たちは息を呑んで会社の隅で待機していた組合員たちに、勝利の報告を行なった。これで、私はお世話になった「週刊読書人」の先輩や同僚たちへの多少なりとも恩返しができたと思った。


数日後、朝早く出勤した私は、予定通り、退職願いを橘総務部長に提出した。雇用契約では退職するにあたって一カ月前に願い出ることになっていた。私は、「一身上の都合により、三月末日に会社を辞めさせていただきます」と告げた。

橘部長はすでに誰かから私が退職するつもりだということを聞いていたらしく、まったく驚きもしなかった。

「そうですか。仕方ないですね」

橘部長は口ごもるようにいったが、すぐに、

「おおい、長岡さん、ちょっとちょっと」

橘部長は長岡編集長を手招きした。狭い編集室だから、私と橘部長のやりとりは筒

抜けだった。

長岡編集長も私の退職願いの提出を知って、やや顔を紅潮させていた。

「突然ですが、本当にいろいろお世話になりました」

私は長岡編集長にも頭を下げた。

社内では、給料がベースアップされる四月以降に、私が退職するのだろう、という陰口が囁かれていた。そうすれば、退職金はベースアップされた給料を基にして計算されて支給される。そのためもあって春闘では、私がいつになくがんばったのだろう、という噂だった。

最後まで、そんなことをいわれるのは、私の不徳のいたすところだ。立つ鳥、跡を濁さずで行く。私は千春に以前から宣言していた。だから、そういう無責任な陰口をいう連中に、文句をいわせぬためにも、三月末までに退職したかった。

橘部長からも長岡編集長からも当然のことだが一言の慰留する言葉もなかった。私も期待はしていなかったものの、寂しい気分は残った。

後日、私が親しくしていた総務部の人が、私に「内緒だけど、あなたから退職願いを受け取った橘さんや長岡さんたちは、陰で拍手をしていたわよ」と教えてくれた。

そこまで自分は嫌われていたのか、と苦笑いしたが、それでかえって気分はすっきりした。これで未練を感じることなく「週刊読書人」を辞めることができる。橘部長たちの拍手は、フリーになる私へのはなむけの拍手だと思った。

昭和四十七年（一九七二年）三月三十一日、私はお世話になった「週刊読書人」へ別れを告げ、勇躍フリーへの第一歩を踏み出した。

（付録）森詠の「以下、無用のことながら」

注釈などは無用だとは思うのだが、当時のことをまったく知らない若い世代の読者のため、いくつかの用語の極私的な解説をしておきたい。

全共闘
「全学共闘会議」の略。一九六八、九年に起こった大学闘争の中で結成された闘争組織である。当初はノンセクト（無党派急進派）の学生が集まって結成したもので、当時の大学闘争の中心を担った。大学ごとに結成され、なかでも日大全共闘や東大全共闘、早大全共闘などが有名だ。

全共闘は、自治会が選挙によって選ばれた執行部や代議員による間接民主主義の組織であるのに対して、指導部を持たず、参加者個々人が自らの決意と責任と主体性を持って闘うために結集した、直接民主主義の大衆闘争組織であった。

いってみれば全共闘は党派全学連やセクト（党派）に牛耳られた自治会に不満を抱いたノンセクト・ラジカルの学生が自分の考えや主張を行動に移すために創った勝手連的な共闘会議で、あくまで個人の自由参加の闘争組織だった。

一方、全共闘運動は極めて思想的な運動でもあった。大学闘争が昂揚し、資本に奉仕する大学を否定して「大学解体」を提起する段階になると、学生たちは自らが拠って立つ身分、学生であることを否定せざるを得なくなった。いわゆる自己否定論である。

全共闘運動は結局、革命によって資本主義体制を破壊するしか解決策がなく、まるで出口がない自滅的な運動とならざるを得なかった。また、政治的には素人である学生たちの思想運動であったため、最終的には利用主義的で政治に長けた新左翼諸党派の活動家たちからいいように利用され、事実上、乗っ取られてしまった感があった。

一九六九年九月に全国の大学の全共闘が横断的に結集した「全国全共闘」ができたが、それには革マル派を除く反日共系八派が公然と参加していた。

一九六〇年代後半の学生運動を総称して「全共闘運動」と呼ぶこともある。

全学連と共産同（ブント）

全学連は「全日本学生自治会総連合」の略称。戦後まもなくの学生運動の中心にあった組織である。一九四八年に結成され、一応は各大学の自治会をベースにして、その連合として結成された形態をとっていたが、内実は日本共産党によって指導されていた。

その後、共産党が平和革命路線に転換した際、それに不満を抱いて離党した学生党員や党中央を批判して除名された学生党員が中心になり、一九五八年十二月、共産同（共産主義者同盟）通称ブントを結成した。ブント（bund）とは「同盟」を意味するドイツ語だ。

ブントを中心とする全学連主流派は、六〇年安保闘争では、若者らしいエネルギーを発散させて、機動隊と激しくぶつかり、国会議事堂に突入する等して、「ゼンガクレン」の名を世界に轟かせた。

ブントは、平和革命路線に転換して革命を忘れた日本共産党を痛烈に批判し、レーニン主義復権を主張、武闘主義と徹底した大衆闘争主義を貫き、社会主義革命は一国だけでなく、世界革命として連続して行なうべきだという「世界革命論」を掲げた。

七〇年安保闘争の敗北後、革命路線や軍事方針などをめぐって四分五裂し、当人たちにしか違いが分からないような大小さまざまな党派に分裂した。当時のブントは、左派・軍事路線グループ（蜂起左派、赤軍プロレタリア革命派、戦旗反荒派、赤報隊など）、右派・大衆主義グループ（「遠方から」グループ、叛旗派）、中間派・党重視グループ（戦旗荒派）などがあったが、どれがどんな主張をしていたか、いまとなっては判然としない。

なお、社学同（社会主義学生同盟）は、このブントの学生組織で、七〇年ごろまで活動していた。

ブント社学同は赤ヘル。分裂したブント系党派はいずれも赤を基調として、モヒカン風に白のストライプをかけるなど工夫をして、ブント系であることを主張していた。

中核派

一九五八年に結成された革共同（革命的共産主義者同盟）全国委員会が一九五九年に全国委員会派と第四インターナショナルに分裂、さらにその四年後に全国委員会派が主流派と革マル派に分裂した。この主流派が、中核派だ。学生組織の中核派全学連はマル学同（日本マルクス主義学生同盟）中核派。

中核派は大衆運動を優先し、マルクス・レーニン主義を歪曲したスターリン主義を打ち破り、マルクス・レーニン・トロツキーの革命的マルクス主義の伝統を受け継ぎ、日本革命の勝利を目指した。白ヘルメットに黒々と中核と記し、デモや集会での動員数も多かったので、七〇年代の闘争の中心的存在だった。

中核の白ヘルはブントの赤ヘルに並んでよく目立った。集会やデモで、両派の赤白のヘルメットや旗の群れを見ると、まるで赤い平氏・白い源氏の源平絵巻を思わせた。

革マル派

革命的共産主義者同盟全国委員会革命的マルクス主義派の略称。学生組織の革マル派全学連は、マル学同（日本マルクス主義学生同盟）革マル派。一九五八年四月、マル学同の中核派と分裂。黒田寛一《くろだかんいち》理論を信奉し、反帝反スターリン主義での世界革命を目指し日本国家権力の打倒をプロレタリア世界革命の一環として闘い、反スタ主義を貫こうとした。イデオロギー闘争や組織論を重視しており、革マル派活動家は勉強家で頭は良いが理屈っぽい、という者が多かった。

ヘルメットの色は中核派と同じ白だが、黒字で「革マル」や「Z」のマークをいれ、さらに黒いビニールテープを一、二本巻くのが特徴。

社青同解放派（青解）

通称「青解」は、ブント、中核派、革マル派につぐ四大党派のひとつ。政治組織が革労協（革命的労働者協会）で、その学生組織は反帝学評（全国反帝学生評議会）である。

もともとは日本社会党の社青同（日本社会主義青年同盟）から生まれた党派であった。六〇年安保敗北後、ブントの一部が社青同に入り、解放派を名乗って、向坂逸郎《さきさかいつろう》の協会派（社会主義者協会）と対立した。解放派の理論的指導者の佐々木啓明はレーニン主義の組織論を批判し、労働者の自然発生的な武装蜂起と自己権力の確立を重視するドイツのマルクス主義者ローザ・ルクセンブルク主義を掲げた。レーニン主義がスターリン主義を産み出した元凶であるという認識は、解放派独自の理論である。六七、八年から七〇年にかけて、青解の反帝学評は、ブント、中核派と三派全学連を結成し、果敢な街頭闘争を行なった。そのため、七一年に、あまりの過激な武装闘争路線をとっているとして、社青同大会で解放派は除名された。

反帝学評のヘルメットは青色で、三派全学連は赤、白、青の三色の軍団が覇《は》を競った。青解の活動家は、義理と人情に厚いところが、ブント活動家の気質と似ていた。あまり理屈をいわず、ゲバルトも強かった。革マル派や中核派のように排他的でなく、弱小党派やノンセクト・ラジカルに寛容だった。そのため、青ヘルの隊列には、そうした弱小党派や黒ヘル（ノンセクト・ラジカル）グループ、アナーキストなどが合流して一緒にデモをしていた。

「一点突破、全面展開」は、青解の活動家が好んで使用した戦術用語で、一カ所に集中攻撃を加えて突破口をつくり、そこから全面攻撃を展開していくという意味をもつ。当時、学生たちは、中国文化大革命の影響を受けて、漢語混じりの言葉が好きだった。気分が昂揚するからだ。

三派全学連

マル学同中核派・ブント社学同・青解反帝学評の新左翼三派が中心となり再建した

全学連。革マル派全学連や日共系の全学連は、三派主導の全学連を認めず、三つの全学連が覇を競うことになる。

新左翼と反日共系（反代々木系）

戦後、六〇年安保闘争のころまで、日本で左翼といえば、戦前からの輝かしい革命的伝統を誇る日本共産党（日共）だった。共産党は代々木に本部があるので、代々木といえば日共を意味し、反代々木は反日共の意味になった。

六全協（第六回全国協議会）で共産党が武装闘争方針を放棄した後、六〇年代半ばからブントや革共同革マル派や革共同中核派等の新しい左翼諸党派が登場した。彼らのことを共産党と区別して、「新左翼」と呼んだ。

だが、新左翼と呼ばれて、すでに半世紀が過ぎた。彼らも共産党同様、いまや新左翼という名の旧左翼というべきだろう。

赤軍派

共産同赤軍派。一九六八、九年の大学闘争や街頭闘争の敗北を総括して、もはや投石やゲバ棒では警察機動隊に対抗できない、革命派側も「軍隊を組織し、銃や爆弾での武装蜂起」をするべきだという過激な主張がブント関西派を中心とするグループから上がった。一九六九年、彼らは赤軍派を結成した。赤軍派は、社会主義革命は一国革命ではなく、連続した「永続革命」で「世界同時革命」でなければならないとした。

同年、赤軍派は大阪戦争、東京戦争を叫んで、交番に火炎ビンを投げるなど武装闘争を開始した。警察はアパートローラー作戦など過激派狩りを行なった。同年十一月には、山梨県大菩薩峠で武闘訓練中に大量検挙された。追い詰められた田宮高麿ら赤軍派は、翌年三月、日航機「よど号」をハイジャックし、彼らが革命の根拠地と考えた北朝鮮へ亡命した。

当時、彼ら新左翼も北朝鮮の実態はまったく知らず、社会主義国として幻想を抱いていたのだ。

べ平連

一九六五年四月、小田実、鶴見俊輔、開高健、久野収などの呼びかけで、文化人や市民を主体とした「ベトナムに平和を！　市民連合」が結成され、社会党や共産党の指導を受けないベトナム反戦運動がスタートした。中央集権的な組織ではなく誰でもべ平連を名乗れる、自由で平等な運動体である。小中陽太郎、吉岡忍、戸井十月などがいた。

反戦青年委員会

一九六五年八月三十日、青年労働者を主体とする反戦青年委員会が結成された。内実は新左翼三派系が中心になって、社共や総評の指導を受けない、ベトナム反戦や日韓条約に反対するといった政治運動を行なう運動体である。

べ平連同様、既成の労働組合とは関係なく、各職場に自主的組織としてつくられ、労働者は自由意志によって、これに参加した。学生運動ほど過激な運動はしないが、労働者の反戦委員会は、市民参加のべ平連や三派全学連、全共闘とともに、六〇年代末の大衆反乱を育む原動力となった。

フォーク・ゲリラ

六〇年代から七〇年年代にかけ、全共闘運動の昂揚に合わせるように、フォーク・ソングが若者たちの心を捉えた。それらの多くは社会の不正や不安、生活の苦しさなどを唄ったもので、国民を無視する政治、戦争への抗議をするプロテスト・ソングだった。

新宿西口地下広場などでは、土曜日の夕方などには突然ギターを持ったフォーク・シンガーの若者たちが現れ、ゲリラ的にコンサートを行なった。反戦歌を唄ったり、「自衛隊へ入ろう」とか「機動隊に入ろう」など、当局をからかう歌を唄った。彼らはフォーク・ゲリラと呼ばれた。

ノクセント

無党派学生のことをいう。全共闘運動が昂揚していた時期、自分をあえて無党派の状態に置き、主体的な個人判断に基づいて行動しようとする学生たちがいた。彼らは観念的な思考やものいいが好きで、「疎外からの人間回復」、「自己の存在をかけた自立」などといった言葉を口にし、己も闘争しているような幻想にひたっていた。

ノンセクト・ラジカル（無党派急進派）は過激な発言や行動をする戦闘的な学生だ。セクトの活動家以上の役割を果たす時もあり、全共闘運動は彼らノンセクト・ラジカルが作った。彼らは自らの足で立ち、よく考えて行動しようとしていた。観念的だが純粋で真面目な学生たちが多かった。

ノンポリ

「ノン・ポリティカル」、非政治的な一般学生をいう。全共闘運動や大学闘争が昂揚したといっても、大多数の学生がセクトに入っていないノンポリの一般学生だった。

ノンポリの意識は非常に流動的で、機動隊が学園内に導入されれば「帰れ、帰れ」と叫んで抵抗するが、かといってセクトの活動家の思うようにはならない。選挙の際の無党派層にあたる学生層だった。

ジャズ喫茶

六〇年代から七〇年代初め、モダンジャズは若者文化の最先端にいた。新宿や渋谷など若者の街、学生街には決まってジャズのレコードを聞かせてくれるジャズ喫茶があった。若者たちはコーヒー一杯で、何時間も大音量で流されるジャズのリズムや旋律に身を晒して、思索に耽った。

新宿には「キーヨ」「汀」「ジャズ・ヴィレッジ」「ヴィレッジゲート」「ポニー」「スティック」「木馬」「DIG」「DUG」「ピットイン」などが、渋谷には「SWING」「DUET」「BLACK・HAWK」「SAV」などがあった。有楽町の「ママ」「ORO」、神田の「NEWPORT」「コンボ」「響」、四谷の「いーぐる」、青山の「ミスティ」横浜野毛の「干草」なども懐しい。

総括、自己批判、ナンセンス

全共闘運動が昂揚していた時代、学生たちはさまざまな運動用語を駆使していた。「総括」とか、自分がしたことを仔細に振り返り、自己点検し、活動家として、あるいは革命家として、何がいけなかったのか、何が間違いだったのかを自己批判すること。

自己批判は、自発的に自分の思想や行動の誤りを認め、大衆的な公開の場で反省の意思表示をすることだが、大衆団交の場などでは、大学人たちは学生たちに自己批判を強制させせられた。

総括も自己批判も、党派が内部の人間を粛清する際に、よく使用された。瑣末なミスでも許さず、革命的警戒心が足りないなどといって、暴力を振るって相手を責め立てることもあった。

「ナンセンス！」は集会や大衆団交の時などに、発言者の話を大声で否定したり、ブーイングをしてはやし立てる時に使用した。「意味がない」「意味を成さない」といった原意のほかに、馬鹿野郎とか引っ込めという罵詈雑言のひとつとして使われていた。

プチブル、ブルジョワジー

全共闘運動華やかなりしころ、ブルジョワ（金持ち）であることは悪とされた。ブルジョワは、革命で打倒すべき資本家階級だというわけである。いま思えば、貧乏人の僻《ひが》みとしか思えない。貧乏の方が善なのか、といえば、そんなことはなく、学生たちは大学を出たら、全共闘に参加していたことなど知らぬ顔して大企業に就職し、高給取りになるのにあこがれていた。

プチブルは、プチ・ブルジョワの略。小市民、つまり中産階級のこと。これも、「あいつはプチブルの出だから」といったような人を小馬鹿にした意味の悪口となる。プチブルは小市民的で、労働者のような革命的な考えができず、資本家階級に似た甘い考えを持っているというわけである。

そういうことをいっていた学生たちこそ、親から金を出して貰い、大学に通わせて貰っているプチブルであることには目をつむっていた。

インターナショナル

革命歌の題目。国境を越えてともに腕を組んで闘おう、という労働者の国威的な連帯を唄った内容で、社会主義の国際主義を唄ったもの。「インターを歌う」などと使われた。

ロシア革命を描いたアメリカ映画「レッズ」では、このインターナショナルがタイトルバックに流されていた。かつて、まだソ連があった時代、モスクワ放送では、放送終了後に、このインターナショナルが流れていたものである。

ゲバルト、内ゲバ、ゲバ棒

ゲバルトはドイツ語で「力」「権力」「暴力」の意味。転じて、「ゲバルトをやる」「ゲバルトになる」は「暴力を使う」「殴り合いになる」という意味になる。

内ゲバは、内部ゲバルトの略。各党派間や党派内で、主導権争いや論戦をして相手を負かすため暴力を振るうことと。党派内のゲバルトは内ゲバだが、中核と革マル派、青解と革マル派というような他党派間のゲバルト合戦まで、内ゲバというべきか疑問がある。しかし、マスコミから見ると、同じ左翼の内部の争いなので、「内ゲバ」と呼んだのだろう。

ゲバ棒は、ゲバルト用の角材や棍棒。ゲバ棒が初めて本格的に使用されたのは一九六七年十一月十二日の佐藤栄作訪米阻止を目指した羽田闘争だった。

解説

穂坂　久仁雄

生まれは戦前だが既に帝国日本の敗色は濃厚、焼け跡・闇市の時代は心の片隅にあり、1960年の安保闘争は高校生である。そして、全共闘の中心を担った団塊の世代よりは少し年長という、どこまでいっても中途半端な世代に属する本書の主人公は、日々の仕事は充実しているがその境遇に満足することができず、フリージャーナリストとして自立することを目指している。書評紙「週刊読書人」というこれまた中途半端なメディアの編集者で、舞台は激動の1960年代末から70年代。彼は新宿を中心にあやしいあたりを徘徊し、作家、学者、映像演劇の関係者から革命家やフリーターらと語り、ひたすら飲み、忙しい。

さて、ここまで書いてきて解説を担う者としては不安がよぎってしまう。60年代～70年代初頭となれば今から40数年前、歴史上の彼方である。さらに昨今は活字メディアに元気がなく入れ替わるように登場したSNS全盛の時代、書評紙、つまりはブックレビューのための週刊新聞と聞いて具体的にイメージできる読者はそれほど多くはないだろう。

あの時代、そして夜の新宿あたりに漂っていた空気について語ろうとすると、まずはベトナム戦争は避けて通ることが出来ない。

ベトナム戦争は、実にやっかいな存在だった。ベトナムといわれても縁の深い国ではないし、殺し合っているのはアメリカ人とベトナム人である。日本政府はアメリカ政府に追従・支持、沖縄の米軍基地からは毎日のようにベトナムを空爆する爆撃機が出撃していたが、だからといって新宿あたりの日々の暮らしに影を落とすようなことはなかった。

にもかかわらず、この戦争を身近なものと考え、さらには傍観者であることを恥のように思っていたのだ。さらには、この戦争は諸悪の根源であり終わらせなければならない、そのために尽力することは正義であり当然の責務だと主人公（たち）は思っている。今の若者には想像すら出来ないかもしれないが、新宿あたりにはそんな若者がいくらでもいたのが、あの時代なのである。

そんな時代の書評紙は、時代の影響をもろに受けていたように思う。

あの頃、ブランケット判（日刊紙と同サイズ）８ページ建て活版印刷で、発行部数それぞれ数万単位のブックレビュー専門の週刊新聞が、３紙も並立していた。主人公が在籍した「読書人」は現在も健在で、毎週発行されているらしい。その名の通り、週刊新聞ということになるが、ここ数年この新聞に目を通していないので無責任かもしれないが、今とあの時代では書評紙のイメージはだいぶ違うのではないだろうか。公立、学校図書館の多くが定期購読していたし、ちょっと気の利いた学生、教員などは毎週目を通していた。

進歩的、革新的なメディアはたくさんあったが、例えば「朝日ジャーナル」がマスメディア、数えられないほど発行されていた手作りの運動誌、機関誌、啓蒙誌がミニコミとすれば、その中間にあるミディコミだろうか。本書で紹介されている主人公の仕事ぶりをみても理解できるが、書評紙への期待は、書籍の批評、紹介という枠組みから外れたところに集中していた。

筆者は本書の著者（主人公）と同世代、そしてほぼ同時期に「読書人」のライバル紙「日本読書新聞」の編集者であった。「読書新聞」は3紙のうちで最も古い1937年に創刊した老舗で、お手本は「ニューヨークタイムス」のブックレビュー欄（私は見たことがなかったが）で、東大新聞OBが言論統制に抗して創刊したと先輩から教えられた。編集部OBには柴田錬三郎、杉浦民平らの作家や、「暮らしの手帖」の大橋鎭子など多数の編集者がいて、書評紙のトップランナーということになっていた。「読書新聞」は書評を掲載するスペースが多かったが、書籍の紹介より論者の持論を展開することに力点がおかれ、他のページでは思想、哲学から映画・演劇、音楽、市民運動までを論じていた。そして論調では常に最過激（最先端と理解していた）をめざし、多数派より少数派、中心より周辺や辺境を重視する紙面を展開していた。例えば、同僚にはチェ・ゲバラを日本に初めて紹介した編集者がいたが、そんなことが「勲章」になる職場だった。

競合紙だった「読書人」も時代状況とは無縁ではなく、書評紙という枠組みに収まらない情況論を展開することも少なくなかった。本書の主人公（著者）も、書評とは縁の遠い三里塚や東大闘争、三島事件の現場に赴き、目撃者になっている。

さて本書は、そんな時代のそうした職場にいた主人公が、ようやく「読書人」を退職して「フリー」への第一歩を踏み出すところで終わっている。フリーとは、どこにも所属しないライターのことだが、彼が目指しているのは「ジャーナリスト」と呼ばれる稼業のことである。

小説家やテレビのリポーターではなく、フリーのジャーナリストが、魅力のある仕事に見えていたのか、これも今の時代には分かりにくいことかもしれない。

ひと足早く「読書新聞」を退職してフリー稼業に転じていた筆者の場合は、ルポライター（今や死語になってしまった）という肩書きで仕事をしていたが、主人公の目指したジャーナリストとは微妙な違いがあるが、大同小異、親戚のような稼業だったのだろう。そうした有象無象の者たちには、不遜な思いが共有されていた。仕事を通して、幾重にも折り重なって真実を隠蔽しているウソや不合理を暴き、告発したいという思いであった。そして心のどこかには、フリーとしてレポートを書き続ければ、少しでも世の中を良い方向へ変えられると考えていたのである。

本書には、そのあたりの心情を率直に語る一節がある。

「あの時代、私たちは世界を変えることができると本気で思っていた」。

成田空港建設反対闘争について語る主人公の独白だが、では、私たちとは誰のことか、世界とは何をさすのか、どんなふうに変えるのか。本書の主人公がその答えを語っているわけではない。そして彼の周辺で、同じように本気であった人たちに問いかけたとしても、その答えはそれぞれであり、確信の強弱もバラバラであろう。ただ、世界というもの、つまりは世の中、社会、政治、文化、そうしたものの一つか全部を自分たちが変えられる、変えなければならないと本気で考えていたことは共通している。

あれから四十年近くが経過した今、そんなことを考えている若い世代がいたことが、異なる世代の人たちには理解しがたいかもしれない。ただ、「本気で思っていた」ことは断じてウソではないし、そのことを理解することが本書に近づく第一歩になるはずである。

本書は、二〇〇七年七月、集英社・創美社から刊行された『はるか青春』を改題し、文庫化したものです。

本作品はフィクションであり、実在の個人・団体などとは一切関係がありません。

JASRAC 出1708472-701

文芸社文庫

はるか青春

激動の昭和転換期（1968～72）極私的クロニクル

二〇一七年八月十五日　初版第一刷発行

著　者　森　詠
発行者　瓜谷綱延
発行所　株式会社　文芸社
〒一六〇-〇〇二二
東京都新宿区新宿一-一〇-一
電話　〇三-五三六九-三〇六〇（代表）
〇三-五三六九-二二九九（販売）

印刷所　株式会社暁印刷
装幀者　三村淳

ISBN978-4-286-18977-2